JN091498

戦国
女刑事

［目次］

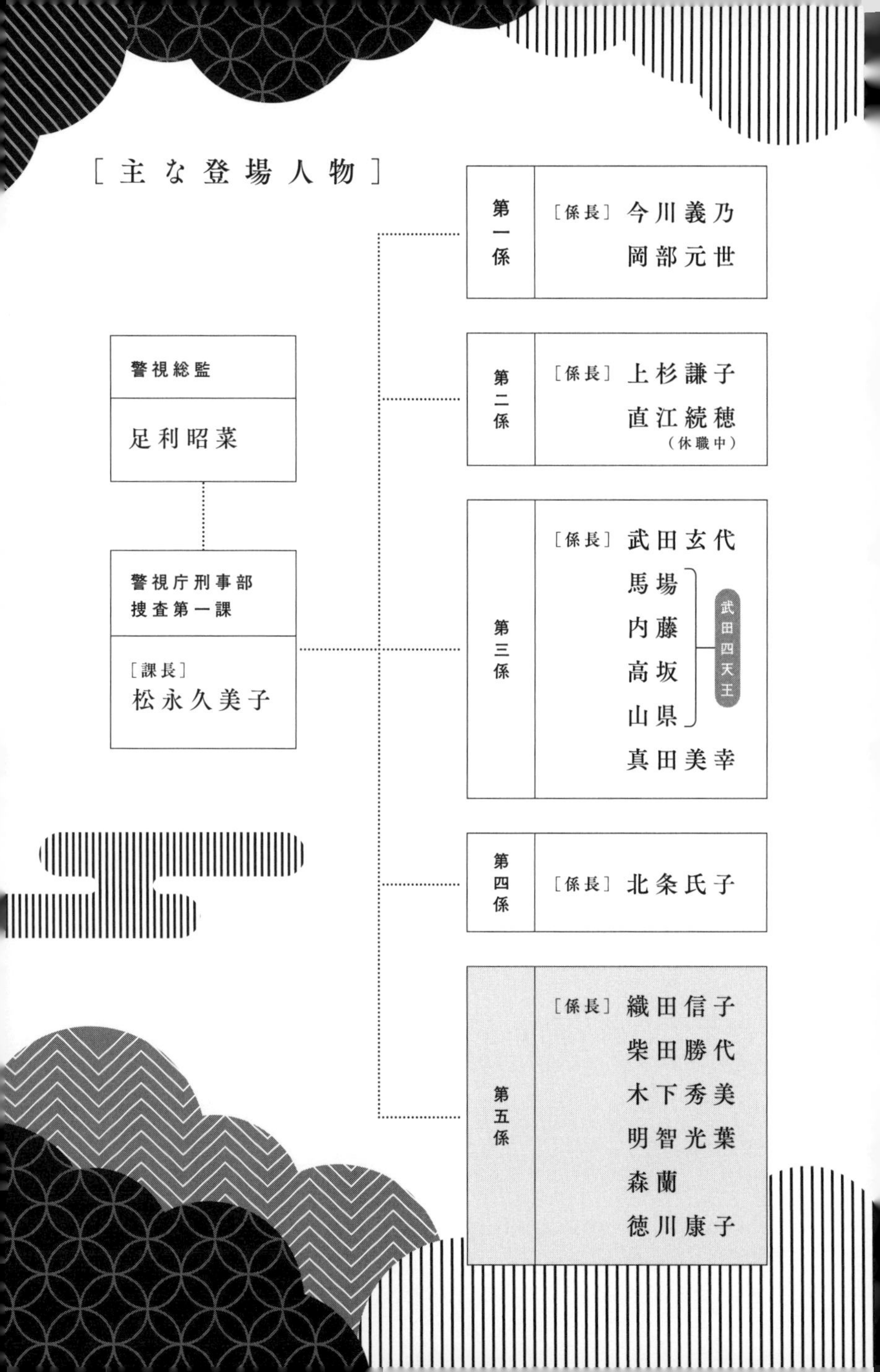
[主な登場人物]
警視総監
足利昭菜
警視庁刑事部
捜査第一課
[課長]
松永久美子
第一係
[係長] 今川義乃
岡部元世
第二係
[係長] 上杉謙子
直江続穂
(休職中)
第三係
[係長] 武田玄代
馬場
内藤
高坂
山県
武田四天王
真田美幸
第四係
[係長] 北条氏子
第五係
[係長] 織田信子
柴田勝代
木下秀美
明智光葉
森蘭
徳川康子

装幀　菊池　祐
装画　岸あずみ

第一話

桶狭間に散る

「以上をもって捜査会議を終了とする。解散」

司会進行を務めていた刑事の声に反応し、会議室に集まっていた捜査員たちが一斉に席を立った。今川義乃は長年愛用しているシステム手帳をスーツの内ポケットに入れた。静岡産のやぶきた茶を飲み干したところで部下の岡部元世が声をかけてくる。

「班長、どうしますか？　もう一度現場を見てきましょうか？」

「そうね。そうしましょう」

岡部とともに歩き出す。会議室を出てエレベーターに乗った。

昨夜、池袋にあるマンションの一室で老夫婦の遺体が発見され、強盗殺人とみられることから池袋署に捜査本部が設置された。今川たちは捜査を指揮するために捜査一課からやってきた、いわばこの事件の担当班だ。現在の時刻は午後七時。二回目の捜査会議が終わったところだ。

警視庁刑事部捜査第一課第一係。それが今川が属する部署の名称で、今川は係長を務めている。第一係のことは今川班と言われることが多く、今川も係長ではなく班長と呼ばれている。

「逃走車両も特定できましたし、あとは地道な捜査になりそうですね」

隣の部屋の住人が被害者の悲鳴らしき声を聞いており、犯行時刻は悲鳴が聞こえた昨夜午後八時過ぎとされていた。その直後、現場から猛スピードで走り去る黒っぽい車が目撃されており、車種はトヨタのハイエースだった。目撃者が以前ハイエースに乗っていたため、それが車種の特定に繋がった。黒いハイエースの行方を追うことが最優先事項であることは、さきほどの捜査会議で確認されたばかりだ。

「岡部、悪いけど」エレベーターが一階に到着する直前、今川は早口で言った。「昨日からお腹の調子が良くなくて、少し時間が欲しいの。ドラッグストアで薬を買ってくるわ。五分、いや、十分ほど待ってて」

「わかりました。でも胃腸薬なら自分が……」

一階に到着したので、今川は岡部を残してエレベーターを降りた。岡部は地下の駐車場に向かうはずだ。今川は正面玄関から外に出た。足早に歩道を歩く。今日は三月三十一日。すでに都内では桜が満開となっており、街灯に照らされた花が淡く輝いている。

五百メートルほど歩き、狭い路地に入る。奥には雑居ビルの入り口があり、南京錠がかかっている。ただし南京錠は壊れていて、出入りは自由だ。ビルの取り壊しが決定しており、すべてのテナントが退去したあとだった。そのあたりのことは事前に調査済みであり、南京錠を破壊したのも実は今川自身だ。

「遅かったですね、班長」

暗がりの中から声が聞こえてくる。ぼうっと浮かび上がったのはほっそりとしたシルエット。かつての部下、太原雪代が立っていた。黒いジャンパーを着て、黒いジーンズを穿いている。彼女と会うときは細心の注意を払い、人目につかないように努力していた。

「早速だけど、何かわかった？」

今川は本題に入る。時間が惜しい。岡部が地下駐車場で待っている。これまでに要した時間は三分ほど。できれば十五分以内に署に戻りたい。

「本当に人使いが荒いですね、昔から。私だって普通に仕事があるんですから。まあデスクワークですけどね」

太原は都内に本社がある国内最大手の警備会社に勤務している。そこを紹介してやったのはほかでもない今川だ。太原は元警察官で、不祥事を起こして懲戒免職処分となった彼女に救いの手を差し伸べてやった。それを恩に感じたのか、太原は警備会社に勤務しながら今川の手足となって動いてくれている。

「何とかやってみました。多分これが正解じゃないかと」

そう言いながら太原が封筒を出してきた。中には写真が数枚、入っている。一台の車が捉えられていた。黒いハイエースだ。

「明治通り沿いの防犯カメラに映ってました。地元の商店街が管理しているカメラです。どうやら巣鴨方面に逃走したみたいですね」

かろうじてナンバーも読みとれた。事件解決の突破口になりそうだ。

「いつも悪いわね。これはお礼よ」

今川はスーツの内ポケットから封筒を出し、それを太原に渡した。太原は遠慮する様子もなく封筒を受けとり、その場で中身を確認した。十万円入っている。

「いつもすみませんね」

下卑た笑いを浮かべて太原は封筒を懐にしまった。刑事をしていた頃も痩身だったが、ここ数年でさらに痩せた。酒ばかり飲んでいるようだった。ギャンブルに嵌まり、週末には女一人で場外馬券売り場に繰り出しているらしい。今川が渡している情報料も馬券に溶けていることは容易に想像がつく。

「それで例の件ですが、考えていただけましたか？」

先日会ったとき、情報料の値上げを要求された。一回につき十万円アップの二十万円。それが太原の要求だった。太原がどういう方法を使って情報を入手しているかは不明だが、彼女が勤める警備会社でもセキュリティ対策が見直され、かなり危ない橋を渡って情報を得ているようだった。もし今川が断った場合はマスコミにバラしてもいい。そういう意味のことも匂わせていた。

「もちろん。答えはイエスよ」

「あざっす。班長なら理解してくれると思ってました」

「今日の情報も本当助かったわ。少し上乗せしないとね」

今川は財布を出し、一万円札を二枚ほど抜いた。それを左手に持ち、太原に向かって差し出した。そのまま右手を後ろに持っていき、ベルトに挟んでいたスタンガンを摑む。警戒心もなく近づいてきた太原の首筋に押し当てた。太原はビクリと体を震わせて脱力する。あまり物音は立てたくないので、彼女の体を支えるようにして地面の上に横たわらせる。

用意していた紐を出す。それを太原の首に巻いた。目を覚ます様子はない。ちょうどそのとき今川のスマートフォンに着信があった。岡部からだ。今川は通話状態にしてスマートフォンを耳に当てた。

「班長、大丈夫ですか?」

岡部の声が聞こえてくる。平静を装って今川は答えた。

「ごめん。あと少しかかりそう。何かレジが凄(すご)い混(こ)んでるの。どうしてレジに店員が一人しかいないのかしら。フロアには店員はいるのに」

「よくありますよね、それ。素知らぬ顔をして商品とか並べてるんですよね」

「本当にそれ。あ、そうだ。現場から逃走したハイエースだけど、巣鴨方面に逃走した可能性も高いと思ったの。予定を変更して明治通り沿いを徹底的に調べるわよ。ほかの班員にも伝えて」

「了解です、班長」

通話を切った。スマートフォンをしまってから、紐の両端に手をかけた。思い切り力を込めて紐を引き絞る。酸素の供給が途絶えたからか、太原が意識を取り戻した。目を見開いて抵抗するが、みるみるうちに太原の顔が鬱血(うっけつ)し、ついには完全に動きを止めた。失禁したようで、アンモニア臭が漂ってくる。

よほどのことがない限り、ここに人が立ち入ってくることはない。だからこの場所を犯行現場として選んだのだ。それでも一応は遺体を隠しておく必要がある。今川は太原の遺体を引き摺(ず)り、柱の後ろに隠すように置いた。そしてあらかじめ用意しておいた青いビニールシートを遺体の上にかける。これで第一段階は終了だ。あとの作業は捜査が終わってからだ。

今川は足早にその場を立ち去った。

＊

「徳川康子（とくがわやすこ）巡査長」

「はいっ」

康子は返事をして前に出た。中央の演壇に向かう。偉そうな人がマイクに向かって言った。

「徳川康子巡査長。本日付で貴殿を刑事部捜査第一課専任捜査員に任ずる」

辞令交付書を受けとる。恭（うやうや）しく頭を下げてから元の場所に戻った。今日は新年度の初日、四月一日だ。

警視庁内にある大会議室で辞令交付式がおこなわれていた。本日付で警視庁本部に異動になった警察官たち百名ほどが居並ぶ。

辞令交付式は滞りなく終了した。各部の道先案内人のような担当者についていくことになる。エレベーターで康子が向かった先は捜査一課のあるフロアだった。何とも言えない高揚感を覚えた。

間仕切りのない広々とした空間には、白いデスクが整然と並べられている。今も捜査中なのか、席に着いている刑事は半分ほど。当然のごとく全員が女性刑事だ。警察というのは女社会であり、女尊男卑の風潮が色濃く残っている。

「徳川さん、あなたは第五係に配属されることが決まっています。第五係はあそこね。ちょうどよかった。みんないるみたいだから紹介してあげる」

担当者に連れていかれた先は窓際にあるシマだった。四人の女性刑事が談笑していた。

「皆さん、こちらの方は本日付で第五係に配属された徳川康子さんよ」

四人の刑事が一斉にこちらを見る。どの目も射貫くような険しい視線だ。それだけで背中に汗が流れるほどの緊張を覚えたが、康子は何とか一歩前に出た。

「と、徳川です。よろしくお願いします」

「じゃあ皆さん、あとはよろしく」

担当者が立ち去ってしまい、途端に心細くなってくる。ライオンの檻に放り込まれたシマウマのような心境だ。すると目鼻立ちのしっかりした一人の女性刑事が近づいてきた。

「ふーん。もっとごっつい女が来るかと思ってたら、意外に可愛らしい子やないの。私は木下秀美。よろしくね」

慣れ慣れしい感じで木下秀美という女性刑事は康子の肩を軽く叩いた。康子は緊張気味に頭を下げた。

「よ、よろしくお願いします」

「そんなに緊張せんでもええよ。うちのメンバーを紹介するわ。まずはうちの班の番頭格の柴田勝代警部補。取り調べのプロやで」

柴田勝代が軽く手を挙げる。年齢は四十代後半くらいか。がっちりとした体つきの女性だった。ザ・警察官といった印象を受ける。自分が一般人だったらこの人には職務質問されたくない。

「そっちの子が明智光葉ちゃん。うちの班を代表する理論派や」

「明智です。よろしく」

眼鏡をかけた細面の女性刑事が立ち上がった。年齢は三十代半ばといったところか。たしかに頭のよさそうな印象を受ける。康子は頭を下げた。

「よろしくお願いします」

「そして、この子が森蘭ちゃん。最年少の二十五歳。うちのアイドルやな」

「森でーす。よろしくお願いしまーす」

地下アイドルやってます、と言われても信じてしまいそうなルックスだ。本当に彼女、刑事なのか。

「そして私が木下秀美。泣く子も黙る五係のエースっていうのは私のことや。人たらしの秀美。それが私についた二つ名やで」

人たらし。すでに康子は自分が秀美のペースに巻き込まれているのを自覚していた。聞き込みなどで彼女の喋りは抜群の効果を発揮するに違いない。この場を回しているのも秀美だ。

「おい、蘭。うちの班長、どこ行ったか知らんか？」

「暇だから射撃訓練してくるって言ってましたよ」

「ったく。うつけには困ったもんやな」

「そんなこと言ってると怒られちゃいますよー。あ、来ました」

蘭が指さした先に目を向ける。一人の女性刑事がフロアに入ってきた。百七十センチを超える長身。刑事らしからぬショートパンツから美脚が伸びている。黒く長い髪は後ろで一つに束ねられていた。

空気感が違った。周囲を圧倒する迫力があった。秀美が声をひそめて言った。

「おい、新入り。あのお方がうちの係長、織田信子警部や。泣く子も黙る織田のうつけとはあの方のことや。くれぐれも失礼のないようにな」

信子が窓際にあるデスクの椅子にどさりと腰を下ろした。そして両足をデスクの上に投げ出した。不遜な態度だが、堂に入っている。

「班長、例の新人が来ましたよ。ほら、挨拶せいや」

秀美に言われ、康子は慌てて信子の前に向かった。

「はじめまして、徳川康子です」

信子はチラリと一瞥して冷たい口調で言った。

「せいぜい頑張ることだな。ついてこられない場合、すぐに八丈島あたりに飛ばすぞ」

「は、はい。頑張ります」

自席に案内される。目の前に森蘭、隣は明智光葉だった。持ってきた私物をデスクの引き出しに入れていると、電話の受信音が鳴り響いた。電話に出たのは光葉だった。手元のメモにペンを走らせながら話を聞いている。やがて受話器を置いた光葉が淡々と言った。

「事件発生です。場所は品川区大崎。変死体が発見された模様。殺人のようで、出動要請が入りました」

急に慌ただしくなってくる。班員たちは身支度を整え始めている。最初に立ち上がったのは班長の信子だった。信子は鋭い口調で言った。

「気合い入れていくぞ。猿、下に車を回せ」

「お任せあれ。おい、新入り。私と一緒に来い。覆面パトカーを運転させてやる」

「は、はい」

康子はショルダーバッグを肩にかけた。それから秀美とともにフロアから出る。エレベーターの前で康子は秀美に言った。

「エースじゃなくて、猿なんですね」

「ふんっ、なかなか言うやないか、新入り。お調子もんの猿、班長がわざわざつけてくれた異名やで」

配属初日から事件捜査に当たるとは想像もしていなかった。やはり天下の捜査一課。所轄とは一味も二味も違う。康子は気を引き締めて到着したエレベーターに乗り込んだ。


現場となったのは品川区大崎の住宅街の中にある公園だった。大崎こども公園。それが公園の名称だった。バスケットコート程度の広場があり、遊具はぶらんこと鉄棒だけだ。公園を囲むように樹木が植えられていた。公園の脇に目黒川に繋がる側溝があり、そこに女性の遺体が横たわっていた。第一発見者は散歩をしていた近所の三十代の主婦だった。

「びっくりしましたよ。だって目を見開いてこっちを見ているんですもの。すぐに一一〇番通報しました。……えっ？　遺体に触ってないかって？　神に誓って触っていませんよ」

亡くなっているのは四十代くらいの女性で、黒っぽい服を着ていた。首に索条痕(さくじょうこん)が残されていることから、絞殺されたのち、この側溝に遺棄されたものと考えられた。鑑識は死後十二時間程度は経過していると見立てているが、はっきりした死亡推定時刻は司法解剖の結果を待たなければならない。それでも殺害されたのは昨夜で間違いなさそうだ。

「織田警部、遺体の主が判明しました」

一人の女性刑事が駆け寄ってくる。大崎署の捜査員だろう。少し顔が強張(こわば)っているような気がした。

「遺体の主は太原雪代、四十八歳。所持していた保険証などから東晋(とうしん)警備保障に勤務していることが明らかになりました。実は、元警察官のようです」

「あらら。ほんまか?」

秀美が口を挟むと、捜査員が硬い口調で答えた。

「はい。警視庁にも確認しました。六年ほど前に懲戒免職処分となっています。酒に酔って一般市民と口論となり、頭に血が昇って暴行を加えたようです。示談が成立しましたが、事態を重く見た上層部は処分を決定したみたいですね」

被害者は元警察官。同じ釜の飯を食った仲間だ。所轄の捜査員の報告が終わると信子が言った。

「捜査に入るぞ。私と勝代は大崎署に行って捜査本部の設置に関して調整する。光葉と蘭、秀美と新入りはそれぞれ周辺地域の聞き込みだ。天網恢恢疎(てんもうかいかいそ)にして漏らさず。犯人は必ず私たちの手で逮捕する。以上、解散」

「はいっ」

五人の返事が響き渡る。信子と勝代が覆面パトカーに乗るのを見送ってから、残された班員たちは早速聞き込みを開始した。現場となった公園を中心として、東側を光葉・蘭コンビが、西側を康子たちが受け持つこととなった。

「行くで、新入り」

「はい。お願いします」

時刻は午前十時を回っている。住宅街だけあって歩いているのは大抵近所の主婦か、たまに宅配業者が通りかかるくらいだ。昨夜、大崎こども公園で不審な人物を見かけなかったか。出会った通行人たちに話を聞いていく。

「新入り、あんた何年目や？」

途中、秀美に訊かれたので康子は答える。

「七年目です」

最初の三年間は交番勤務だった。四年目に浅草署の刑事課に異動となり、そこで刑事としてのイロハを学んだ。粘り強い捜査が実を結び、いくつかの事件で武功を立てた。それが一課への配属の決め手になったと康子は思っている。

「大学は？」

「駿府大学です」

「ホンマか。班長はどういう風の吹き回しやろか」

「どういう意味です？」

「織田班は全員が尾張大のOGや。班長が意図的にそうしてるんや。次に入ってくる奴も必ず尾張大のOG。誰もがそう思っていたんやけど」

派閥のようなものか。噂では耳にしたことがある。捜査一課では班によって同じ出身大学の卒業生で固め、より結束力を高めていることを。

「普通やったら今川はんのところに配属になるんやけどな」

「今川さん？　誰ですか？　それ」

向こうから犬を連れた男性が歩いてくる。会話を中断させて秀美が男性に近づいていった。

「あ、すみません。警視庁捜査一課の者ですが、少しお話聞かせてもらってもいいでしょうか？　あら、可愛いワンちゃんやねぇ。これってもしかしてコーギーちゃいます？　私の実家でもコーギー飼ってるんですよ。奇遇ですね。運命の出会いとしか思われへん」

男性はかなりの長身で、顔の彫りも深いイケメンだ。そのせいか秀美もテンション高めになっている。

「……そうですか、昨日は帰りが遅かったんですか。それは残念です。つかぬことをお訊きしますがご職業は？　……大日本銀行ですか。大企業やないですか。羨ましいわあ。上級国民やん。あ、インスタやってます？　フォローさせてもらっていいですか？」

長い一日になりそうだった。

＊

浅黒い顔をした二人の男がベトナム語で何かを話している。俺はやってない。そう無罪を主張しているようだが、証拠が揃（そろ）っている。任意で事情聴取に応じるよう、通訳を介して説得しているところだった。

「今川班長、どうしましょうか？」

「所轄に任せておきましょう。さすがにこの年で徹夜は疲れたわ。いったん警視庁に戻って休憩よ」

覆面パトカーで警視庁に戻ることになった。後部座席に乗り込み、今川は腕を組んだ。

昨夜、太原がもたらした情報をもとに明治通り沿いの防犯カメラを隈（くま）なく調べ上げ、逃走車両である黒いハイエースのナンバーを特定した。残念ながら当該車両は盗難車だった。三日前に練馬署に被害届が出されていて、すぐに今川たちは練馬署に出向いて担当者に話を聞いた。まだ本格的に捜査をしていないとのことだったので、すぐさま黒いハイエースの所有者宅に出向いた。周辺の防犯カメラをチェックしたところ、怪しげな二人組の存在が浮かび上がり、さらに二人が乗っている原付のナンバーを入手した。王子（おうじ）に住むベトナム人だった。それがわかったのが今朝の八時のことだった。

警視庁に到着する。捜査一課のあるフロアに向かう。自席に戻ると捜査一課の課長、松永久美子（まつながくみこ）が近づいてくる。今年度で定年となるベテランで、策略家として知られている。高卒ながら数々の武功を立てて捜査一課長にまで上り詰めた女だ。

「今川さん。たった今、池袋署の署長から連絡があったわ。例の強盗殺人、早くも容疑者を確保したっていうじゃないの」

「はい。まだ自供はとれていませんが」

「時間の問題でしょ。さすが今川さんね。仕事が早いわ。東海一の弓取りの異名は伊達（だて）じゃないわね」

東海一の弓取り。それが今川の二つ名だ。弓取りというのは弓術に優れた名人を意味し、正確無比に容疑者を見抜く今川を讃（たた）える言葉だった。東海一というのは今川が静岡県出身であることに由来している。

今川は今年で五十二歳になる。地元の駿府大学を卒業後、警視庁に入庁した。三十歳のときに刑事課に配属となり、以来ずっと刑事畑を歩いてきた。腹心の太原、岡部は同郷の刑事で、二人を捜査一課に引っ張ったのは今川だった。現在も今川班の刑事は全員駿府大のOGで占められている。

「私の後釜の最有力候補は現時点ではあなたよ、今川さん」

「ありがとうございます。私は目の前の事件を全力で捜査しているだけですので」

「あらあら謙虚なんだから。事件が解決したら一杯やりましょう」

松永課長が立ち去るのを見送ってから、今川はほかの班員たちに告げる。

「みんな、ご苦労様。岡部以外は家に帰って休んで頂戴。岡部はここに残って池袋署の取り調べの進行具合を探ってくれる？　容疑者が吐いたらまた私たちの出番よ」

「はい、わかりました」

岡部以外の班員たちが疲れた体を引き摺るようにフロアをあとにする。今川は懐からシステム手帳を出し、昨日からの出来事を手帳に記入した。

今川は自らのことを調整に長けた指揮官だと思っていた。決して自分で推理するわけではなく、部下の意見に耳を傾け、取捨選択をして捜査方針を決定する。それが今川のやり方だった。

変化が訪れたのは五年前、ある事件の捜査が難航していたときのこと。東晋警備保障に勤務していた太原から連絡があった。彼女はその前年、つまらぬ喧嘩で懲戒免職処分になっていた。事件解決の糸口が見つからないと今川が愚痴ると、電話の向こうで太原が言った。班長、私に任せてください。お役に立つ情報を仕入れてみせますから。

その数日後、太原から寄せられた情報をもとに事件は一気に解決した。太原には謝礼として十万円を渡した。それを契機に事件が発生するたびに太原に捜査協力を依頼した。捜査情報を外部に洩らすのは違法行為だとわかっていても、事件解決のためには致し方ないことだった。いつしか今川班と言えば早期解決が代名詞となっていて、今川自身は次期捜査一課長の有力候補になっていた。

しかし太原はもういない。彼女から情報を得ることはできない。それでもあと一年、何とか乗り切る自信が今川にはあった。これまでの実績が冷静に評価されれば、捜査一課長の椅子は今川でほぼ決まりだ。

「班長、大変です」

帰ったはずの班員たちが戻ってきた。どの顔にも不安の色が見てとれた。代表して中堅刑事の朝比奈(あさひな)が言う。

「太原さんが……遺体となって発見されたようです。しかも殺しです」

ここは大事な場面だぞ。今川は気を引き締める。どう振る舞うかは計算済みだ。

「何を、馬鹿なことを……」まずは信用しない。それから部下たちの顔色を見て、真剣な顔つきで訊く。

「ほ、本当なの？　本当に太原が殺されたの？」

「はい。さっきエレベーターの中で耳に挟みました。大崎の公園で遺体となって発見されたそうです」

「そ、そんな……」

絶句する。元部下の死に動揺し、言葉も出ないという演技だ。しかしショックを受けてばかりではいけない。一応は捜査一課の刑事なのだ。事実を受け止めたうえで、刑事としての習性を見せつける。

「担当はどこ？　どの班が捜査を担当するの？」

「五係です。すでに向かった模様です」

第五係。指揮する班長は織田信子警部。天才的なひらめきを時折見せるものの、織田班は不安定なチームだった。命令を無視した捜査方法も問題視されており、上層部の受けも悪い。

「どうして、太原が……」

今川はそうつぶやき、デスクに拳を叩きつけた。班員たちが黙って見守っている。今川は内心ほくそ笑む。あのうつけ者では絶対に真相に辿(たど)り着けないはず。すべては順調に進んでいる。

＊

「新入り、どんどん飲んでええで。あんたの歓迎会なんやからな」

午後十時、織田班のメンバーは新橋にある居酒屋の個室にいた。馴染みの店らしく、誰もがメニューも見ずに注文している。名古屋名物を出す店のようで、テーブルの上には味噌カツや手羽先、名古屋コーチンの焼き鳥などが置かれている。歓迎会という割には座らされた位置は微妙だ。康子はテーブルの一番隅の方でビールを飲んでいる。

「明智さんは飲まないんですか？」

隣に座る明智光葉に訊いた。彼女はきしめんを食べている。こちらも見ずに彼女は答える。

「お酒、好きじゃないの。酔ってもいいことなんてないしね。あ、光葉でいいから」

「わかりました。光葉先輩、あのう、ちょっとお訊きしたいことがあるんですが」

「何？」

「第五係って私以外は全員が尾張大なんですよね？」

昼間の聞き込みの途中で秀美が語っていたことだ。光葉がウーロン茶のグラスを手にとって答える。

「そうよ。全員が尾張大の卒業生よ。ちなみに私と秀美は同級生。学部は違ったから在学中には面識なかったけどね」

「そうなんですか……」

どうして尾張大ＯＧではない自分が織田班に配属されることになったのか。康子の心中を察したのか、光葉が声をかけてくる。

「別に気にすることないと思う。うちの班長、闇雲に尾張大で固めてるわけじゃない。ああ見えて合理的な人だから」

康子は上座に座る信子の方をチラリと窺う。片膝をついて日本酒を飲んでいる。決してお行儀がいい飲み方ではないが、彼女の場合は様になっている。今は柴田勝代と何やら語り合っていた。

「康子ちゃん、早く食べた方がいいよ。班長はせっかちな人だから、あと三十分くらいで店を出るわよ」

「えっ？　まだ来たばかりなのに」

慌てて割り箸をとり、料理を食べ始めた。どれも美味しかった。名古屋コーチンの焼き鳥は身がプリプリしていてジューシーだし、味噌カツも甘いタレとカツの相性が最高だった。

「美味しそうに食べるわね」

光葉が感心したように言う。手羽先の脂でテカテカになった指先を舐めながら康子は答える。

「食べるの大好きなんです、私」

時間さえあればグルメサイトで美味しそうな店を探し、休日になるとチェックした店に行って食事をする。それが康子の趣味だ。たまに大食いチャレンジに挑むこともある。ストレス解消にちょうどいい。

「誰だ？　焼き鳥を串から外した者は？」

信子が迫力のある声で言う。見ると信子の前に置かれた焼き鳥の大皿の上では、焼き鳥と串が綺麗にばらされていた。秀美が勢いよく手を挙げた。

「はい、私です。その方が食べ易いかと思いまして……」

「猿、余計な真似をするな。私は串から直接焼き鳥を食べるのが好きなんだ。串に刺さってない焼き鳥なんて有り得ない」

「班長、だって手で食べると串の脂が指につくでしょ。せやからわざわざ……」

「うるさい、口答えするな」

信子が手元にあったおしぼりを秀美に向かって投げつける。おしぼりは秀美の額に当たった。康子は息を呑む。完全にパワハラだ。隣の光葉が小声で言った。

「気にしないで。よくあることだから。ていうかコミュニケーションの一環なの」

ほかの面々も表情ひとつ変えない。勝代は日本酒を飲んでおり、蘭はネイルのチェックをしているようだ。光葉はきしめんを食べ終えてスマートフォンを見ている。やがて信子が声を張り上げた。

「そろそろ解散だ。明日も早いからな。猿、これで会計は済ませておけ」

信子が秀美にクレジットカードを渡す。それを見て一同が声を揃えた。

「ご馳走でした、班長」

本当に早い。まだ入店してから一時間も経っていないのではないか。時刻は午後十一時になろうとしている。個室から出ようとしたところで信子が声を荒立てた。

「おい。私の靴、誰か知らんか」

「はは」と立ちあがったのは秀美だった。「班長の靴は私が温めておりました。こちらをお履きください」

秀美が懐からピンヒールを出す。それを見て信子が秀美のおでこをピシャリと叩いた。

「出過ぎた真似をするな、猿。生温かい靴など気持ち悪いではないか」

「申し訳ございません」

懐で靴を温める部下と、それを叱責する上司。改めて不安が募ってくる。ここは地獄の職場だ。

店の前で解散となった。秀美と勝代は捜査本部のある大崎署に泊まるようだ。光葉と蘭は自宅に帰らしく、駅に向かって歩いていった。どうしようかと逡巡しているといきなり信子に腕を掴まれた。

「途中で降ろしてやる。乗れ」

タクシーの中に押し込まれる。信子が運転手に「代々木まで」と告げた。康子の自宅アパートは代々木にある。まあ班長なんだから履歴書くらいは見ているんだろうな、と酔った頭で考える。

信子は腕を組み、目を閉じていた。決して寝ているわけではなく、何か考え込んでいるような感じだった。邪魔になってはいけないと思い、康子も静かにしていた。

信子は事件のことを考えているのだろう。捜査初日が終わったわけだが、大きな収穫があったとは言い難い。胃の内容物などから太原雪代の死亡推定時刻は昨夜午後八時から九時の間であると鑑識から報告があった。明日以降は勤務先などでも事情聴取をする予定になっていた。

「初日はどうだった?」

いきなり信子に訊かれ、康子は驚いた。しどろもどろになりつつも答える。

「あ、ちょっと疲れました」

「ハハハ。だろうな」信子が歯を見せて笑い、それから語り出した。「あれは四年前のことだったか。浅草で殺しがあり、前科持ちの元暴力団員が逮捕された。当時の私は係長ではなかったが、捜査には参加した。容疑者が凶器の出刃包丁は隅田川の土手に棄てたと供述したため、一斉捜索することになった」

康子は思わず、信子の方に顔を向けてしまった。

「容疑者の供述が曖昧だったため、捜索範囲は広大だった。一週間経過しても凶器は見つからなかった。誰もが諦めかけたそのとき、交番勤務の警察官が凶器を発見した。見つかった場所は捜索範囲から外れた、かなり下流の場所だった」

凶器を発見したのはほかでもない康子だった。康子は浅草駅前の交番に勤務しており、動員されて一斉捜索に加わったのだ。作業着を着て隅田川の土手を夢中で這いずり回った。昔から根性だけには自信があり、一つのことを継続的にやり続けるのは苦ではなかった。

「凶器を発見したのはごく普通の若い女性警察官だった。この子のどこにこんな根性があるのかと思ったよ。うちの係はちょっとエキセントリックというか、一癖も二癖もある奴ばかりだ。お前みたいに愚直に頑張れる女が必要かと思ったんだ」

私のことを見てくれていたのか。そう思うと何だか嬉しい。

「だからお前にはほんの少しだけ期待している。頑張ってくれ」

「はいっ。頑張ります」

代々木に着いたのでタクシーから降りる。信子が乗ったタクシーが見えなくなるまで見送った。時刻は午後十一時三十分を回っていた。

康子の捜査一課配属初日はこうして終わった。

捜査二日目。康子ら織田班の面々は警察病院にいた。司法解剖は終わったが、引き続き細かい分析がおこなわれているという。その分析結果を聞きに来たのだ。

「入るぞ」

信子がそう言って研究室のドアを開ける。康子は最後に研究室に入った。白を基調とした研究室内は無機質な感じがした。中では白衣を着た医師や研究員がそれぞれ働いている。

「おい、ザビ。何かわかったのか？」

ザビと呼ばれた白衣の女性が振り返る。高齢の女性だが、金髪が美しかった。ハーフかもしれない。彫りが深い顔立ちで鼻が高い。

「来たか、信子」金髪の女性が眼鏡をずらして織田班のメンバーを見回す。そして康子のところで目を留めた。「おや？　新人が入ったのかい？」

康子は一歩前に出て頭を下げた。

「徳川康子です。昨日付で織田班に配属されました。よろしくお願いします」

「可愛らしい女の子じゃないか。とって食われないように気をつけな」

近くにいた秀美が耳打ちしてくれる。

「あのお方は監察医のザビエル静子（しずこ）先生や。班長とは昵懇（じっこん）の間柄でな。織田班の事件に率先して対応してくれるんやで」

ザビエルは壁際に向かい、引き出しを開ける要領でスライドさせる。ドライアイスの煙とともに遺体が出てくる。遺体を見るのは苦ではないが、それでも康子は目を逸（そ）らした。あまり正視したいものではない。

「ご遺体だよ。見な、この左耳の下のあたり。少し赤くなってるだろ」

織田班のメンバーで遺体をとり囲む。捜査一課の刑事だけあり、遺体を前にして怖じ気づく者などいない。康子も手帳片手に遺体を見る。たしかに左耳の下に赤い痣のようなものが残っている。

「軽い火傷の痕だ。スタンガンだろうね。気を失ったあとに細い紐か何かで首を絞められたんだろ」

首には索状痕がはっきりと残っている。そこだけ赤紫色に変色していた。信子が唐突に言った。

「今のザビの説明からわかったことがあったら言ってみろ」

「はい」と真っ先に手を挙げたのは秀美だった。「被害者の左耳の下にスタンガンを押しつけたということは、犯人は右利きやと思います」

「ふむ。ほかには？」

「はい」と今度は光葉が手を挙げる。「正面からスタンガンを押し当てたのであれば、被害者が油断していたと考えられます。つまり犯人と被害者には面識があり、かなり親しかったのではないでしょうか」

「光葉、いい推理だ」

「ありがとうございます、班長」

秀美が露骨に悔しそうな顔をしている。遺体を押し戻しながらザビエルが言った。

「面白いのはこっちだ」

研究室の奥に向かう。大きな台があり、その上に衣服などが置かれている。黒を基調としたものが多い。

「これは被害者が身につけていたものだ。気になるのはこのジャンパーだな。背中のあたりを見てくれ。染みになっているのがわかるだろ」

一同が身を乗り出す。ナイロン製の黒のジャンパーだ。ジョギングやウォーキングなどをする人が着るものらしく、薄手の生地だった。たしかに背中のあたりに染みが残っているのが見えた。

「気になったので成分を調べてみた。でもその前に、そうだな、徳川君と言ったかな。匂いを嗅いでみろ」

「えっ？　私ですか？」

「ほかに誰がいる。早く」

仕方ないので前に出る。白い手袋をしてからジャンパーをとり、恐る恐る鼻を近づけた。意外な匂いだった。康子は言った。

「カレー、ですか？」

「その通り」とザビエルが笑顔を見せる。「検出された成分からもカレーであることが証明された。面白いだろ。どうしてこんな場所にカレーが付着するんだろうな」

その疑問はもっともだった。たとえばカレーを食べていてこぼしてしまったとする。その場合は必ず体の前面に染みができるはずだ。背中側が汚れるということは有り得ない。

「つまりこういうことですかね」秀美が発言する。「被害者は転んだんですよ。そしたらたまたまそこにカレーライスが置いてあった。ちゃいますか？」

「猿、もう少しヒト並の知恵をつけろ。たまたまカレーがあったなんて、インドではあるまいし」

「いやいや、西葛西(にしかさい)あたりだと結構カレー落ちてますけど……すんまへん」

犯人は右利きで、被害者と親しい関係にあると思われる。そして被害者の背中にはなぜかカレーが付着していた。それが現在わかっていることだった。

「よし、みんな。集まってくれ」

信子が手を叩いたので、一同はそちらに向かった。研究室の一角で織田班のミーティングが始まる。

「被害者の太原雪代は六年前に警視庁を懲戒免職処分になっている。ほとんどの者は知らないと思うが、私と勝代は面識がある。彼女は今川班の刑事で、今川さんの右腕と言ってもいい存在だった」

隣にいた光葉が小声で説明してくれる。

「今川義乃。第一係の係長よ。捜査一課のエースと言われてる優秀な刑事なの」

「おい、光葉」と信子が鋭い視線を向けてくる。「捜査一課のエースは私だ。たしかに検挙率ではあっちに分がある。でも統率力では私の方が上だ。異論は認めん」

「はい、すみません」

光葉が素直に謝ると、信子は満足そうにうなずいた。

「わかったならいい。では捜査の割り振りを命じる。私と勝代は大崎署で指揮に当たる。秀美と光葉は被害者の生前の交友関係を調べてくれ。それとなく今川さんにも接触するんだ。康子と蘭は被害者の勤務先で情報収集だ。やり方はいつも通り。絶対に犯人を逮捕するぞ。以上、解散」

「はいっ」

ミーティングが終了する。織田班のメンバーはそれぞれ勢いよく研究室から飛び出していく。康子もあとに続いたが、さきほど嗅いだカレーの匂いが鼻に残っていた。

＊

「今川係長、少々お時間よろしいでしょうか？」

廊下を歩いていると背後から声をかけられた。振り返ると二人の女が立っている。織田班の木下秀美と明智光葉だ。やっと来たか。今川は内心気を引き締めつつも、余裕の笑みを浮かべて二人を出迎える。

「そろそろ来る頃だと思っていたわ。太原のことね」

「そうです。お話を聞かせてください」

空いている会議室があったので、そこに場所を移した。木下、明智ともにどちらも頭の切れる女で、織田班でも中核を担っているのを今川は知っていた。

「ご愁傷様です」秀美が殊勝な顔をして頭を下げた。「かつての部下を亡くし、さぞかし気落ちしていることでしょう。今川係長は最近太原さんと会っていましたか?」

「去年の年末に飲みにいったわ。それ以来は会ってないわね。どうなの? 犯人の目星はついてるの?」

「まだ捜査が始まったばかりですので。ちなみに太原さんを恨んでいる人物に心当たりはありますか?」

「さあ、最近はほとんど交流がないからね。彼女のプライベートはあまり知らないのよ」

連絡をとるときは公衆電話を使うなど、極力痕跡を残さないように気をつけている。通話記録を調べられても問題ない。太原にも注意するように言い含めていた。

「太原さんは係長の右腕として活躍されていたとか。勤務先を紹介したのも係長だと聞いていますが」

「彼女の不祥事は庇えないものだったけど、彼女にいろいろと助けられたのは事実。だから再就職先くらいは世話してやりたかったの」

「親心ってやつですね。いやあ、さすがですねえ。うちの班長にも見習ってもらいたいもんや。私が不祥事起こしても、多分うちの班長はスルーすると思うんですわ」

秀美の口調には緊張感というものがまるでない。世間話でもしているかのようだ。それでも油断は禁物だ。顔で笑っていても心の中では何を考えているかわかったものではない。

「ところで係長、おとといの午後八時から九時までの間、どこで何をしてはりましたか？」

「その時間だったら捜査中だったはず。池袋で殺しがあってね。ちょうど捜査会議が終わった頃じゃなかったかしら」

連行したベトナム人二人組は大筋で容疑を認めていた。今は部下たちに裏づけ捜査をやらせている。

「すでに犯人は逮捕したとか。まさに神眼ちゅうやつですな。素晴らしい」

ここ数年、太原の情報提供に助けられ、数々の事件を早期解決に導いた。いつしか今川の着眼点のよさを評して捜査一課では「神眼」と呼ぶようになった。残念ながらもう神眼は使えない。

「少しよろしいでしょうか」ずっと黙っていた光葉が一歩前に出る。「部下の岡部さんにも話を聞いたんですが、おとといの捜査会議の終了後、係長はドラッグストアに行くと言ってお一人で外に出たようですが、間違いありませんか？」

なるほど。裏をとっているというわけか。それでも心配ない。余裕の笑みを浮かべて今川は説明した。

「そうよ。お腹の調子が悪くて、胃腸薬を購入したの。池袋署から一番近いドラッグストアよ」

「岡部さんの話によると、十五分近くかかったようですが」

「レジで待たされたのよ。でもたった十五分よ。もしかして私、疑われてる？」

「そういうわけではありません」

「犯行現場は大崎よね。十五分で池袋から大崎まで往復できるわけないわ。それに殺人もしないといけないわけだから、最低でも一時間は必要かしら。私が捜査会議に出ていたのは捜査員たちが憶えているはず。私に犯行は不可能ね」

「すみません、係長」木下は頭を下げた。「別に係長を疑ってるわけやないんですよ。まったく頭が固いというか。おい、光葉。あんたも係長にお詫びをせえ」

「……すみませんでした」

二人揃って頭を下げる。今川は笑って言った。

「あらゆる人物を疑うのが捜査の鉄則。別に謝るようなことじゃないわ。可愛がっていた元部下を殺されて私も悔しい。できることなら捜査に加わりたいくらいだわ。絶対に犯人を逮捕して。私にできることなら何だってするから。信子にもそう伝えて」

「わかりました。お忙しいところすみませんでした。あ、最後にもう一つだけ」秀美が何かを思い出したように言った。「係長、最近カレーを食べました？」

質問の意図がわからない。今川は思ったことをそのまま口にした。

「カレー？　いったい何を言ってるの？」

「詳しいことは言えないんです。どうでしょうか？　最近カレーを食べたのはいつですか？」

「さあ……はっきり憶えてるわけじゃないけど、先週くらいに食べたような気がする」

「ちなみにお店の場所は？」

「ここの食堂よ」

「家でカレーを作ったりはしないんですか？」

「しないわね。料理はほとんどしないの。ねえ、カレーって何？　もしかして太原が最後に食べた料理がカレーだったとか」

秀美は答えない。ニヤニヤと笑っているだけだ。光葉は神妙な顔をしてメモをとっている。

「ありがとうございました。また何かあったら伺います。ほな」

二人が会議室から出ていった。いったいカレーと事件がどう関与しているというのか。喉に小骨が引っかかったような違和感と、秀美の人を食ったような態度に腹が立ち、思わず今川は近くにあったパイプ椅子を軽く蹴りつけていた。

＊

「派遣さん、この書類を三十部ずつコピーしておいて」

「はい、了解です」

想像以上に慌ただしい。康子は新宿にある東晋警備保障の本社ビル、その総務部で働いている。首からは黒い紐の社員証をぶら下げていた。黒い紐は派遣社員であることを表している。

東晋警備保障は被害者である太原雪代が働いていた会社であり、今日から康子はここで情報収集に当たっている。しかも普通に事情聴取をするわけではなく、素性を隠して派遣社員として勤務するのだ。いわゆる潜入捜査というやつである。こんなことをして許されるのかと不安を覚えてしまうが、織田班では当たり前らしい。

今、康子が座っているのは被害者の太原雪代が使用していたデスクだ。彼女の私物が丸々残されており、周囲の目を盗んではチェックしているのだが、怪しげなものはまだ見つかっていない。

「派遣さん、この伝票を経理部に提出してくれるかな」

「はい、お任せください」

渡された伝票を持って康子は席を立つ。廊下を歩いていると後ろから声をかけられた。

「康子さーん」

振り返ると森蘭が走ってくる。彼女は別の部署に潜入している。いつも以上に念入りに化粧しており、ネイルも派手だった。銀座あたりの高級クラブのお姉さんのようないでたちだ。

「どうですか？　何か収穫ありましたか？」

蘭が舌足らずな口調で訊いてくるので、康子は答えた。

「まだ何も。蘭ちゃんは？」

「私も全然です。でも合コンの予定は三つも入っちゃいました」

悪びれずに蘭は舌を出す。どこからも見ても捜査一課の刑事ではなかった。そういう意味では彼女ほど潜入捜査に相応（ふさわ）しい人材はいない。

「康子さん、被害者のパソコン、調べました？　絶対何かあるって班長も言ってましたし」

被害者が外部に情報を洩らしていたのではないか。その痕跡を探すのが信子から康子たちに課せられたミッションだった。

「調べているけど、また見つからないの」

「そうですか。でも収穫なしだと班長に殺されちゃいますよ、私たち」

大袈裟な、と思うが、信子の性格からして折檻くらいはありそうな気がして怖い。とにかく頑張って捜査をしよう。そう確認し合ってから蘭と別れた。

経理部に伝票を提出してから総務部に戻る。自分のデスクに座って仕事を再開する。データ入力をしながら隣のデスクに座る男性社員に声をかけた。

「すみません。教えていただきたいんですが、このパソコンからメインデータを見ることはできないんですか？　たとえば全国に設置された防犯カメラの映像とか」

「無理無理。だって俺たちにはそんな権限がないもの。うちの部で権限があるのは部長だけだよ」

やはりそのあたりのセキュリティ対策は万全のようだ。上から五段階にカテゴライズされていて、すべてのデータを閲覧できるのは部長クラスの人間もしくは決裁で許可を得た社員だけらしい。ちなみに太原雪代は一番下のカテゴライズに属していて、機密性の高いデータを見るなどの権限は有していなかった。

「派遣さん、この書類、ホッチキスで留めてくれるかな？」

「はい、わかりました」

書類を受けとった。デスクの引き出しを開けてホッチキスを探す。太原の使用していたものだ。気になったのでそのままデスクを徹底的に調べてみることにした。文房具のほかに歯ブラシなどの私物も入っている。隈なくチェックしたが怪しいものは見つからない。

諦めかけたそのとき、引き出しの中に手を入れると手の甲に異物を感じた。調べてみると引き出しの天板に何かがテープのようなもので貼りつけられている。小さな鍵だった。引き出しの鍵のようだが、太原が使っていたデスクの鍵穴とは合わない。

「すみません、ちょっといいですか?」隣の席の男性社員に話を聞く。「あの、以前この席にいた人ですけど、残業とかしてました?」

「太原さん? ああ、たまにしてたね。うちの部署ってそれほど忙しくないから、あまり残業する人いないんだけどね。パソコンを使い慣れてないとか言ってたかな。まああのくらいの年代の人はそうかもしれないよね」

もしかしたら——。康子は仕事が終わる時間まで待った。終業時刻の午後五時三十分を過ぎてもチラホラと社員は残っていたが、午後七時を過ぎると総務部のフロアから完全に人の姿が消えた。康子は席を立ち、部長室に向かった。

部長室はフロアの一番隅にあった。ガラス張りになっていて、今は内側からブラインドが下ろされている。ドアには鍵はかかっておらず、容易に侵入することができた。例の鍵をデスクの鍵穴に差し込む。予想通り鍵は一致した。

引き出しを開ける。万年筆などの私物の横に、USBメモリー程度の大きさのものが置いてあった。康子はそれを手にとって眺める。小さなボタンを押すと液晶画面に十二桁の数字が表示された。いわゆるワンタイムパスワードというやつだ。

一度きりしか使えないパスワードであり、この小さなスティックが専用トークンだ。非常に高度なセキュリティとして知られているが、使用者がここまで無防備だと用をなさない。もっと厳重な場所で専用トークンを保管するべきだ。

康子は部長室をあとにした。これで一つ、重要な事実が発覚した。太原雪代は東晋警備保障のデータをすべて閲覧することができたのだ。彼女はデータを外部に洩らしていたという、信子の推論がバッチリと当たったことになる。織田信子、恐るべしだ。

*

「班長、織田の奴ら、またやってましたよ」

部下の岡部が今川のもとにやってきた。鬼の首を獲ったかのような表情だ。

「現場を押さえたの？」

「ええ。バッチリです。社員に頼んだんです」

岡部がスマートフォンの画面を見せてくる。どこかの会社の廊下だろうか。二人の女が立ち話をする様子が撮られている。派手な巻き髪の女は森蘭だ。織田班のマスコット的な存在の女だ。もう一人は知らない女だった。

「こいつは織田班の新人ですよ。早速、潜入捜査させられてるみたいです。名前は徳川康子。驚かないでくださいよ。なんと駿府大のＯＧです」

初めて聞く名前だ。今川は警視庁駿府大ＯＧ会の幹事を務めており、定期会合には必ず出席している。所轄にも網を張り、駿府大卒の優秀な人材はいつでも捜査一課に引っ張れるように目を光らせている。その網に引っかからなかったということは、たいした人材ではないと考えていい。

「二人は太原さんが勤めていた警備会社に潜入しているようですね。よくやりますよ、本当に」

織田班の捜査方法の違法ぶりは、上層部からも問題視する声が高まっていた。その決定的瞬間を押さえるように岡部に命じていたのだ。

「ありがとう。その画像、私に送って」

「わかりました」

画像が届いたのを確認してから今川は席を立った。向かった先は課長室だ。捜査一課長の松永久美子は自席で書類を読んでいた。

「失礼します」

一礼し中に入る。岡部から送られてきた画像を松永に見せ、今川は織田班の潜入捜査について説明した。松永は顔をしかめた。

「さすがにこれは看過できないわね」

「私もそう思います。織田のやっている行為は許されるものではありません」

「わかったわ。厳重注意しておく」

「厳重注意だけで許される問題でしょうか？」

松永が顔を上げた。日に焼けた顔は上層部のご機嫌をとるために毎週末ゴルフに行くためだと言われている。多趣味な女で、茶道を習ったりしているらしい。それが高じて茶器集めに金をかけているとも聞く。

「織田のやり方に不満を持っている者は多数います。ここは課長のご英断が必要かと思います」

「つまり織田を飛ばせってことかしら？」

「放っておけばそのうち織田は問題を起こします。課長にはあと一年、その席に座っていていただきたいのです」

信子の違法捜査が明るみに出れば、その責任の一端は捜査一課長である松永にまで及ぶ。松永は腕を組み、唸(うな)るように言った。

「うーん、そうね。どこがいいと思う?」

「そうですね。品川あたりはいかがでしょうか?」

「品川署? どうして?」

「新幹線に乗ればすぐに名古屋まで帰れるじゃないですか。味噌カツを食べたくなったら新幹線に乗ればいいだけの話です」

「今川さん。あなたも言うようになったわね。週末に警視総監とゴルフだから、そのときにちょっと話しておく。でも警視総監、意外に織田君のことを気に入っているのよね」

現在の警視総監は足利昭菜(あしかがあきな)といい、代々警察幹部を務めている家柄だ。なぜか信子と馬が合うようで、二人で一緒にいる姿をよく目にする。信子が第五係の係長に抜擢(ばってき)されたのも足利総監の口利きがあったとも言われている。

「ところで池袋の事件はどこまで進んでるの?」

「すでに身柄を送検しました」

「さすがね。また近々ゴルフにでも行きましょう」

「はい。お供いたします」

今川は席に戻った。これから池袋署に向かい、あちらの署長に事件の報告をしなければならない。その前に化粧を直しておこうと思い、化粧ポーチを持ってトイレに向かった。

入った瞬間、あっ、と思った。鏡の前で織田信子が化粧を直している。ここで引くわけにはいかない。何食わぬ顔をして信子の隣に立ち、鏡の中で自分の顔を確認する。

「今川さん、お出かけですか？」

「まあね。あ、そうそう。太原の事件だけど犯人の目星はついたのかしら？」

「鋭意捜査中です」

信子がポーチから口紅を出し、それを自分の唇に引く。派手な赤だ。とても刑事がつける口紅の色ではないが、悔しいことに信子にはよく似合っている。

彼女の年齢は四十歳。捜査一課の最年少係長だ。まさに女盛りといった感じで、隣に立っているだけでむせ返るような色香を漂わせている。

「太原はかつての部下よ。必ず殺した犯人を捕まえて」

「もちろんです。それが私の仕事なので。では失礼いたします」

余裕綽々の笑みを浮かべ、信子がトイレから出ていった。まったく忌々しいったらありゃしない。

太原を殺したのは間違いではなかった。あの女は放っておけば必ず災厄となったはずだ。こんなところで自分は終わるわけにはいかない。あと一年待てば捜査一課長の椅子が待っている。

鏡を見ると、そこには五十を過ぎた女の顔が映っていた。

＊

午後八時。康子は代々木にある自宅アパートに帰宅した。東晋警備保障への潜入捜査は二日目に入っていた。太原が部長室のデスクの鍵を所持していることは判明したが、入手した情報を誰に洩らしていたか、その決定的証拠が見つからないのだ。太原のスマートフォンが見つからないのが痛かった。きっと犯人が処分してしまったのだろう。それが捜査本部の見解だ。

「康子先輩、お疲れっす」

エレベーターを待っていると背後から声をかけられた。振り返ると体格のいい女性が立っている。身長も百八十センチを超す長身で、一見してバレーボール選手のようでもある。

「忠夜(ただよ)ちゃん、どうしてここに？」

「いや、たまには飯でもどうかと思いまして」

本多(ほんだ)忠夜。警察学校時代の同期だ。忠夜は高卒で警視庁に入ったので、康子の四つ年下だ。同じ静岡県出身者ということもあり、警察学校時代からよくつるんでいた。今でもたまに一緒に遊ぶ友人だ。

「ちょうどよかった。腹ペコだったの、私。何を食べにいく？」

「カレーでもどうすか？　神保町にデカ盛りで有名な店があるんです。もちろん味も最高です」

これも何かのめぐり合わせだろうか。太原雪代の背中に付着していたカレーの謎はいまだに解明されていない。康子はうなずいた。

「いいね、カレー。行きましょうか」

タクシーで神保町に向かう。街は学生やサラリーマンで賑(にぎ)わっている。路地の奥にその店はあった。比較的新しい店のようだ。店の前に小柄な女性が立っていた。

「あ、蔵(くら)ちゃんも来てたんだ」

「お疲れ様です、康子さん」

服部蔵美。彼女も忠夜と同じく高卒で警視庁入りした警察学校の同期だ。彼女は今、都内西部の所轄署の交番に勤務している。警察学校時代、休日に外出申請を出し、三人で食べ歩きをして日頃のストレスを発散した。懐かしい思い出だ。

三人でテーブル席に座る。忠夜は常連らしく、メニューも見ずに店員を呼び止めて注文する。

「特盛カレー、カツダブルを三人前ね」

「ちょっと忠夜ちゃん、私そんなに食べたら太っちゃうよ。せめて麦飯にして」

「天下の捜査一課の刑事が何言ってるんですか」

「康子さん、それより捜査一課はどうですか？　織田班に配属が決まったとか」

「そうなのよ。聞いてよ、蔵ちゃん。その織田さんって人がね……」

自然と話題は康子の新しい職場についてのものになる。まだ配属されて一週間も経っていないが、毎日が戦場のような忙しさだ。

「やっぱり織田さんって潜入捜査とか平気でやるんですね。衝撃的です、ある意味」

「でしょう？　私だってびっくりしてるんだから。ところで蔵ちゃん、今川って人、知ってる？　捜査一課の人らしいんだけど」

「知ってますよ。駿府大のOGじゃないですか。第一係の係長ですよ」

蔵美は情報通だ。噂話が好きで、署内のあちらこちらで聞き耳を立てているらしい。恐るべきことに康子が捜査一課に異動になるのも内示前に知っていた。

「駿府大のOG会の幹事です。次期捜査一課長と目されています。今川さんがどうかしたんですか？」

「殺された太原って人、今川さんの元部下だったたんですって」

「へえ、大崎の殺し、康子さんが担当なんだ。で、糸口は見つかったんですか？」

「まあね。ごめん、あまり詳しいことは言えないの」

康子の調査により、太原雪代が総務部長の専用トークンを使い、最高レベルの警備情報を勝手に閲覧していた可能性は俄然高まった。昨日、信子は正式に東晋警備保障に対して、生前の太原がどんな情報をどんなタイミングで閲覧していたかを明らかにするように情報開示を要請した。東晋警備保障側も了承し、すぐさまデータを作成して信子に渡したらしい。目下、大崎署で信子が陣頭指揮をとって提供されたデータの分析に当たっている。

「はい、お待ち」

カレーが運ばれてくる。もはやカレーライスというより、巨大な山だった。その頂上には二枚のトンカツが鎮座している。ごはんの周囲にはキャベツも敷かれている。ちょっとこれは大変かもしれない。女三人で全員が特盛カレーというのが珍しいのか、店内のほかの客たちもこちらに視線を送っている。

カレーは美味しかった。ルーには野菜系の甘味があるが、あとになるとスパイスの辛さも感じる。カツも厚みがあって食べ応えがある。

スタートダッシュを決めたのは忠夜だった。勢いよくカレーをかき込んでいる。惚れ惚れするような食べっぷりだ。彼女は警視庁の機動隊に所属していて、柔道でもかなりの成績を残している。一方、蔵美は淡々と食べている。しかしスプーンが止まることは決してない。ウサギとカメの逸話ではないが、最終的には蔵美が先に食べ終わることもある。

「康子さん、捜査一課ってゴツい女ばかりって本当っすか？」

「そんなことないわよ。明智さんは優しいし、森蘭って女の子はアイドル並に可愛いし」

「明智さんって優秀みたいですよ。所轄にいた頃から有名でした」

「ホントに詳しいね、蔵ちゃん」

店のドアが開き、一人の男性が入ってきた。男は流線形のヘルメットを被っている。店員が男に袋を手渡した。宅配もやっているのだろう。コロナ禍を経て、フードデリバリーは一般的となった。

「ちょっと康子さん、どうしたんですか？」

気がつくと立ち上がっていた。そのまま店を出る。宅配の男は持っていた袋を原付バイクの後ろの四角いボックスに入れていた。そしてスマートフォンで道順を確認してから、原付に乗って走り去った。

まさか——。

いったん店内に戻る。まだカレーは半分以上も残っている。とにかくこれを食べ終えるのが先決だ。猛然とカレーを食べ始める康子を見て、ほかの二人も慌ててスプーンを動かし始めた。

＊

今川は警視庁内の廊下を歩いている。先導しているのは織田班の木下秀美だ。さきほどトイレに立った際に声をかけられたのだ。内密の話があるという。連れていかれたのは会議室だった。

「どうぞお入りください」

そこには織田信子を筆頭に織田班の面々が顔を揃えている。全員で吊(つ)るし上げにしようという魂胆か。

「あらあら皆さん、お揃いで。もしかして太原の事件に進展があったのかしら」

「そうなんですよ、今川さん。ちょっと興味深い事実がわかりましてね。あ、少しどいてもらえますか？入ってこられない者がいるようでして」

信子の視線の先には一人の女が立っていた。下げている名札からして彼女が織田班の新人、徳川康子なのだろう。曲者(くせもの)揃いの織田班では埋没してしまいそうな平凡な外見だが、今は彼女が背負っているものに視線が吸い寄せられる。何とか動揺を押し隠して今川は彼女に道を譲った。

「今川さん、この子がうちの新人、徳川康子だ。いきなり面白いことを言い出したから、あなたにも聞いてもらおうと思ってね。康子、説明してやりな」

「はい。よっこらしょ」

康子が背負っていた大きな四角いバッグを床の上に置いた。大手フードデリバリーのロゴが入ったバッグで、これを背負って自転車やバイクで走る配達人の姿は、街ですっかりお馴染(なじ)みの風景となっている。

「このバッグは借り物です。ええと、そうですね。被害者の太原さんと一番体型的に似通っているのは光葉先輩だと思います。光葉先輩、お願いします」

明智光葉が前に出る。そしてバッグの近くで仰向(あおむ)けに横になった。康子は光葉の体を引き摺り、折り曲げるような体勢にしてからバッグの中に光葉の体を押し込んだ。光葉の体はすっぽりとバッグの中に収まった。上から康子が声をかける。

「光葉先輩、大丈夫ですか？」

「……早くして、苦しい」

　木下秀美が光葉の姿をニヤニヤしながら眺めている。康子がバッグを倒し、中から光葉を救出した。立ち上がった光葉の背中には黄色っぽい染みがついていた。

「バッグの下に水溶性の絵の具を塗っておいたんです。太原さんの背中にはカレーが付着していました。これがその秘密です。おそらく犯人はこういうバッグを使って遺体を運搬したのではないでしょうか。私もフードデリバリーを利用しますが、汁系の食べ物を頼んだときとか、たまに液体が洩れていることがあります。多分犯人が使用したバッグにも、その直前にカレーがこぼれていたんです。使用者が拭きとっていたはずですけど、太原さんの背中が長時間接触していたから、染みがついたんだと思います」

　まさかあのバッグの底にカレーの成分がついているとは考えてもみなかった。しかしまだ逃げ道はいくらでもある。

「今の康子の説明は重大なことを示唆している」信子が不敵な笑みを浮かべて言った。「犯人がこの手のバッグを利用して遺体を運搬したのであれば、それはつまり犯行現場が大崎ではないことを意味している。死亡推定時刻は午後八時から九時までの間。そして遺体が発見されたのは翌朝の午前七時。今川さん、その時間、あなたはどこで何をしてた？」

「徹夜で捜査をしていた。池袋界隈を這いずり回ってたよ。うちの班の誰かに確認すればわかることだ」

「その件ですが」と木下秀美が得意顔で口を挟んでくる。「今川班の刑事に確認したところ、途中で二時間ずつ交代で休憩したそうですね。優しい上司ですわ、ほんま。うちの班長やったら休憩なしで一晩中ぶっ通しですから」

「黙れ、猿」

　信子が一喝すると、秀美は途端に大人しくなる。

「いいかい、今川さん。二時間あれば池袋署の休憩室から抜け出して、大崎まで遺体を運んでくるのは可能だよね」

「ふん。どうしてもあんたは私を犯人にしたいらしいね。何か証拠があるのかい？　あるんだったら見せてほしいわね」

「太原が働いてた東晋警備保障からデータを提供してもらった。太原は幹部のパスワードを使い、情報を見ていた形跡がある。彼女が最後に見ていたのは池袋界隈の防犯カメラの映像だ」

　やはり摑んでいたか。今川はお腹に力を入れるようにして気合いを入れた。信子が続けた。

「つまりこういうことだ。太原はあんたの依頼を受け、池袋の強盗殺人に関与している怪しい車の行方を追った。そして重要情報をあんたに渡し、その場で殺害されたんだ。データの引き渡しは一度や二度のことじゃないと私は睨(にら)んでる。神眼と呼ばれるあんたの活躍の裏には、国内最大手の警備会社のデータを盗む太原の存在があったんだ。違うか？」

「さあね」今川はあくまでも突っぱねる。「太原が外部に情報を流出させていたとしても、その相手は私以外にも候補者はいるわ。うちの班の別の誰かかもしれないわけだし。でもね、信子。問題はそこじゃないの。情報漏洩(ろうえい)なんてどうでもいいの。私が太原を殺したっていう証拠、あるのかしら？」

　信子を始め、織田班の連中は何も言わなかった。言えないというのが正直なところだろう。そんな証拠などどこにもないのだ。

「ないんでしょう？　だってあるわけないもの。私は犯人じゃないんだから。お門違いも甚だしい。そんなんじゃいつまで経っても太原を殺した犯人は見つからないわよ」

織田班の連中は押し黙ったままだ。誰もが射るような目でこちらを見ている。いや、一人だけ違っていた。徳川康子だけはこの状況に慣れない様子で、どうしたらいいかわからないような顔つきで目をキョロキョロとさせている。

「私は仕事に戻るから。何か新事実が見つかったらいつでも相手になる。ではそういうことで」

今川は会議室をあとにして、廊下を足早に歩いた。絶対に大丈夫。今川は自分にそう言い聞かせた。


それから三週間が経過したが、織田班から声をかけられることはなかった。かなり捜査は難航しているらしく、大崎署に設置されている捜査本部の規模も縮小されるとも耳にした。いつまでも同じ事件を捜査しているわけにはいかない。捜査本部が解散となるのも時間の問題だろう。今川の読み通りに進んでいる。

「班長、お疲れ様です」

「はい、お疲れ様」

午後六時、今川は職場の席を立った。今は事件を抱えていないため比較的早く帰ることができた。桜田門駅から有楽町線に乗った。最初に停まった永田町駅で降りる。そしてすぐ次の電車に乗った。尾行がついていないか確認するためだ。念のため次の駅でも同じことをした。念を入れるに越したことはない。

電車に揺られながら今川は三ヵ月前のことを思い出した。新宿で事件が発生し、現場周辺を歩いていたときのこと。いきなり声をかけられた。振り返るとバイクに跨った男がいた。バイクの後ろには四角いバッグがついていた。大手フードデリバリーのロゴが入っていた。男の顔には見憶えがあったが、すぐには思い出せなかった。

刑事さん、俺ですよ、俺。その節はお世話になりました――。そう言われてようやく思い出した。男の名前は桶狭間淳史。十年ほど前に傷害罪で逮捕した暴力団の構成員だった。前科もあることから懲役二年の実刑判決となった。十年前はどこから見ても筋者とわかる外見だったが、バイクに乗るその姿に当時の面影はなかった。

桶狭間は笑みを浮かべて言った。俺、足洗ったんすよ。今はこうして地道に働いてます。これ、俺の名刺っす。その日はそれで別れた。記憶にも残らないほどの些細な出来事だった。

太原を殺害しなくてはならなくなったとき、遺体を運ぶ方法で悩んだ。本来であれば車を使いたいところだが、生憎今川は自家用車を所持していない。レンタカーを借りると免許証を提示する必要があり、記録に残ってしまう。そのときに思いついたのが桶狭間が使用していたボックスタイプのバッグだった。太原は痩せており、あれに押し込むこともできそうだ。それにバイクなら今川は持っている。最近では遠出をすることもなくなったが、ツーリングを趣味としていた時期もある。

名刺を頼りに桶狭間に連絡し、バッグを貰い受ける約束をした。使用目的は捜査上の秘密だと答えた。謝礼を五万出すと伝えると桶狭間は快諾し、太原を殺害する予定の三日前にバッグを受けとった。通販で買うことも考えたが、こちらの記録が残るのが嫌だった。また、桶狭間が組織に属しておらず、デリバリー運営会社との関係がグレーな点も好都合だった。仮に配達先で何かあっても、ただちには足が付かない。

織田班の捜査は暗礁に乗り上げているが、事件に繋がる唯一の痕跡が桶狭間だった。使用したバッグも切り刻んで処分しているので、絶対に見つかることはない。ただし桶狭間本人は別だ。彼だけがフードデリバリー用のバッグを今川に譲ったことを知っているのである。桶狭間の口を塞げば事件は完全に闇の中。今川はそう確信していた。

向かった先は新大久保駅だ。ごちゃごちゃした商店街の中を歩き、やがて住宅街に出る。今日訪ねることは電話で伝えてある。お前の社会復帰を祝う意味でも一杯奢らせてくれ。先日、世話になった謝礼も渡したいから人目に付かない場所がいい。今川が電話でそう言うと桶狭間は疑うことなく了承した。

二階建ての木造アパートだった。鉄製の外階段は錆びついており、上ると軋んだ。二階の一番奥の部屋だった。電気の明かりから中に人がいるのはわかった。ドアをノックすると声が聞こえた。

「どうぞ。開いてますよ」

すでに手袋を嵌めている。今川はドアを開けた。

狭い部屋だった。「ようこそいらっしゃいました」とこちらに向かって歩いてきた彼に対し、今川は隠し持っていたスタンガンを容赦なく首筋に押し当てた。昏倒した桶狭間の体を受け止め、部屋の奥に押し戻す。フローリングの上に寝かせた。

やり方は太原のときと変わらない。殺害したのち、遺体をここから運び出すのだ。桶狭間のバイクを借り、それで運搬すればいい。体格的にも桶狭間はバッグに収まりそうだ。今回は東京から離れた山奥、できれば数年間は遺体が発見されない場所に遺棄する予定だ。穴を掘り、そこに遺体を埋めるのだ。

まずは目を覚ます前に桶狭間の息の根を止めなければならない。用意していた紐を出し、桶狭間の首に巻きつけた、そのときだった。いきなりドアをノックする音が聞こえ、今川は手を止めた。続いて声が聞こえてくる。

「桶狭間さーん。いますか？」

女の声だ。近所の住人だろうか。鍵はかかっているし、こうして気配を消していれば立ち去るだろう。そう楽観していたのだが、鍵穴をいじる音が聞こえ、焦りは一気に増した。合い鍵を持っているのか。まさか女と同棲(どうせい)していたとか。しかしこの部屋に女の気配はない。いったい――。

ドアが開いた。狭い部屋なので隠れる場所などなかった。ドアの向こうに立っている女の姿を見て、今川は思わず声を発していた。

「あなた、どうして……」

織田班の新入り刑事が立っている。彼女も緊張しているらしく、腰が引けてしまっている。尾行された覚えはない。なぜこの女がここにいるのだ？

「い、今川係長、そ、その手を放してください。さもなければ……」

康子は腰から警棒を出し、それを伸ばして身構えた。しかし手の震えが伝わり、警棒の先が小刻みに揺れている。幸い康子は一人のようだ。こんな弱腰な娘に負けるわけがない。

「徳川さん、あなた勘違いしてるんじゃないの？　この人は私がかつて逮捕した男よ。今日は出所祝いで飲む予定だったの。来てみてびっくりした。今、救急車を呼ぼうと思ってたところよ」

「嘘(うそ)言わないでください。だって首に紐がかかってるじゃないですか」

「知らないわよ。私がやったんじゃない。とにかく私を信じて」

今川は立ち上がり、康子に向かって近づいた。当然、後ろ手でスタンガンを構えている。一メートルの距離まで近づいた瞬間、今川は飛びかかった。首筋にスタンガンを押し当てようとしたが、意外にも機敏な動きで康子はそれを避(よ)け、今川の手首を警棒で打った。思わずスタンガンを落としてしまった。そのまま二人、もつれるように床に転ぶ。今川は康子の背後に回り、後ろから首を絞めた。上腕部が完全に康子の首に入っていた。もう少しで落とせる。そう思ったときだ。ドアの向こうから女の影が入ってくる。

まさに鬼の形相(ぎょうそう)。織田信子だった。その右手に彼女が持っているものを見て、今川は驚く。えっいきなり銃を撃つの？

信子が構える。次の瞬間、右肩に激痛が走り、今川の意識はそこで途絶えた。

*

「じゃんじゃん頼め。今日は猿の奢りらしいからな」

「勘弁してくださいよ、班長。ただでさえ小遣い少ないんですから」

いつもと同じ新橋の居酒屋にいた。名古屋名物を出す店で、店の名前は尾張屋だった。今日も味噌カツや手羽先などがテーブルの上に並んでいる。さきほど今川義乃の身柄を警視庁に移送し、今は取り調べの最中だ。うちの班を代表して柴田勝代が同席しているため、彼女だけはここに来ていない。

犯人がフードデリバリーのバッグに遺体を入れて、運搬した。問題はその先だった。今川が事件に関与している決定的な証拠。それを見つけるのが難問となった。

織田班が注目したのはカレーだった。太原の背中に染みとなって残るほどだから、それなりの量のカレーが洩れ出たことは間違いがない。もしかしたら受けとった側も店側に抗議の電話を入れたのではないか。

場合によっては返品などのケースも考えられる。

　都内にあるカレー店、すべてに電話で問い合わせる覚悟をしていたが、フードデリバリーの本社でその手のクレームを記録している部署があり、情報を仕入れることができた。事件から遡ること一ヵ月の間、都内近郊で発生したカレーにまつわるクレームは五十件ほどあり、それらを逐一調べていった結果、一人の宅配人の名前が浮上した。桶狭間淳史という男で、新宿の某企業に宅配したカレーの中身が外に洩れていたという。受けとった側は当然店に電話を入れ、代わりの品を要求した。桶狭間は過去に傷害の罪で逮捕されていて、そのときの担当者は今川だった。

　桶狭間を任意同行で引っ張るという案もあった。が、康子はそれは控えるべきだと小声で主張した。今川にバッグを提供したのは桶狭間のはずだが、それはバッグの提供を立証するだけで、太原を殺害した決定的証拠にはならない。今川が桶狭間の口を塞ぎにくるかもしれない。その可能性を信じ、ひたすら張り込みをしてみたらどうか。康子の主張が採用され、さらには張り込み役も命じられた。

　この三週間、康子は桶狭間が住むアパートの向かい側の雑居ビルの空きテナントの窓から、ずっと桶狭間の部屋を観察していた。たまに光葉や蘭が交代してくれたが、原則的に康子一人だった。カップ麺は食べ飽きたし、コンビニ弁当や菓子パンもしばらく食べたくない。

「おっ、勝代から電話だ」

　信子がスマートフォンをテーブルの上に置いた。スピーカー機能をオンにしたようで、勝代の声が聞こえてくる。

「班長、私です。今川係長は大筋で容疑を認めています。太原から情報料の倍増を要求されたのが犯行の動機です。細かい殺害方法についてはほとんど我々の想像していた通りです。班長、銃の腕前も錆びついてないようで」

秀美と蘭が拍手をして喜んでいる。光葉だけは澄ました顔をして手羽先を食べていた。

「ご苦労だった、勝代。引き続き取り調べを頼む。私の奢りで今川さんにカツ丼でも出してやってくれ。もちろん、味噌だぞ」

通話を終えた信子が日本酒をクイッと飲み干すと、それに目敏く気づいた秀美が腰を上げ、信子のもとに近寄った。

「どうぞ、班長」

「悪いな、猿。お前も遠慮するな、今日はとことん飲み明かそう」

「有り難き幸せ」

何だか時代劇を見ているようでもある。康子は噴き出しそうになるのをこらえ、味噌カツを食べた。甘めのタレが美味しい。そのうち忠夜ちゃんと蔵ちゃんを連れてきてあげたいな。

「蘭、日本酒が足らん。もっと頼め」

「はーい」

織田班に配属となり、やっと一つの事件が解決したことになる。短かったようで、長かった一ヵ月だ。

「おい、みんな」信子が班員たちに向かって言う。「たとえばここに一羽の鳥がいたとしようじゃないか。鳥の種類はこの際どうだっていい。そうだな、決めた方がいいか。ホトトギスだ。ここに一羽のホトトギスがいたとする」

そう言って信子は手にしていた割り箸を真横に伸ばした。その箸の先にホトトギスがとまっているということか。信子は口元に笑みを浮かべて続けた。

「しかしそのホトトギス、本来なら美しい声で鳴くはずが、すっかり臍を曲げてしまってうんともすんとも言わぬのだ。さて困った。お前たちならどうする？」

一同は顔を見合わせた。真っ先に手を挙げたのは秀美だった。

「はい。私なら自力でホトトギスを鳴かせてみせまっせ。ありとあらゆる方法を試してやりますよ」

「なるほど。猿らしいな」と言うや、信子は「では――」と康子を直視した。

「どうする康子」

えっ？　私？　一瞬うろたえた康子だったが、思案しながら答える。

「そうですね。私だったら……どうしようかな。でもやっぱり、ホトトギスが鳴くのを待ってると思います。放っておいたらいつかは鳴くんじゃないですか」

「ふん。お前ならそう言うと思った。今回の事件、お前の忍耐勝ちのようなものだったからな」

褒めてくれているのか。素直に嬉しかった。捜査一課に来た甲斐があったというものだ。

「ほな班長やったらどうするんですか？　ホトトギスが鳴かんかったら」

「決まってるだろ。殺すのさ。殺して焼き鳥にして食っちまうのもいいかもな。鳴かないホトトギスに用などない」

信子はそう言い捨て、日本酒を飲み干した。その表情はゾクッとするほど残忍で、同時に美しかった。信子が持つ江戸切子のグラスの縁がきらりと光っている。

第二話　姉川の失恋

ドアをノックする。部屋の中から「どうぞ」という声が聞こえたので、浅井(あざい)長実(ながみ)はドアを開けて中に入った。殺風景な楽屋だが、鏡の前に置かれた鉢植えのフラワーギフトが部屋に彩りを与えている。中央にある応接セットのソファに朝倉景子(あさくらけいこ)の姿があった。

「おはよう、景子」

「おはよう、長実。今日はよろしくね」

景子は私服のままだった。長実もまだ着替えていない。今日は姉川(あねがわ)フィルハーモニー交響楽団の五月公演の当日だ。午後四時からの本番に備え、これからリハーサルが始まる予定になっている。

長実は景子の向かい側のソファに腰を下ろした。本番当日はこうして楽屋を訪ねるのがいつもの流れだ。指揮者である景子だけは個室の楽屋を与えられている。ほかの団員たちは大部屋をみんなで使っていた。

「今日も満員御礼のようね」

長実がそう言うと、景子が満足げにうなずいた。

「よかったわね。日頃の練習の成果が出ているのよ」

姉川フィルハーモニー交響楽団は東京都西部にある姉川市が主宰する市民楽団だ。歴史は古く、創立五十周年を迎える。年間で六十回ほどの自主公演を各地でおこなっており、市民オーケストラとしてはそれなりの認知度を誇っている。

「お昼、まだなんだ」

「うん。これから食べるつもり」

テーブルの上には仕出し弁当が置かれている。近所の和食店から取り寄せた幕の内弁当だ。弁当の隣にペットボトルのミネラルウォーターと、プラスチック製のピルケースが置いてあった。景子が幕の内弁当を見て言った。

「このお弁当を食べるのも今日が最後かもしれない。そう考えると感慨深いわね」

「だったらやめなきゃいいのに」

「そういうわけにはいかないの。決めたことなんだから。長実はもう食べた？」

「うん。大根の煮物が美味しかったわ」

景子との付き合いは長い。かれこれ二十年近くになる。同じ音楽大学の同級生だった。専攻は違ったが、寮の部屋が隣ということもあって仲よくなった。音大卒業後、景子がウィーンに留学したのに対し、長実はプロになるのを断念して都内の通信機器メーカーに就職、姉川フィルに所属してアマチャアとして音楽を続けることにした。

景子は帰国後、国内のオーケストラを転々としたのち、五年ほど前に姉川フィルの指揮者に就任した。

彼女を招聘したのは長実にほかならない。幹部たちに売り込んだのだ。

「市君は？」

景子に訊かれたので長実は答えた。

「外を走ってるんじゃないかしら？　さっきジャージに着替えて出ていったから」

「相変わらずね」

浅井市太郎。長実の夫であり、今日の公演にゲスト参加するピアニストでもある。景子と同じく音大の同級生で、学生時代はいわゆる三角関係に近い状況だったのだが、景子が海外留学している間に長実と付き合うようになり、やがて結婚した。決して順風満帆とは言えないものの――市太郎の女癖が悪いのだ――今も何とか夫婦生活は続いている。

「あ、そうだ」と思い出したように景子が言う。「初っ端の『スター・ウォーズ』だけど、第二楽章でヴァイオリンが……」

二人で楽譜を見ながら、今日の演奏についての話をする。長実は第一ヴァイオリンのリーダーを務めている。指揮者の指示を団員に伝えるのも長実の役割になっていた。いわゆるコンサートマスターと言われるものだ。

「……その部分だけ不安だから、一回リハで確認しておきたいの」

「それがいいわね。私からも事前にみんなに伝えておくから」

長実は手帳にメモをしてから、改めて景子に訊いた。

「ねえ。確認したいんだけど。例の話、考え直してくれる気はないのね」

これが最後通牒になる。回答次第で彼女の運命は大きく変わる。景子は素っ気ない口調で答えた。

「残念ながら答えはノー。もう先方とも話が進んでいるのよ」

「そう。仕方ないわね」

「別に市君をとって食おうってわけじゃないの。少し借りるだけだから」

残念だ、と長実は内心溜め息をつき、小型の瓶を出した。それをテーブルの上に置きながら言った。

「これ、こないだ話した漢方薬よ」

「えっ？　もう用意してくれたの？」

「もちろんよ。試しに飲んでみて。よかったらまた買ってくるから」

「嬉しいわ。早速飲んでみようかしら」

滋養強壮に効果があるという漢方薬だ。先日二人で会ったとき、最近疲れがとれないという話になり、長実が友人に勧められて漢方薬を飲み始めたという話をすると、景子はすぐに食いついてきた。

「多分景子が飲んでも大丈夫なやつだと思う。飲む前に成分は確認した方がいいかもしれないわね」

「そうね。そうさせてもらうわ」

瓶は漢方薬の名店のものだが、中身は別物だ。輸入代行業者を通じてアメリカからとり寄せたある薬品が入っている。

「食事の邪魔ね。私はこれで失礼するわ」

「長実、今日も頑張りましょう」

その言葉にうなずき返し、長実は楽屋を出た。廊下を歩いて大部屋に戻る。食事をする者、イヤホンで音楽を聴いている者、スマートフォンをいじっている者。待ち時間の過ごし方は人それぞれだ。長実は椅子に座って読みかけの文庫本を開いたが、内容はほとんど頭に入ってこなかった。

＊

ブザーが鳴り、第二部の公演がスタートする旨が告げられた。緞帳（どんちょう）が開くと、そこには姉川フィルハーモニー交響楽団の団員たちの姿がある。白と黒の衣装に身を包んでいる。誰もが楽器を手にスタンバイしていた。

「おい、いつまで寝てんねん。始まるで」

木下秀美（きのしたひでみ）は隣で眠っている後輩、徳川康子（とくがわやすこ）の肩をパンパンと叩（たた）いた。

「あ、秀美先輩。もう終わったんですか？　意外に短かったですね」

「終わってない。これから二部が始まるんや」

「そうですか。クラシック音楽って聴いてると眠くなってきます」

それについては同感だ。秀美も第一部では何度も睡魔に襲われた。初めに演奏された『スター・ウォーズ』のテーマ曲以外、ほとんどが知らない曲だった。どこかで聞いたことがあるのだが名前はわからない曲ばかり。眠くならない方がおかしい。しかし今はお目々もパッチリ。臨戦態勢に入っている。

『それではご紹介いたします。ピアニストの浅井市太郎様のご入場です』

会場内が拍手に包まれる。黄色い歓声を上げている女もいた。負けてられるかと秀美も声を張り上げる。

「お市様、お市様っ」

タキシードに身を包んだ長身の男性が姿を現した。シュッとした顔立ちは韓流スターに引けをとらないほどに美しい。後光がさしているように見えるのは気のせいか。

市太郎はピアノの前で立ち止まった。観客の方を向き、胸に手を当てて軽く頭を下げた。その仕草だけで軽くご飯が三杯は食べられるほどだ。秀美は前から三列目に座っていて、彼までの距離は十メートルにも満たない。一瞬だけ市太郎と視線があったような気がして、思わず秀美は叫んでいた。

「お市様、猿はここにおりまする。お市様っ」

市太郎がこちらを見るのがはっきりとわかった。彼は秀美に向かってウィンクをしてからピアノの前の椅子に座る。隣に座る康子が小声で訊いてくる。

「秀美先輩、あの人が班長の弟さんなんですか？」

「そうや。かっこええやろ」

「かっこいいですね。秀美先輩がファンになるのもうなずけます」

「この世のものとは思えへん。水も滴るいい男とはあの人のことや」

初めて出会ったのは、秀美がまだ中学生でルーズソックスを穿いて街を闊歩していた二十年以上前のこと。友達に誘われて入った愛知市内のライブハウスで彼を見た。あるバンドのキーボードを弾いていたのが市太郎だった。その日以来、市太郎は秀美の推しとなった。彼の所属するバンドが出演するライブは欠かさず観た。青春のすべてを捧げたと言ってもいい。

ところが事態は急転する。ある日のライブ終了後、市太郎はバンドからの脱退を表明したのだ。東京の音楽大学に入学することが正式に決定したというのがその理由だった。もう市様に会えないのか。秀美は落ち込んだ。食欲不振になり、体重が二キロ落ちたほどだった。

　時は流れる。秀美は警察官となり、日々仕事に打ち込んだ。そして五年前、秀美は念願の警視庁捜査一課に配属となり、織田(おだ)班の一員となった。歓迎会として織田家でおこなわれたバーベキュー大会において、秀美は奇跡の再会を果たす。なんと市太郎と出会ったのだ。市太郎は織田信子(のぶこ)の実弟だったのである。秀美は歓喜した。これを僥倖(ぎょうこう)と言わずして何と言えばいいのだろう。

　すでに市太郎は結婚していたが、そんなのは些末(さまつ)なことだった。バーベキューをしながら積極的に話しかけ、顔と名前を覚えてもらった。彼は現在、クラシック音楽のピアニストとして活躍しているという。その日以来、彼が出演するコンサートには頻繁に足を運んだ。前回は捜査の関係で泣く泣くキャンセルしたので、今日は久し振りの参戦である。生の市太郎を見るのは三ヵ月振りだ。

「市太郎さんって何歳なんですか？」

「三十八歳。班長の二歳下や」

「もっと若く見えますよね」

「始まるで。黙っとき」

　一部とは編成が変わっている。一部ではなかったグランドピアノが中央に置かれ、その後ろに女性指揮者が立ち、さらにその向こうには半円状に弦楽器奏者、管楽器奏者が並んでいた。女性指揮者が指揮棒を振ると、まずは「ジャーン」という迫力ある音が鳴らされ、すぐさま市太郎のピアノソロが始まる。プログラムによるとベートーヴェンの『ピアノ協奏曲第五番変ホ長調』という曲らしい。『皇帝』とも呼ばれる曲で、まさに市太郎に相応(ふさわ)しい曲名だ。いや、正確には『皇帝の弟』といったところか。

荘厳にして、華麗なメロディーだ。しかし秀美の関心は演奏ではなく、ピアノを奏でる市太郎の美しさにのみ集中している。秀美にとってクラシック音楽とは耳で聴くものではなく、目で楽しむものだった。

やがてすべての楽器が加わり、渾然一体となって会場のボルテージは高まっていく。そんな最中、異変が起きた。突然、女性指揮者が倒れたのだ。

最初は何が起こったのか、観客たちにも理解できなかった。そのうち演奏が尻切れトンボのように徐々に小さくなり、指揮者の近くにいた奏者たちからどよめきのような声が洩れてきた。秀美は咄嗟に立ち上がり、隣に座る康子に向かって言った。

「行くで、康子」

「は、はい」

秀美は通路を走り、そのままの勢いで舞台の上に飛び乗った。ジャケットの懐から手帳を出し、警察バッジを見せながら言った。

「皆さん、落ち着いてください。警視庁の者です」

内心、秀美は張り切っている。お市様にええとこ見せたるで。市太郎の姿を横目で見ながら倒れた指揮者のもとに向かう。仰向けに倒れたその顔には生気がない。それでも秀美は康子に命じた。

「康子、救急車や。それから班長にも連絡」

「は、はい」

スマートフォン片手に康子が立ち止まる。秀美は白い手袋を嵌め、女性指揮者の前で跪いた。脈をとってみたが、反応は一切なかった。どうやら今日のコンサートは中断ということになりそうだ。指揮者不在のまま続けるわけにはいかないはずだから。

＊

「お客様の中にお医者様はいらっしゃいますか？」

仰向けに倒れた景子の傍らで一人の女性が声を張り上げている。彼女は刑事のようだ。まさか会場内に刑事がいるとは予想外だったが、それでも計画が成功したことは間違いなさそうだ。

長実は椅子に座っている。突然指揮者が倒れ、団員たちは誰しも戸惑ったような顔をしている。まさかこんなに早く成功するとは思ってもいなかった。

「長実さん」隣に座る女性団員、磯野昌奈が声をかけてくる。「朝倉さん、大丈夫かしら？　あの倒れ方は普通じゃないわ。命に別状なければいいんだけど」

ほかの団員たちが景子の周囲に集まっているため、ここからでは景子の様子を窺い知ることはできない。それでも隣の女性団員が言う通り、あの倒れ方だと死んでいると考えていいだろう。

「やっぱり心臓じゃないかな」

長実はそう口にした。景子が心臓に持病を抱えていることは、姉川フィルの団員なら誰もが知るところだ。長実はこう続けた。

「ねえ、磯野さん。景子の楽屋に行ってみましょうよ。彼女のスマホがあれば、そこから主治医に連絡をとることができるかもしれないし」

「そうね。それがいいかもね」

「急ぎましょう」

長実はヴァイオリンを椅子の上に置き、立ち上がった。磯野とともに舞台袖に行き、裏の通路に出る。通路には人っ子一人いない。長実たちが歩く足音だけが響き渡る。

景子の楽屋の前に辿り着いた。本番やリハーサル中、景子が楽屋に鍵をかけないことを長実は知っていた。特に貴重品は持ってきていないから。それが鍵をかけない理由だ。

ノブを回して中に入る。昼に訪れたときとさして印象は変わらない。変化がある点といえば、テーブルの上の幕の内弁当が空になっていることくらいだ。ペットボトルの水も半分ほど減っている。

「磯野さん、あのバッグを調べて」

化粧台の近くに景子のショルダーバッグが置かれているのが見えたので、長実はそう磯野に告げた。奥に向かった磯野の様子を観察しつつ、長実は中央の応接セットに向かう。長実が渡した漢方薬の瓶がある。

磯野はバッグの中身を確認している。こちらに注意を払っている様子はない。長実は素早く腰を屈め、テーブルの上から漢方薬の瓶を手にとった。瓶ごと回収してしまおうとも思ったが、万が一持ち物チェックをされた場合のことを考えると、それは賢明ではないと思い直す。キャップを開けて瓶の中身の錠剤をすべて手の平にのせ、そのままポケットの中に入れた。あとでトイレで流してしまえばそれで終わりだ。最後に用意していたハンカチで瓶を丹念に拭く。

「あったわ、スマホ」

磯野がそう言ってこちらを振り返ったのと、長実が漢方薬の瓶をテーブルの上に戻したのはほぼ同時だった。磯野はスマートフォンを持ってこちらにやってくる。磯野が画面をタッチすると四文字のパスコードが要求される。

「駄目ね。これは開けられない」

「一応持って行きましょう。あっちで朝倉さんの指紋を認証させるって手もあるし」

磯野の手からスマートフォンを受けとり、長実たちは楽屋を出た。楽屋を出た瞬間、廊下の奥にある防犯カメラをチラリと見た。あそこに防犯カメラがあることは百も承知だ。リハーサルの前に景子の楽屋を訪ねるのは公演中のルーティンだし、主治医の連絡先を知りたいがためにスマートフォンをとりに行くのも自然な行動だ。あとで警察に何を言われようが、切り抜けられる自信がある。

通路を引き返す。舞台袖からステージに戻ると、さきほどとは様相が変わっていた。さめざめと涙を流している団員もいた。近くにいた仲間に事情を訊いた。男は沈痛な表情で答えた。

「朝倉さん、お亡くなりになったそうだ。お客さんの中に医者がいてね。そう診断されたらしい」

「そ、そんな……」

長実はあからさまに絶句し、覚束（おぼつか）ない足どりでステージの前に向かう。すでに故人となった景子の顔には誰かが配慮したのか、白いハンカチがかけられている。さきほど声を張り上げていた刑事のもとに向かい、スマートフォンを差し出した。

「刑事さん。これ、景子の……朝倉さんのスマホです。主治医に連絡をとろうと思い、楽屋からとってきたんです」

「そうですか。では私が回収します」

スマートフォンを刑事に渡す。ピアノの前では市太郎が立ち尽くしていた。彼が長実の存在に気づき、こちらに寄ってきた。長実は唇を噛み締め、頭を市太郎の胸に当てる。

頑張って泣こうとしたが、さすがに涙は流れなかった。

＊

「はい、次の方、どうぞ」

ステージ上では団員たちが二列に並び、ボディチェックを受けていた。チェックをするのは当然、秀美と康子だった。まずはステージ上にいる関係者全員のボディチェックをするようにと、電話で信子に命じられたのだ。事件性があると決まったわけではないが、信子の命令は絶対なので歯向かうことなどできない。信子自身は車でこちらに向かっているそうだ。すでに地元姉川署の捜査員たちも到着し、彼らも写真を撮るなど捜査を開始している。遺体は外に搬送されていた。

「はい、次の方……あ、お市様」

市太郎がやってくる。市太郎のボディチェックをする日が来るとは夢にも思っていなかった。ヤバい、嬉しくて泣きそうや。でも泣いてる場合やあらへん。

「猿ちゃん、遠慮は要らない。とことん調べてくれ」

とことん調べてくれと言われても……。秀美は自分が赤面していることに気づいた。では本気で行かせてもらいます。体中を駆け巡る歓喜を何とか内側に抑え込み、秀美は市太郎のボディチェックを開始する。

「猿ちゃん、くすぐったいって」

「あ、すんません」

鍛えているのか、胸板も厚い。できればこの時間が永遠に続いてくれたらいいのにと思ったが、ものの数分で終わってしまった。

次は市太郎の妻、長実の番だ。ほかの女性団員と同様、白いブラウスに黒いロングスカートというい出立ちだ。それなりに美人なのだが、市太郎ならもっといい子を見つけられたのではないかと秀美は常々思っていた。

「失礼します」

頭から爪先まで、隈なくチェックをしたが、彼女にも不審な点はなかった。次から次へとチェックをしていくが、特筆すべき点は見当たらない。誰もがステージ衣装なので、それほど多くの所持品がないのである。ようやく全員のチェックを終えた頃、舞台袖から一人の女性が入ってきた。背筋がピンと伸び、颯爽と歩いてくるその姿。捜査一課捜査第五係の係長、織田信子だ。

「待たせたな、猿、康子」

「班長、お疲れ様です」

信子は今日も黒いシックなスーツを着ている。ミニスカートから伸びる脚は相変わらず美しい。

「状況は？」

「客の中に医師がいたので、その方に見立てをお願いしました。亡くなっているのは間違いないそうです。心不全だというのがその方の見立てです。もともと心臓に持病があったようで……」

これまでにわかった経緯を説明する。とはいえまだ事件性の有無もわからない。

信子が弟の存在に気づいた。「大丈夫か、市。私が駆けつけたからには心配要らない。犯人は必ず捕まえてやるからな」

「姉さん、犯人って……彼女は病死じゃないのかい？」

「殺人だろうな、おそらく」

信子が自信満々に言う。市太郎の隣に立つ妻が不安そうな顔をして信子を見ていた。彼女だけではなく、ほかの団員たちも――男性陣は特に――突如現れた美女に目を奪われていた。

「姉さん、景子は心臓に持病を抱えていたんだぜ。きっと無理をしたんだよ。だから発作を起こして亡くなってしまった。そうじゃないのか」

「たわけ」と信子は弟の意見を即座に却下する。「まずは事件性を疑ってみるのが刑事の仕事だ。悪いが市、弟とはいえこれ以上は教えられん」

さすが班長。弟といえども贔屓はしないということか。

「皆さん、私は警視庁捜査一課の織田信子だ」信子が団員たちに向かって言う。「これから捜査を開始するにあたり、あなた方には捜査に協力してもらうことになる。所轄の捜査員の指示に従い、ひとまず楽屋で待機してほしい。楽器はこの場に置いていってくれて構わない。何かあるときはこちらから声をかける」

団員たちがざわついている。それでも指揮者の死因特定に協力してくれる気になったのか、ぞろぞろとステージ上から立ち去っていく。残されたのは姉川署の鑑識職員と、秀美たちだけだった。秀美は信子のもとに向かった。

「班長、ほんまですか？　ほんまに朝倉景子は殺されたんでしょうか？」

「わからん」あっけらかんと笑って信子は言う。「指揮者というのは過酷な仕事だと聞いている。日々のトレーニングも欠かしていないはずだし、そもそも亡くなった朝倉景子は心臓に病を抱えていた。だとしたら人一倍自分の体調には気をつけていたはずだ。事件性を疑って捜査を進めるのが刑事として当然の務めだ。もし殺人なら姉川フィルの団員が一番怪しい。下手に解放して証拠を隠滅されたらそれで終わり。だから奴ら(やつ)を足止めしたんだ」

「さすがです、班長」

「おだてるな。それよりお前たちが偶然居合わせてくれてよかった」

今日、織田班は完全に非番だ。仮に事件が発生した場合でも招集がかかることはない。ほかのメンバーもそれぞれオフの時間を満喫しているはずだった。

「私はこれから姉川署に出向いてお偉方と話をつけてくる。お前たちが捜査に参加できるようにな。事件関係者に我が弟がいる。立場上、私はあまり口出しできん」

「じゃあ勝代(かつよ)さんたちにもすぐに……」

「ほかの者は呼ぶな。せっかくのオフを過ごしているんだからな」

こいつはいい。秀美は内心喜ぶ。ここ最近、光葉(みつよ)が手柄をとることが多い。ここは光葉を出し抜くチャンスだ。織田班に木下あり。それを天下に知らしめてやる。

「まずは朝倉景子の主治医に連絡。ここ最近の彼女の病状について話を聞け。その後は彼女の楽屋に出入りした人物を徹底的に洗え。さっき見てきたが廊下に防犯カメラがついていた。あれで楽屋に出入りした人物を特定できるはずだ」

「お任せあれ」

「わかってるな、猿。解決できなかったら切腹モノだぞ」

最後に場の空気をヒヤリとさせ、信子は颯爽と去っていく。その姿を見送ってから秀美は「行くで」と康子に声をかけ、早速捜査を開始した。

*

長実はドアをノックした。コンサートの会場となっている姉川市民劇場の会議室だ。さきほど楽屋に連絡があり、ここに来るように呼ばれたのだ。全団員は大部屋に待機しており、時折呼ばれて個別に事情聴取を受けている。景子の死亡が確認されて一時間以上が経(た)っていた。

「どうぞお入りください」

中からそう声が聞こえたので、長実はドアを開けて会議室に入る。さきほどステージで見かけた二人の刑事が中で待っていた。市太郎の姉、織田信子の姿はないので、長実は少し安心した。

「おかけください、浅井さん。私は警視庁捜査一課の木下です。こちらが徳川。少しお話しさせてください」

関西弁の訛(なま)りのある口調で木下という刑事が言った。言われるがまま長実は中央に置かれたパイプ椅子に座った。木下が馴(な)れ馴れしく話しかけてくる。

「ほんま大変なことになりましたなあ。いやね、私はたまたま客席で見ていたんですよ。もちろん非番ですよ。クラシック音楽はいいですね。心が洗われます」

木下の顔だけは知っていた。定期公演には必ずと言っていいほど姿を見せる、市太郎の熱烈なファンの一人だった。まさか刑事であり、しかも織田信子の部下であるとは想像もしていなかった。

織田信子。市太郎の実の姉だ。盆や正月に顔を合わせるだけだが、二歳上の義姉に対して畏怖の念を抱いていた。苛烈な性格で、そのルックスも含めて周囲を圧倒する力があった。クラシックの世界でも個性的な奏者は数多くいるが、信子ほどのキャラクターには滅多にお目にかかれない。夫の市太郎も彼女には頭が上がらないらしく、信子を前にすると借りてきた猫のように大人しくなる。

「あなたは亡くなられた朝倉さんと大変親しくされていたようですね。どういうご関係やったんですか?」

「その質問に答える前に」長実は確認の意味も込めて木下に尋ねた。「景子は病死ではないのでしょうか? それだけ教えてください」

「現在遺体は司法解剖に回されています。私から言えるのはそんだけやな」

病死だと断定できる根拠がないため、解剖に回されているということか。そう理解して長実は言った。

「景子とは音大の同級生で、付き合いはかれこれ二十年近くになります。このオケの中でも一番親しい友人でした」

「なるほど。実は楽屋がある通路に防犯カメラがあるんやけど、今日の映像を確認させてもらいました。朝倉さんの楽屋に出入りした人物を特定するためです。あなたが午前十一時三十分から十分間、朝倉さんの楽屋におったんは間違いないですか?」

「はい、間違いありませんわ。コンサート当日の日課のようなものです。一応私はコンマス、コンサートマスターとしてオケ全体を統括する仕事をやっております。その関係でリハーサル前には必ず景子の楽屋を訪ねていました」

「今日はどんなお話を？」

「演奏についての打ち合わせですね。彼女から受けた注意点をほかの団員に伝えました。確認していただければわかると思います」

「ほかには？」

「世間話程度です」

楽屋に出入りした者は全員、事情聴取の対象になっているということか。

「ところで浅井さん。あなたは朝倉さんが心臓に持病を抱えておったことはご存じでしたか？」

「もちろんです。薬を服用していたことも知っています」

「ほかの方々も？」

「うちのオケの団員で知らない者はいないはずです」

「ちなみに朝倉さんがここ最近トラブルに巻き込まれとったとか、悩みを抱えとったとか、そういう話をご本人の口から聞いたことは？」

「特にありません」

「たとえば夫婦仲がうまくいってないとか？」

「さあ。夫婦間のことは私にはわかりません」

景子は既婚者だ。十年ほど前、以前所属していたオーケストラの打楽器奏者と結婚した。子供はいない。草食系の大人しい夫で、たまにホームパーティーで顔を合わせるが、いつも穏やかな笑みを浮かべていた。

あの男の妻の命を奪ってしまった。そう考えると多少の罪悪感も湧いてくる。木下によると、夫は所属しているオーケストラの公演で九州地方に滞在しており、東京に戻ってこられるのは早くても明日の朝だという。

「これをご覧ください」

木下がそう言うと、徳川という刑事が立ち上がって長実の近くにやってきた。彼女は手にしていたスマートフォンを見せてくる。

「その画像は朝倉さんの楽屋のテーブルを写したもんや。あなたが楽屋に行ったときと変わっている点はありますか?」

テーブルの上に置かれているのは幕の内弁当の空き容器、半分ほど残っているミネラルウォーターのペットボトル、小型のピルケース、そして長実が彼女にあげた漢方薬の瓶だ。

「変わりはありません。ただし私が入ったときはお弁当はまだ食べていませんでした」

「この漢方薬を彼女が服用しとったことはご存じ?」

「どうですかね。初めて見たような気もしますが、断言はできません」

この漢方薬はネットオークションで買ったものだ。偽名を使って購入したので、入手先から長実の名前が割れることは絶対にない。

「この漢方薬ですが」木下が首を傾げる。「中身が空なんですわ。おかしいと思いませんか?」

「別におかしいとは思いませんが。最後の一粒を飲んでしまったから空き瓶になった。それだけの話じゃありませんか?」

「残り一粒の空き瓶を持ち歩いたりしますかね。私やったら新しいのを買って持ち歩くけどなあ」

「景子は忙しい人でした。漢方薬が残り僅かになっても買い替える時間がなかったのかも」

「そうかも知れへんけどね」

納得した様子ではなかったが、木下は腕を組んでうなずいた。ほかに質問もないようだったので、長実は逆に木下に訊いた。

「刑事さん、ステージに置いた私たちの楽器、どうなりました?」

「これから所轄の捜査員がすべての楽器を調べるはずです」

「楽器は非常に高価なものです。中には一千万円を超える楽器もあります。取り扱いはくれぐれも慎重にお願いしますね。何かあった場合には損害賠償請求をいたしますので」

「そら、大変や。おい、康子。楽器にはベタベタ触るなと伝えろ。写真をとるだけにしておけ」

「は、はい」

もう片方の刑事が慌てた様子で部屋から出ていった。この二人組、さして優秀そうには見えないが、あの織田信子直属の部下だ。用心するに越したことはないだろう。

＊

「ご協力ありがとうございました。また何かありましたらお話を伺いますので」

秀美は会議室から出ていく男性スタッフを見送った。彼はこの劇場に雇われているスタッフであり、本番前に朝倉景子の楽屋に彼女を呼びに行ったことが防犯カメラで確認できた。案の定、男性と朝倉は事務的なやりとりをしただけとのことで、たいした話は聞けなかった。

何人かに話を聞いたが、今日、スタッフ以外で朝倉の楽屋に入ったのは浅井夫妻と片桐且子だけだという。片桐というのは姉川フィルのクラリネット奏者であり、朝倉の古い友人らしい。市太郎と片桐はたまたま楽屋で出くわしたようだった。

「康子、ちょっと整理してみよか」

「はい。待ってくださいね」

康子がホワイトボードに朝倉の今日の行動及び楽屋を訪ねた人物を記入した。

11：00　会場入り。館長が楽屋に挨拶に訪れる。
11：30〜11：40　浅井長実が楽屋を訪ねる。
11：55〜12：10　浅井市太郎及び片桐且子が楽屋を訪ねる。
13：00〜15：00　大ホールのステージにてリハーサル。
15：00〜15：40　休憩。朝倉景子はいったん楽屋に戻る。休憩中は来客なし。
15：45　スタッフの呼び出しにより、大ホールへ。
16：00〜　本公演スタート。
17：20　朝倉景子がステージ上にて死亡。

「あの漢方薬の瓶の中に毒物が入っていたんや。それを飲んで朝倉は死んだ。間違いないな」

「でも秀美先輩。朝倉さんが漢方薬を飲んだのは昼食後ですよね。で、亡くなったのは夕方五時過ぎ。仮にカプセルの錠剤だとしても効き目が出るのが遅すぎませんか？」

「だったら休憩中やな。リハーサル後の休憩中に薬を飲んだ。そう考えるのが自然やろ」

「会場に居合わせた医師の話によると、死因は心臓発作です。見た感じもそうでしたよね。心臓押さえて苦しんでたし。やっぱり持病が悪化したんじゃないですか」

康子の意見にも一理ある。実は単なる病死ではないのか。秀美も頭の隅ではそう思っていた。今のところは他殺である証拠は一切ない。こうして捜査に乗り出しているのは信子の命に従ってのことだ。

「班長は捜査しろと言ってるんや。文句あるならお前は帰ってもええで」

「しますよ、捜査。すればいいんでしょ」

「その反抗的態度はなんや。最近調子に乗っとるんちゃうか。下剋上（げこくじょう）は禁止やで」

「調子に乗ってません。それより秀美先輩、班長の弟さん、滅茶苦茶（めちゃくちゃ）かっこいいですね」

急に話題が変わる。康子と話しているとどうも調子が狂う。同僚の刑事と話しているというより、気の置けない友人と話しているような気分になってくる。織田班に配属されて二ヵ月も経っていないというのに、ほかの班員ともすっかり打ち解けてしまっていた。

「ええ男やろ。私は市様が十代の頃から知ってるんや」

「芸能人かと思いましたもん。ああいう男の人が夫だったら最高ですね」

「たしかにな。でも義理の姉が班長になるんや。それはそれで大変かもしれんで」

「うわ、それは無理かも」

「お前、今無理って言うたな。班長のことが無理ってことか？　言いつけるぞ、班長に」

「勘弁を。それだけは勘弁してください」

　世間話をしている場合ではない。秀美は気をとり直してホワイトボードを眺める。例の漢方薬の空き瓶がどうも頭の隅に引っかかっていた。あと一、二錠しか入っていない瓶を持ち歩く。それがどうにも理解できないのだ。

　現場の楽屋にはピルケースも残されていた。三×三マスの仕切りがあるケースで、朝昼晩に薬を服用したとして、三日分を所持できるものだ。今日の夜の分はまだ残っており、おそらく公演終了後、夕食を食べたあとに服用するつもりだったに違いない。

　すると、ドアをノックする音が聞こえた。誰かと思ってドアを開けると、そこには一人の女性が立っている。さきほども事情を訊いた片桐且子という女だ。

「何か？」

「刑事さん、ちょっとお耳に入れておきたいことがありまして。朝倉さんが亡くなった件とは関係ないと思うんですが」

「どうぞお入りください」

　片桐を中に招き入れる。白のブラウスに黒のロングスカート。ほかの奏者と同じ格好だ。大振りのイヤリングが彼女なりの自己主張か。

「私、実は朝倉さんと同じ音大の一学年下の後輩なんです」片桐が早速話し始める。「ご存じかもしれませんが、浅井さんご夫妻と朝倉さんは同級生です。同じテニスサークルに入っていて、あの三人はとても仲良しでした。市太郎さんはあのルックスなので当時から目立っていました。学校中の女の子はみんな彼に夢中でした」

それはそうだろう。もし市太郎と同じテニスサークルに入れたら。想像しただけで鼻血が出てしまいそうだ。

「市太郎さんと朝倉さんはデキてるんじゃないか。そんな噂が流れたのはあの三人が三年生の頃でした。朝倉さんは家柄もよく、市太郎さんのお相手として遜色ありませんから。でも結局噂は憶測の域を出ないまま、朝倉さんは音大を卒業してから海外留学をしました。戻ってきたら市太郎さんとの婚約を発表するんじゃないか。誰もがそんな風に思っていたところ、いきなりビッグニュースが飛び込んできました。市太郎さんと浅井長実さんの結婚です」

なるほど。いわば浅井長実の略奪愛だったというわけか。

「五年ほど前、うちのオケに市太郎さんがピアニストとして参加するって聞いて、私は少し驚きました。昔の因縁があるので、市太郎さんの話題はＮＧになっていたんです。まあ朝倉さんと浅井さんは表面上ではとても仲良しだったんですが」

興味深い話ではあるが、動機としては少々弱い。朝倉が浅井長実を殺して市太郎と一緒になるならわかるが、浅井が朝倉を殺す動機はない。何しろ浅井長実はすでに市太郎を手に入れているのだから。

「つまらない話ですみません。一応話しておいた方がいいかと思って」

片桐を見送った。亡くなった朝倉景子と、浅井夫妻がかつて三角関係だった。わかったのはそれだけだ。

「あのう、秀美先輩。ちょっと友達に電話していいですか？」

康子がスマートフォン片手に訊いてくる。仕事中に友達に電話したいとは何事か。

「駄目に決まってるやん」

「実は今夜、友達の家でたこ焼きパーティーを開催するつもりでした。私の友達で服部蔵美さんという警察学校の同期の子がいるんですけど、その子、博学というか、いろいろなことに詳しいんです。事件が起きたから行けそうもないとLINEしたら、ちょっと面白いことがあるって言ってきて」

現状では手も足も出ない。司法解剖の結果待ちという状態だ。見て見ぬ振りをすることにした。

「勝手にせえ。でも、こちらの捜査情報を明かすんやないで」

「ありがとうございます」

康子がスマートフォンを耳に当てる。秀美は腕を組み、足をテーブルに投げ出した。通称信子スタイル。足の短い自分には似合っていないのは百も承知だが、たまにどうしてもやってみたくなるのだった。

*

「何度もご足労いただき申し訳ありませんね」

長実が会議室の中に入ると、まったく悪びれた様子もなく、木下という刑事に出迎えられた。徳川も一緒だった。長実は皮肉たっぷりに言う。

「いえいえ。警察に協力するのは市民の務めなので。ところで刑事さん、いつになったら帰宅が許されるのかしら？」

時刻は午後八時を過ぎようとしている。景子が亡くなってから三時間が経とうとしていたが、いまだにオケの団員たちは楽屋で待機するように命じられている。さきほど徳川がコンビニで買ったとおぼしき菓子パンを持ってきたところだ。指揮者を失ったとはいえ、腹は減る。菓子パンはすぐに底をついた。

「司法解剖の結果待ちです。事件性が認められない場合はすぐに解放するんで」

もし事件性があったら帰宅は許さない。そういう意味にも受けとれて、少々気が滅入った。楽屋の空気は重苦しく、こうして会議室に呼び出されるたびに、団員たちの鋭い視線が向けられるのだ。あなたが犯人なの？　そう言わんばかりの視線だった。

「ところで私に用というのは？」

「ある団員の方から聞いたんですが、あなたと亡くなった朝倉景子さんは、その昔、恋敵（こいがたき）やったみたいね」

その話か。大方、且子あたりが警察に吹き込んだのだろう。片桐且子は音大の一学年後輩で、当時の実情を知っている一人だ。あのお喋り、次の公演で外してやろうかしら。それにしても、木下の口調がだんだんとくだけてきているのは、何を意味するのだろう。

「昔の話ですわ」余裕の笑みを浮かべて長実は言う。「私と景子、それから市太郎の三人は専攻は違いましたが、同じテニスサークルに所属していました。学生時代は三人でよくつるんでいたものです。それを見た下級生が三角関係だと勘違いしたんだと思います」

「朝倉さんが海外留学している間にあなたが市太郎さんを略奪した。そういう見方もあるようやね」

「誤解も甚だしい。名誉毀損で訴えたいくらいです。それに今でも私と景子は指揮者とコンサートマスターとして良好な関係にあったんですよ。仕事仲間であり、かけがえのない友人でした」

これは長実の本音だった。彼女は最高の友人だった。あんなことを言い出す前までは。

「たとえば市太郎さんと朝倉さんが不倫の関係にあったとします。それを知ったあなたは朝倉さんに対して殺意を覚える。殺害の動機としては十分ちゃいますか」

「刑事さん、想像力が豊かなのね」

「あれこれ想像するのが我々の仕事やからね。実はこれ、姉川署の鑑識から借りてきました」

そう言って木下がとり出したものは漢方薬の空き瓶だった。透明の保管袋に入れられている。

「鑑識が調べた結果、指紋等は一切残されていませんでした。中に何が入っていたかも特定できないようです。でも変だと思わん？　本来であれば使用していた朝倉さんの指紋がついているはずやろ」

「あの人、几帳面だったから。いろんなものを除菌シートで拭いていたわよ」

「この空き瓶の中に犯人は毒物を入れ、朝倉さんに差し入れしたのではないか。それが私たちの見立てや。しかし一般人がそう簡単に即効性の毒物を入手することはでけへん。犯人は朝倉さんだけにしか効かない薬物を入手し、それを彼女に渡したんやと思います」

ざわり、と背中を撫でられるような感覚があった。それでも長実は平静を装って言った。

「意味がわからないわ」

「うちの徳川がわかるように説明しますんで」

木下がそう言うと、徳川という刑事が一歩前に出た。

「亡くなった朝倉さんは心臓に持病を抱えていて、一日三回、薬を服用されていました。主治医の先生に話を聞いたところ、カルシウム拮抗薬という薬を飲んでおられたようです。実はこの薬、ある特定のフルーツを食べると必要以上に効果が出過ぎてしまうことがあるようです。そのフルーツとは何か、浅井さんはご存じですか？」

知ってます、と答えるわけにはいかない。長実は首を横に振った。

「知りません」

「答えはグレープフルーツです。グレープフルーツに含まれる物質が、薬の代謝をする酵素の働きを阻害してしまうみたいです。私の友達にお祖父ちゃんが心臓に持病を持つ子がいるんですが……」

木下が咳払いをすると、徳川は「以上です」と後ろに下がる。木下が続けた。

「グレープフルーツの成分を凝縮させたサプリメント。犯人はそれを用意し、漢方薬の瓶に入れ、朝倉さんに渡したんや。何も知らない朝倉さんはそのサプリメントを口にしてしまう。その結果、心臓に過度の負担がかかってしまった。それが私たちの推理です」

ほぼ正解だ。私が犯人でなければ拍手をしてやりたいところだ。

サプリメントについては輸入代行業者を通じてアメリカから仕入れた。こんなに早く効果が出るとは思ってもいなかった。ステージ上で景子が倒れるのを見て、長実自身も驚いたほどだ。

「なるほど。刑事さんのおっしゃりたいことはよくわかりました。つまり景子は何者かに殺害されたわけですね」

「はい。私たちはそう考えとる」

「もしかして刑事さん、私が景子を殺したとお考えなんですか？」

「今日、最初に楽屋に入ったのはあんたや。あんた以外に被害者に薬を渡せる人はおらんのとちゃうかな」

　そう言って、木下がスマートフォンを見せてきた。一枚の画像が映っている。景子の楽屋だ。景子と片桐旦子が並んでいた。手前側のテーブルには幕の内弁当などと一緒に漢方薬の瓶が置かれている。

「片桐さんのスマホに保存されていた画像や。撮影者は市太郎さんです。お昼に楽屋を訪ねた際に撮ったもののようやね。この時点ですでに漢方薬の瓶は置かれています。中身もぎょうさん入っているのがわかる。つまりお二人が楽屋に入る前、瓶は朝倉さんに手渡されたんや。あんた以外にそれをできる人物はおらへん」

「あ、今思い出しました」長実は手を叩いた。「私が楽屋に入ったとき、その漢方薬の瓶、もう置いてありました。はっきりと憶(おぼ)えています」

「だったらどうして中身がなくなったんやろうか？」

「さあ……それを調べるのが警察の仕事じゃないんですか」

　長実は勝利を確信する。木下は悔しげに唇を嚙(か)み締めていた。ポーカーフェイスのできない女のようだ。徳川が木下に近づいていき、その耳元で何やら告げた。木下はそれを聞き、こちらを見て言った。

「楽屋にお戻りになって結構や」

「まだ帰宅は許されないんですか？」

「もうちょいですわ」

　長実は会議室から出た。誰もいない廊下を歩くと、自分の足音がやけに大きく響き渡った。

＊

「あーあの女、めっちゃ腹立つわあ」

　秀美はタクシーの後部座席に乗っている。できることなら前の座席をぶっ叩きたいところだったが、それをやってしまうと完全に班長だ。怒りを押し殺していると、隣に座る康子が言った。

「浅井さん、余裕はありましたけど、内心はかなり動揺していたと思いますよ」

　グレープフルーツの成分が心臓疾患の薬に与える影響を利用し、浅井長実が犯行に及んだのではないか。康子の友人からもたらされた情報をもとに、秀美が思いついた推理だ。かなりいい線をいっていたと思うのだが、いっこうに動じなかった。

「動揺させるだけではあかんねん。吐かせてなんぼや、刑事の世界はな」

「秀美先輩、今の言葉、かっこいいです」

「せやろ。メモっとき」

　康子は手帳を開き、律儀にペンを走らせた。しばらくしてタクシーが減速し、やがて完全に停(と)まった。それなりに大きな病院の前だった。看板には『姉川市立病院』と表記されていた。さきほど姉川署の担当者から連絡があり、司法解剖が終わったと告げられたのだ。

　夜間通用口に向かうと、一人の制服警察官が秀美たちの到着を待っていた。その警察官に案内されて病院の中に入る。向かった先は二階にある処置室だった。廊下に置かれたベンチに白衣を着た女性が座っているのが見えた。秀美は彼女のもとに駆け寄った。

「ザビエル先生、お越しになられていたんですか」

「猿ちゃんか。お、新入りもいるじゃないか」監察医のザビエル静子（しずこ）は右手に缶コーヒーを持っている。

「まったく信子の人使いの荒さには困ったもんだ。一杯やろうと寿司（すし）屋に入った直後に緊急呼び出しの電話がかかってきた。しかも姉川くんだりまで来てやったら当の本人はどっか行っちまってるじゃないか」

「ザビエル先生、お寿司屋さんに行ったってことは、今日のレース、勝ったんですね」

「あたぼうよ。最終レースの三連単、がっつりいただいたよ」

「お相伴（しょうばん）にあずかりたいとこやけど、まずは解剖の結果を教えてください」

「そうだな。入りな」

処置室の中に案内される。中央のベッドにシーツがかけられた遺体が安置されている。まずは両手を合わせて故人の冥福を祈る。それが終わるとザビエルが説明してくれた。

「広義の意味での死因は心不全ということになる。故人は心臓に持病を抱えていて、薬を服用していたらしい。主治医とも話をした。持病の心臓疾患により、呼吸困難に陥って死亡したんだ」

「先生」と秀美は手を挙げ、自らの推理を話した。「グレープフルーツの成分を摂取すると、薬の効き目が強まるちゅうことですよね。犯人が意図的にそういう薬を飲ましたというのは考えられませんか？」

「猿ちゃんにしては勉強してるじゃないか。でもその可能性はない。むしろ逆だ。薬が効き過ぎたからではなく、薬が全然効かなかったから彼女は命を落としたんだろう」

「薬が効かなかった？　ということは……」

「飲まなかったんだな、薬を」

「いや、先生、それはおかしいですって」

秀美は思い出す。朝倉の楽屋のテーブルの上に置かれた彼女のピルケース。今日の昼に服用する分はちゃんとなくなっていた。それこそ彼女が薬を服用した証だ。

「あと一つ」とザビエルが人差し指を立てる。「胃の粘膜の感じからして、彼女は胃薬を服用したと予想される。ごく普通の市販の胃薬だろうな」

ますますわからなくなってくる。朝倉は持病の薬を飲まず、胃薬を飲んだということか。

「事件性の有無については私の口からは何とも言えない。あとはお前たちの判断にかかってる。私は帰って酒でも浴びるよ」

ザビエルは近くにいた康子に缶コーヒーの空き缶を渡し、白衣を脱ぎながら処置室から出ていった。ザビエルから与えられた情報により、さらに捜査は難しくなったような気がした。単純に薬を飲み違えたことによる病死の線も浮上したのだ。

「秀美先輩、どうします?」

「せやな……」

今後の方針を決めかねていると、ジャケットの中のスマートフォンが震え始めた。画面には『班長』と表示されている。秀美は処置室から出て、背筋を伸ばしてスマートフォンを耳に当てた。

「はい、木下でございます」

「猿、今どこだ?」

「病院でございます。そろそろ班長から連絡がある頃だと思い、正座をして待っておりました」

「嘘を言うな、嘘を。ザビの司法解剖は終わったんだな」

「はい。たった今、ザビエル先生はお帰りになりました」

ザビエルから聞いた話をそのまま信子に告げるが、リアクションに乏しい。

「ところで班長はどちらに？」

「朝倉景子の自宅だ。家のパソコンを調べていて、メールの記録から面白いものが見つかった。どうやら朝倉と市太郎は別のオーケストラへの移籍を画策していたらしい」

メールの内容からして首謀者は朝倉景子であり、市太郎という土産つきで有名なオーケストラへの移籍を計画していたというのだ。なるほど、と秀美は合点が行く。つまりそれを知った浅井長実が……。

「これ以上、団員たちを足止めしておくわけにはいかん。いったん解放だ。明日、勝代や光葉たちと合流して、もう一度洗い直そう」

いや、それは駄目だ。光葉が来たらまたあれこれ屁理屈を言って事件を解決してしまいそうで怖い。ここは確実に手柄を上げておきたいところだ。

「班長、お待ちを。もうしばらく時間をください。何か浮かんできそうなんです」

モヤモヤとしたものが形になろうとしていた。あと少し、あと少しだ。

ふと、康子の姿が視界に入った。彼女はザビエルから渡された空き缶を持っている。今、その空き缶の中に、自分の服に付着していた糸くずを落としていた。それを見て秀美は閃いた。

「班長、こないだ言うてはったやないですか。ホトトギスが鳴かなかったら殺してしまうってやつ」

「ああ、言ったな。鳴かない鳥は殺して食べてしまうに限るとな。それがどうした？」

秀美は腰に手を当て、宣言するように言った。

「このたびのホトトギス、私が必ず鳴かせてみせましょう」

＊

あれは一ヵ月ほど前のことだった。大事な話がある。景子に呼ばれ、都内のホテルに足を運んだ。わざわざホテルを指定してくることに、長実は一抹の不安を感じた。要するに誰にも聞かれたくない話ということだ。いったい何だろうか。もしかして団員の誰かが犯罪行為に手を染めたとか。想像を逞しくしながら、長実は待ち合わせのホテルに向かった。

最上階のスイートルームで景子は待っていた。昔から景子は見栄っ張りで、地方公演のときにもホテルのグレードに拘った。たしかに姉川フィルにおいて景子の知名度は群を抜いて高く、彼女見たさに会場に足を運ぶ客もいた。そういう理由もあり、彼女の贅沢は許されていた。

しかしここ最近は違う。ゲスト参加という名目で市太郎が公演に随行するようになり、もはや姉川フィルは市太郎のためのオケとなっていた。それに応じて指揮者である景子の格も若干下がった。さらに市太郎の妻である長実の地位は向上し、それは二人の関係にも微妙な影響を及ぼしていた。

「いったい私に話って何かしら？」

長実はテーブルの上に置かれたシャンパングラスを手にとった。ルームサービスで頼んだものか、シャンパンの瓶が置かれていた。長実はそれを手酌で注ぎ、一口飲んだ。驚くほど美味しい。

「市君のことよ」ソファの上で景子が言った。「彼、最近調子がいいわね。脂が乗ってきたというか、ピアニストとして円熟味を増してきたわ。それに加えてあの男っ振り。ファンが会場に押しかけるのもうなずける」

姉川フィルハーモニー交響楽団はあくまでも市民楽団であり、定期公演では客席の七割が埋まればいい方だった。それが市太郎の参加以降、チケットが完売するようになった。

「みんなが喜んでるからいいんじゃないの。別に私は今の状況に不満はないわ。景子だってそうでしょう？　やっぱり満員の観衆の前でタクトを振った方が気持ちいいんじゃないかしら？」

「たしかにね」景子は思わせぶりに笑みを浮かべた。「そりゃ私だって音楽家である以上、より多くの観衆の前で指揮をしたいと常々思ってる。でも最近思うの。もう一段階、ステップアップするタイミングが近づいているんじゃないかって」

景子は脚を組み直し、シャンパンを一口飲んでから続けた。

「大江戸フィルから声がかかってるの。細川さん、今年で古希を迎えるでしょう。その後任探しで私に声がかかったってわけ」

大江戸フィルハーモニー交響楽団。日本を代表するオーケストラだ。大晦日の年越しコンサートは恒例行事になっている。指揮者の細川は名指揮者だが、近年高齢による衰えも指摘されていた。景子の話が本当なら、それは彼女にとっては大きなチャンスだ。

「おめでとう。友人として応援させてもらうわ。あなたに抜けられるのは痛いけど、大江戸フィルでやってみたいと願うのは、すべての音楽家の夢でもある。あなたのやりたいようにやればいいわ」

「嬉しい。長実なら理解を示してくれると思ってた。でも一つだけ条件を出されたの。是非、浅井市太郎君も一緒に来てほしい。そう言われてしまったのよ」

　いきなり崖の上から背中を押されたような気持ちになる。市太郎くらいの腕前のピアニストは国内にもごまんといるが、彼ほど華のあるピアニストを探すのは難しい。あの天下の大江戸フィルに目をつけられても何ら不思議はない。

「大江戸フィルでやりたいと願うのはすべての音楽家の夢。さっき長実、そう言ったわよね。だったら市君の移籍も容認してくれるでしょう？」

　迂闊なことを口走ってしまった。先に言質をとられてしまった格好になるが、ここは反論せずにはいられない。

「ちょっと待って。さっきはあくまでも一般論を語ったまで。市太郎は今やうちのオケの看板よ。そう簡単に抜けることは許されない」

「道義上はそうかもしれないけど、契約上は問題ないはず。ちょうど私も市君も今度の定期公演が終われば契約が切れて自由の身。次にどのオケを選ぼうが問題ないでしょう？」

「そうかもしれないけど……」

　言葉に詰まる。今、景子と市太郎の二人に抜けられてしまったら、姉川フィルは大幅に戦力ダウンとなってしまう。何とかして食い止めないと――。

　説得の言葉を探していると、部屋のインターホンが鳴った。ほかにもルームサービスを頼んでいるのか。景子が立ち上がり、ドアのほうに向かっていく。彼女が開けたドアの向こうに立っていたのは、なんと市太郎本人だった。

「一応彼にも来てもらったの」余裕の笑みを浮かべながら景子が言う。「やっぱり当事者の意思を確認しておくのは大事だしね。市君、入って」

市太郎が入ってくる。一瞬だけこちらを見たが、その後は長実と目を合わそうとはしなかった。市太郎はソファに座り、景子が注いだシャンパンを一気に飲み干した。

「市君、私と一緒に大江戸フィルに行ってくれるわよね？」

景子が確認した。市太郎はシャンパングラスをテーブルの上に置き、少し困惑気味な顔をして言った。

「ああ、行くよ。ごめんな、長実」

「そういうわけだから」と被せるように景子が言う。「私と市君は大江戸フィルに行くわ。コンマスのあなたには事前に伝えておこうと思ったの」

ある意味で復讐かもしれない。彼女が海外留学中、市太郎と結婚した。景子はそれをいまだに根に持っていて、市太郎を私から奪ったのだ。

屈辱的な気分になる。

市太郎はそっぽを向いてシャンパンを飲んでいる。夫婦仲は悪くないはずだ。彼は浮気の常習者であるものの、家ではいい夫であり、いい父親だ。こんな仕打ちを受けるとは思ってもいなかった。

「ごめんね、長実。三十分後にここで大江戸フィルの関係者と打ち合わせがあるの。あ、この話は内密にね。くれぐれもほかの団員には洩らさないように」

追い出されるように部屋から出た。絨毯の敷かれたホテルの廊下を歩く。エレベーターの前で立ち止まる。上昇してくるエレベーターの表示を見ながら、長実は胸に誓った。

絶対に景子の好きなようにはさせない。どんな手を使ってでも市太郎を引き留めてみせる。絶対にだ。

「大変長らくお待たせいたしました。皆さん、お帰りになって結構です。ステージには楽器が残されたままになっておりますので、それをお持ちになってお帰りください」

楽屋に入ってきた徳川という刑事がそう声を上げると、団員の間から安堵の声が洩れた。午後十時を過ぎている。「腹減ったな」とか「いやあ参った参った」とか言いながら団員たちが楽屋から出ていく。長実もその流れに乗り、通路を歩いて舞台袖からステージに向かった。

ステージ上はそのままの形になっている。扇状に椅子が配置され、椅子の上に楽器が置かれていた。団員たちは自分の楽器をとり、ステージから出ていった。楽屋に戻ってケースに入れ、そのまま帰るだけだった。重い楽器に関しては施設側のスタッフも手伝ってくれている。長実は自分が座っていた椅子に向かう。が、椅子の上にヴァイオリンは見当たらなかった。

ここに置いたはずなのに……。

周囲を探してみるのだが、見つからない。そうこうしているうちに団員たちはステージから捌けてしまい、残されたのは長実一人になってしまう。すると木下がステージ上に現れた。隣に立つ徳川が両手でヴァイオリンを抱えるように持っている。

「浅井さん、これをお探しですか?」

「ええ。返してくださるかしら?」

「もちろん」と木下がうなずいた。「ですがその前にお話を。朝倉さんの件ですわ。いろいろと考えてみたんやけどね、やはりあんたが漢方薬の瓶を朝倉さんに手渡したと思うんですわ。あ、当然中身はグレープフルーツの成分が凝縮された錠剤。その目的は朝倉さんの殺害や」

懲りない女だ。だがこれが刑事というものなのだろう。長実は苦笑して言った。

「だからさっきも言ったじゃないの。私が楽屋に入ったとき、すでにあの瓶はテーブルの上に置いてあった。間違いないわ」

長実の主張を無視して、木下は続けた。

「瓶の中身が空だった。そこが一番解せないんですわ。あと数粒しか入っていない瓶を持ち歩く。私やったら絶対に新しいのを用意したはずやろうから」

「ですから、それは個人の自由というか……」

「瓶にはたくさん薬が入っていた。そう思うたんです。そして犯人はいつかの段階で薬を回収したんやと。その理由は薬の成分を調べられたくなかったから」

長実は奥歯を嚙み締めた。この状況は大変厳しい。このままだと――。

「では犯人は、もう犯人という言葉を使ってしまうけど、いつ薬を回収したのか。防犯カメラの映像に残されていました。朝倉さんがステージ上で倒れた直後、二名の団員が楽屋に入ったようや。一人は磯野昌奈さん。そしてもう一人は浅井さん、あんたや」

「あれは……スマホをとりに行ったのよ。景子が倒れたのを見て、心臓に抱えた持病のことを思い出したの。それで磯野さんと一緒に楽屋に行って、彼女のスマホを……。理由はわかるでしょ。景子の主治医と連絡をとるためよ。磯野さんに確認して。そうすれば私が……」

「確認しました。彼女も気が動転していたようですね。あんたがどこで何をしていたか、一切憶えていない。彼女はそう証言しています」

「私じゃないわ。だってステージ上でボディチェックをしたのはあなたたちじゃない。私は錠剤なんて所持していなかった。それはあなたたちも確認済みのはず」

「気になっとったんですわ。捜査員が楽器を調べようとしたとき、高価な楽器があるからという理由で、あんたは我々を楽器に触らせへんかった。皆さんが使っている楽器が高級品であることは事情聴取をしてわかっています。驚きました。皆さん、高価な楽器を使っているんやねえ」

徳川が両手で長実のヴァイオリンを持ったまま、一歩前に出た。木下が続けた。

「さっきこの子が糸くずを空き缶の中に入れているのを見て、不意に思いついたんや。あなたは朝倉さんの楽屋から薬の中身のみを回収してステージに戻った。トイレに流している時間などなかった。すると私たちが突然ボディチェックを開始してしまう。焦ったあんたはポケットの中に入ってた錠剤を、この中に入れたんやないですか」

木下がヴァイオリンを指でさした。徳川がさらに一歩前に出る。

「f字孔と言われるみたいやな。弦の左右に空いている穴のことです。ボディチェックが始まる直前、あんたは咄嗟に隠し持っていた錠剤をf字孔に入れたんや。だから捜査員に楽器を触らせへんかった。康子、今や」

木下の声に反応し、徳川が手にしていたヴァイオリンを左右に振った。カラカラと乾いた音がする。中に細かい粒状の何かが入っているのは明らかだ。

もう終わりだ。長実は立っていることができなかった。近くにある椅子に座る。

計画は完璧に進んでいた。あとは錠剤を回収して、トイレに流すだけで証拠は隠滅できるはずだった。しかしステージへの立ち入りは制限されていて、ヴァイオリンに触ることは叶わなかった。

「実は朝倉さんの司法解剖の結果が出ました」

木下の声に長実は顔を上げる。例の薬の成分が検出されたのか。そう覚悟を決めた長実だった。しかし木下の口から告げられたのは予想外のものだった。

「朝倉さんの死因は心臓発作による心不全です。ただしあんたが渡した薬の成分等は検出されへんかった。監察医の話によると、朝倉さんは昼に飲むはずだった薬を飲まなかった可能性が高いという話やった」

意味がわからない。楽屋のテーブルの上にはピルケースが置いてあった。これまで何度も景子と食事をしたことがあるが、彼女は食後には必ず薬を飲んだ。あの薬には文字通り彼女の命が懸かっていたからだ。

「浅井さん、ご安心を。朝倉さんを殺害したんはあんたやない」

＊

そりゃ驚くやろな。

秀美は浅井長実の顔を見てそう思った。口を半開きにしたまま、瞬きすることなく宙を睨んでいる。自分が殺したと思っていたのに、それは違うと否定されたのだ。

「朝倉さんはあんたの夫、市太郎氏を連れて大江戸フィルハーモニー交響楽団に移籍しようとしていた。その事実は我々も摑んでいた。班長、あんたの義理のお姉様が朝倉さんの自宅を調べたら、パソコンのメールにやりとりが残っていたからや」

長実は何も言わない。放心状態のままだ。秀美は構わず続けた。

「考えてみてくださいよ。朝倉さんはあんたに恨まれていることを知っていた。そんな相手から渡された漢方薬を飲むと思いますか？　私だったら絶対に飲まへん。朝倉さんも飲まんかったんや。ではなぜ彼女は命を落としたのか。昼食後に飲む薬をどうして飲まなかったのか。答えは単純や。薬がすり替えられていたんや。あんたではない、別の誰かの手によって」

「私ではない、別の誰か……」

長実がつぶやくように言った。秀美はうなずいた。

「そうや。朝倉さんの楽屋に入った人物は限られとる。それにあまり遅いと朝倉さんが薬を服用してしまう。お昼前、もしくは昼食の最中が理想的やろうか」

カツカツと足音が聞こえてくる。舞台袖から信子が姿を現した。その後ろには弟の市太郎もついてくる。美男美女の二人は一緒に並んでいるだけで絵になった。まるで宝塚歌劇団のポスターを見ているようである。信子がよく通る声で言った。

「猿、いいぞ。続けろ」

「はっ」と返事をし、秀美は続けた。「防犯カメラの映像から、今日楽屋に入った人物は特定済みです。該当する条件に合致する人物は、浅井さんのあとに入ったお二人、浅井市太郎さんと片桐且子さんです」

二人は午前十一時五十五分から十五分間、楽屋にいた。さきほど片桐且子を呼び出して事情を訊いたところ、彼女が楽屋を訪れたとき、朝倉はまだ昼食を済ませていなかったらしい。

「片桐さんと朝倉さんは衣装のことで話をされたようです。鏡の前で衣装合わせをしていたとか。その間、市太郎さんはずっとソファに座り、スマホをいじっていたと片桐さんは証言してくださいました」

胸が苦しい。刑事をしていて、真相究明するのをつらいと思ったのは初めてだ。

「市太郎さん、あんたなら可能や」覚悟を決め、秀美は市太郎に目を向ける。「衣装合わせをする二人の目を盗み、ピルケース内に入っていた薬を入れ替えたんや。司法解剖の結果によると、被害者は胃薬を服用していたそうです。あんたは普段から朝倉さんと接触する機会が多く、服用している薬も頻繁に目にしていた。似た形状の薬を探して、それを彼女に飲ませたんちゃいますか」

市太郎は青白い顔をして立ち尽くしている。すると突然、信子が動いた。市太郎のみぞおちに膝蹴りを食らわせたのだ。うっ、と市太郎が悶絶した。かなり痛そうだ。

「市、観念しろ」

信子が低い声で言う。これまで秀美は言葉巧みに犯人を焙り出したわけだが、信子の迫力には敵わない。短い言葉を発するだけで場を制してしまうのだ。

「我は覇王である。覇王の前では嘘は許さぬ」

信子の迫力に押されたのか、市太郎がうつむいたまま話し始める。

「猿ちゃんの言う通りだ。景子を殺したのは俺だよ。俺は大江戸フィルなんかに行きたくなかった。たしかにあっちは日本を代表するオーケストラ。所属している団員も一流どころが揃ってる。最初のうちはいいかもしれない。でもね、そのうちメッキが剝がれてしまうはずだ。俺の技術のなさが露呈し、鼻で笑われる。そうなるのは目に見えていた」

素人（しろうと）の秀美から見れば、市太郎のピアノの演奏は素晴らしい。しかし市太郎はそのルックスばかりがクローズアップされ、ファンの間でピアノ演奏の技術が語られることはほとんどない。

「一つ、いいですか？」ずっと黙って話を聞いていた康子がおずおずと言った。「だったら断ればよかったじゃないですか？　行きたくないなら断ればいいんです。大人なんだから」

その疑問はもっともだ。すると市太郎が顔を歪（ゆが）めて言った。

「脅されていたんだ。俺は一度だけ、本当に一度だけだぞ、景子と関係を持ってしまったことがある。五年以上も前の話だ。酔っていて記憶はないが、朝起きると隣に景子がいた。そのことをバラされたくなければ、私と一緒に大江戸フィルに来て。そう言われてしまうと断ることができなかった。だから……」

朝倉景子を殺害したのか。しかも驚くべきことに、同日に妻の浅井長実も朝倉殺害計画を実行に移したのである。

「それに俺は、今の状況を気に入っていた。妻と同じオケで演奏する。周りからは夫婦仲は冷え切ったと思われていたかもしれないけど、俺は長実が演奏するヴァイオリンが好きだった」

「あなた……」

そう言って長実が泣き崩れた。一応こう見えても夫婦なのだ。見えない絆（きずな）で繋（つな）がっているのか。いや、その見えない絆があったからこそ、同じ日に殺害計画を実行するという偶然が起きたのかもしれない。

「市、お前の罪は重い」信子が厳粛な面持ちで言った。「朝倉さんの遺族への謝罪はもちろん、姉川フィルの方々にも大変な迷惑をかけた。私もお前とともに頭を下げて回ろう」

「……姉さん」

「まずは取り調べだ。身内だからって容赦はしないぞ。素直にすべてを話せ」

信子が指を鳴らした。すると二人の制服警官がステージ上に現れ、市太郎の両脇を固める形で連行していく。それを見て秀美はたまらなく淋しい気持ちになった。

推し、燃ゆか。これほどの喪失感は経験したことがない。中学生の頃に出会い、夢中になった憧れの人。時が流れた今でもその想いに変化はない。そんな彼が殺人罪で逮捕された。しかも事件の謎を解いたのはほかでもない、自分なのだから。

ヒールを鳴らし、信子が近づいてきた。秀美の肩に手を置き、信子が言った。

「よくやった、猿」

「ありがとうございます」

「何だ、その不満そうな顔は。お前が事件を解決したんだ。もっと喜べ」

「はい……」

「だがまさか市が犯人だったとはな。このままでは私が切腹モノではないか。ハハハ」

信子があっけらかんと笑う。そうなのだ。身内に犯罪者が出てしまうということは、それは即ち信子の進退にも影響するはずだが、そんな様子はまるで見せない。

「長実、市太郎のことは心配するな」信子は床にうずくまる長実にも声をかけた。「お前も取り調べの対象になる。嘘はつかずに全部話すがいい」

「……はい」

信子がステージから去っていく。何だか一気に疲れが押し寄せた。隣に立っている康子に言った。

「今日は朝まで飲むで。康子も付き合え」

「ええ？　これからたこ焼きパーティーに合流しないと……」

「ふざけたことを言うな。上司の命令は絶対や」

そのときだった。客席の一番後ろのドアが開くのが見えた。客席に一人の男の子――高校生くらいか――が入ってきた。彼は通路を走ってきて、跳ねるようにステージに飛び乗った。

「母さん」

そう言って彼は長実のもとに駆け寄っていく。以前、織田家のバーベキュー大会で見かけたことがある。しかし当時はまだ中学校に上がったばかりで、可愛らしい少年だった。それがどうだ。逞しく成長し、凜々しい男になっている。名前は淀介。市太郎と長実の間に生まれた子だ。

「淀介、お父さんがね、実は……」

「何も言わなくていい。信子伯母さんから聞いてる。母さんは俺が守るから」

市太郎にそっくりだった。秀美が中学生の頃、ライブで見ていた市太郎そのものだ。着ているジャージの背中には『火縄高校サッカー部』と書かれている。火縄高校サッカー部は日本代表を何人も輩出したサッカーの名門校だ。

「秀美先輩、よかったらたこ焼きパーティーに来ませんか？　ねえ、先輩ったら」

康子を無視して、秀美は淀介の端整な横顔を見つめる。

決めたで。彼こそが、私の新たな推しや。

第三話

竜虎、相搏つ

「対象者が館内に入った模様。今はチケットを購入しています」

イヤホンから部下の報告が聞こえてくる。武田玄代は襟元に仕込んだマイクに向かって小声で言った。

「了解。そのまま監視を続けろ」

新宿歌舞伎町の映画館内は明るく、客席は三分の一ほどしか埋まっていない。上映開始まであと十五分。玄代は階段にほど近い座席に座り、そのときを今や遅しと待っている。

玄代は警視庁捜査一課第三係の係長を務めている。五名の部下を率いて、この映画館にやってきた。今日ここで犯人を捕まえるためだ。

事件が発生したのは三週間前。都内でエステサロンの経営者が刺殺される事件が発生し、玄代ら武田班が担当することになった。捜査初日に早くも容疑者が浮上した。店の経理を務める三十代の男性社員で、事件があった翌日から行方をくらましていた。彼が店の売り上げを改竄し、懐に入れていることも同時に明らかになった。それが社長にバレてしまい、口論の末の犯行だと思われた。凶器となったナイフからも男性社員の指紋が検出された。

逮捕は時間の問題と思われたが、そこから先が難航した。容疑者の行方が一切わからなかったのだ。実家や知り合い等、ありとあらゆるところを当たったが、彼の居場所を特定できなかった。そこで玄代が目をつけたのは、彼が懇意にしていたキャバクラ嬢だった。彼女のＳＮＳアカウントをそっくり譲り受け、容疑者との接触を試みた。そして昨夜になり、ようやく容疑者が餌に食いついてきた。うまく誘導して、この映画館でこっそりと会うことが決まったのだ。

「対象者、シアター内に入ります」

玄代は何気ない感じで入り口付近に目を向ける。一人の女性がシアター内に入ってくるのが見えた。容疑者と親しくしていたキャバクラ嬢だ。どうにかお願いして捜査協力を求めたのだ。女性はちょうど玄代の座る位置から五列前の座席に座った。両隣に客の姿はない。割と客の少ない前方の席だ。

玄代は襟元のマイクに口を近づけた。

「皆の者、準備はいいいな。彼女の合図が出たらすぐに確保しろ」

「はっ」

五名の部下たちの返事が聞こえる。しばらくして館内の照明が暗くなり、予告編の上映が始まった。ほかの客のためにもできれば本編スタート前に片をつけたいところだった。

「三時の方向、不審な男が一名。立ち上がって彼女の方に向かっていきます」

部下の報告を受け、玄代は三時の方向、シアター内右側に目を向ける。帽子を目深に被った男が背中を丸めて通路を歩いている。男は彼女が座っている列までやってきて、彼女と一つ離れた座席に座った。せめて隣に座ってくれればほぼ確定だが、この位置に座られると正直微妙だ。

まだ予告編は続いている。二人で話しているような様子はない。容疑者も自分が追われているのは承知しているはず。かなり慎重になっていることは容易に想像がつく。

どうするか。部下の一人を接近させ、もっと近くで観察させるか。玄代がそう思ってマイクに口を近づけようとしたとき、キャバクラ嬢の右手が動き、自分の右耳のピアスを触る仕草をした。彼が容疑者であるという合図だ。それを見た玄代は咄嗟に命じる。

「確保だっ」

シアター内に客を装って潜んでいた部下たちが立ち上がり、機敏な動きで男のもとに向かった。列の左右から近づく者。座席を飛び越えて前後から接近する者。その役割分担は決まっている。最終的に四方向から同時に飛びかかった。容疑者が「何すんだよ」と叫び、抵抗するが、玄代の部下たちは容赦しない。武田班の刑事たちは精鋭揃い。そう簡単に犯人を逃がすようなヘマはしない。容疑者をとり押さえたようで、その一角が静かになった。部下の一人、馬場房恵がこちらに向かって歩いてくる。

「班長、被疑者を緊急確保しました」

「ご苦労だった」

男が連行されていく。玄代は立ち上がり、声を張り上げた。

「皆様、大変お騒がせいたしました。我々は警視庁捜査一課の者です。無事に被疑者を確保することができました」

シアター内は静まり返っている。突然の闖入者に驚いている様子だった。スクリーンでは上映中のマナー遵守を呼びかける映像が流れている。その音声に負けじと玄代は声を張り上げた。

「ご迷惑を掛けたお詫びのしるしとして、山梨県の銘菓をご用意いたしました。映画のお供にお召し上がりください」

二名の部下が手分けをして菓子を観客に配っている。玄代が取り寄せたもので、当然自腹だ。しかしこのくらいは何とも思わない。きなこ餅に黒蜜をかけて食べる銘菓であり、玄代も好んでよく食べる。

「班長、素晴らしいですね。市民への感謝の気持ちを忘れない。感服いたします」

馬場房恵が近づいてくる。玄代はうなずきながら言った。

「別に難しいことをしたわけじゃない。これが私のやり方だ。ところで房恵、この映画、観たか？」

スクリーンをあごで示す。映画のタイトルは『女子高生は止まらない』。余命宣告された女子高生が現実と仮想空間を行き来しながら世界を救うという長編アニメーションで、かなりの話題を呼んでいた。上映開始から二ヵ月が経つというのに、いまだに全国的に若者を中心に観客動員数を伸ばしていた。

「私は観ましたよ。甥っ子と一緒に。結構面白かったです。班長は？」

「観てない。なかなか時間がとれなくてな」

「いい機会じゃないですか。取り調べは私どもに任せて、班長はこのままご覧になってください。せっかくチケットも購入したんだし、もったいないじゃないですか？」

スクリーンには大海原の映像が映っており、そこに配給会社の社名が映し出されていた。そろそろ本編が始まるようだ。

「そうだな。じゃあそうさせてもらおうか」

うまくいった。自然な形でシアター内に残ることができた。立ち去っていく馬場たち部下の姿を見送ってから、玄代は自席に戻る。本編が始まった。最近のアニメーションは本当に精巧になった。

上映が開始されて五分後、玄代はこっそりとシアターから抜け出した。


玄代は息が乱れていた。階段を上っている最中だ。十六階建てのビルの四階に向かっていた。エレベーターを使ってしまうと自分の姿がカメラに録画されてしまうため、階段を使用しなければならなかった。幸いここまで上ってくる途中、誰ともすれ違うことはなかった。

ようやく四階に到着する。通路を歩いて奥に向かい、突き当たりのドアを目指す。〈仙洞(せんどう)法律事務所〉と記された立派な看板がかかっている。玄代がインターホンを押すと「どちら様でしょうか」と声が聞こえたので、「予約した佐藤(さとう)です」と告げた。しばらくしてドアが開き、三十代後半のスーツを着た女性が姿を見せた。いかにも仕事ができる女という感じだった。

「どうぞお入りください」

中に案内される。小綺麗(こぎれい)なオフィスで南側は一面がガラス張りになっていた。その女性——事務所の経営者であり、弁護士でもある仙洞綾子(あやこ)はソファを手で示した。

「おかけください」

「失礼します」

仙洞が紙コップのコーヒーをテーブルの上に置いた。彼女は玄代の真向かいに座り、早速本題に入る。

「死刑囚の再審請求をしたい。そう伺っておりますが、詳細を教えていただけますでしょうか？」

「はい。……あ、すみません。ちょっといいですか」窓の方を見て玄代は言った。「少し気になるんですよね。誰にも見られていないとは思うんですが、何となく……」

「お気持ちはわかりますよ」

仙洞が立ち上がり、窓のカーテンを閉めてくれた。それから室内灯を灯す。再び彼女が玄代の前に座った。

仙洞綾子。刑事事件を専門に取り扱う敏腕弁護士として知られている。日本の刑事裁判は有罪率が99・9パーセントと言われている。起訴されたらほぼ確実に有罪になるのがこの国の現状だ。ところが仙洞は刑事裁判において、過去に何度も無罪判決もしくはそれに近い逆転判決を勝ちとってきた。

一時期は時代の寵児のように扱われていたが、そのうち悪い評判が目立つようになった。たとえば重要な証人を金で買収したり、証拠物件を捏造したりと、無罪判決を勝ちとるためには手段は選ばないという類のものだった。冤罪を専門に扱う人権派の弁護士という仮面を被ってはいるが、その正体は悪徳弁護士。多少業界に通じた人間なら誰もが知っていることだ。

検察側も執拗に調査を重ねたようだったが、仙洞の違法行為を摘発することはできず、現在に至っている。毀誉褒貶が激しいが、それでも彼女に弁護を依頼する者はあとを絶たない。

「こちらをご覧ください」

玄代はそう言ってバッグから一冊のファイルを出し、それを仙洞に手渡した。中には新聞記事の切り抜きがファイリングされている。二年前に発生した殺人事件のもので、図書館でコピーしてきたのだ。

「この事件なら記憶にありますわ」仙洞が脚を組みながら言った。「遺産問題で揉めていた姉妹の話ですよね。妹が姉を殺害したんじゃなかったかしら」

「その通りです。解決の決め手になったのは目撃証言です。妹が犯行現場から出ていくのを近所の老人が目撃していたんです。実はこの老人、認知症が進んでいました。あ、私はその妹さんの親友です」

「なるほど。そういうことですか」

しばらくファイルを眺めたあと、仙洞は顔を上げて言った。

「大変興味深いケースですね。死刑囚に対する再審請求は非常にハードルの高い事例になりますが、私は過去に再審請求を通したこともございますし、戦ってみる価値はあるかと思います。今後も綿密に協議を重ねていきましょう」

やはり食わせ者だな。玄代は唾を吐きたい心境だった。まっとうな弁護士であれば、死刑囚に対する再審請求がいかに難しいか、それを説明して諦めさせるのが筋だ。しかしこの仙洞なる弁護士はいとも簡単に引き受けようとしている。着手金や各種手当を引き出せるだけ引き出し、最終的に適当な理由で逃げ出すのは目に見えていた。この女、この世界から消え去るべきだ。

「いくつかの書類に記入していただく必要があります。少々お待ちくださいね」

仙洞が立ち上がり、隣の部屋に消えていく。そちらは彼女のオフィスになっているようだった。本来であれば補佐的業務をこなすパラリーガル、もしくは事務員がいるはずだが、彼女は一人だった。事前にメールで今日の予約を入れる際、できれば仙洞先生以外の方には席を外してほしいと伝えていた。

彼女が戻ってきた。テーブルの上に数枚の書類を置く。それを見ながら玄代は念のために訊いた。

「先生、今日はお一人で？」

「ええ、そういうご希望だったので。部下には使いに行かせています。しばらくは戻りません」

懸念が払拭される。玄代はバッグから一枚の写真を出し、それをテーブルの上に置く。それを見て仙洞が首を傾げた。

「これは？」

「よくご覧ください」

仙洞が写真を見る。その顔つきが徐々に変わってくる。訝しげな表情でこちらを見た。

「この写真が何か？」

とぼけるつもりらしい。写真には一人の男が写っている。仕事の休憩中だろうか、仲間たちと煙草を吸いながら談笑している四十代くらいの男だ。

「仙洞先生、あなたはやり過ぎた。いくら何でも人殺しを無罪にしちゃあいけませんよ。こちとら地べたを這いつくばって捜査をしているんですから」

玄代はバッグの中から拳銃を出した。ある筋から購入した足のつかない拳銃だ。銃口にサイレンサーがついているので、かなりの消音効果が期待できる。すでに試射も終えている。

「ちょ、ちょっと待って。あなたいったい……」

身の危険を感じたのか、仙洞が逃げる素振りを見せた。しかし恐怖で腰が抜けてしまったらしく、ソファから転がるように落ち、そのまま四つん這いになって逃げていく。

速きこと風の如し。

玄代は素早く立ち上がり、仙洞の背中に二発、銃を発射した。乾いた音が聞こえ、仙洞が床に突っ伏した。背中に鮮血が広がっていくのを、玄代は冷静に見届けた。

「ヘイヘイ、何やってんだよ、康子。しっかりしろ。全力で球に食らいつけ」

「はいっ。ありがとうございます」

徳川康子はその場で一礼し、そのまま後ろに下がった。代わりに明智光葉が前に出る。光葉は腰を低く落とし、飛んでくる打球に備えている。

「行くぞ」

バッターボックスに立つ織田信子が球を軽く投げ、思い切りバットを振った。強烈なゴロが飛んでくる。それを光葉は巧みなグローブ捌きでキャッチし、軽やかにステップを踏んで一塁ベースに投げた。

「ナイスだ、光葉」

「ありがとうございます」

一塁にいる森蘭からキャッチャーマスクを被った柴田勝代にボールが投げ返される。ここは多摩川沿いにある野球場だ。さきほどから信子によるノックが続いている。康子らはショート付近に立ち、代わる代わるノックを受けている。かれこれ三十分以上も続いている。

「次、猿っ」

「まいどー」

次は木下秀美の番だった。秀美は飛んできた打球を捕ることができず、後逸させてしまった。「すみま

*

せん」と謝ってから秀美は球を拾いにレフトの方に走っていく。

「よし、五分休憩だ」

信子が声を張り上げた。キャッチャーの勝代が信子にタオルを差し出すのが見えた。康子は思わずその場に座り込んでいた。

「これ、飲みな」

「ありがとうございます、光葉先輩」

光葉からペットボトルのスポーツドリンクを手渡される。キャップを開けて一口飲む。スポーツドリンクは驚くほど美味しかった。

今日は非番だった。昼は焼き肉の食べ放題に行こうとネットで店選びをしていたところ、いきなり招集がかかったのだ。汚れてもいい格好で多摩川の河川敷に集合せよ。ボランティアでゴミ拾いでもさせられるのかと思っていたら、いきなりノックが始まった。いつものことなのか、康子以外の織田班のメンバーは当然の顔でノックを受けていた。

「うちの班、草野球チームでも作ってるんですか？」

「草野球チーム？　そんなわけないでしょ。だってうちの班は六人しかいないのよ。野球っていうのは最低九人いないと成立しないスポーツなの。知らないの？」

「知ってますけど……だったらどうして……」

「趣味やな、趣味」

康子の疑問に答えてくれたのは、ボール拾いから戻ってきた秀美だった。いつの間にか彼女は缶ビールを手にしている。康子の視線に気づいて秀美が言い訳するように言った。

「これ、ノンアルや。このくらい飲まんとやってられへんわ」

喉を鳴らすようにノンアルコールビールを飲んでから秀美が説明してくれる。「射撃と千本ノック。班長の二大趣味や。今は謹慎中で射撃ができないからな。こうして久し振りに千本ノックをやることになったんや」

現在、信子は謹慎中だ。先日、実弟の浅井市太郎(あざいいちたろう)が殺人罪で逮捕されたことが上層部でも問題となった。やはり身内から犯罪者が出たのは大きな過失だ。一方で、たとえ実弟であろうが私情を挟まず逮捕したという潔い態度を評価する声もあるようだ。また、警視総監の足利昭菜(あしかがあきな)から何らかの救いの手があったとも囁かれており、いずれにせよ、これ以上の厳しい処分は科せられないと聞いている。

班長不在の間、織田班のメンバーは書類の整理ばかりやらされる毎日だ。

「待ってください、秀美先輩。今、千本って言いました？　それって比喩ですよね？　本当に千本もやりませんよね？」

「やるに決まってるやろ。あのお方をどなたと心得る。尾張(おわり)の大うつけ、織田信子や。私らが疲弊する姿を見て、テンションあげるドSや。それに見てみ、勝代さんを。あの人、ホンマに細かい人なんや」

ホームベースの方に目を向ける。勝代は木の棒を持って足元を見ている。

「正の字を書いて本数を記録してるんや。まったくけったいな人やで」

「大丈夫だよ、康子ちゃん」ずっと黙っていた光葉が励ますように言った。「一人三百本受ければ終わるから。あと二百五十本くらいだよ」

「そ、そんなに……。でもちょっとおかしくないですか。私たちだけで九百本受けるってことですか」

「そうだよ。残りの百本は勝代さんと蘭ちゃんが五十本ずつ」

「最年長の勝代さんはいいとして、蘭ちゃんはあまりに贔屓されてるというか……」

森蘭は一塁ベースにちょこんと腰を下ろし、鏡を覗いて化粧のチェックに余念がない。後ろから秀美が口を挟んできた。

「蘭は班長のお気に入りなんやから仕方ないやろ。お前も早く班長に気に入られて、蘭からファーストのポジションを奪ってみたらええ」

「そんなの無理に決まってますよ。あの、ところで」

康子は秀美の着ているシャツを見た。黒いTシャツで、中央には金色の図柄がプリントされている。

「そのTシャツ、何ですか？」

「これか？　これはな、班長が作ってくれたんや。班員一人一人オリジナルでな、家紋やら何やらをモチーフにした世界で一枚だけの特注品なんやで」

「へえ、かっこいいですね」

「やろ。ちなみに私は金色の千成瓢箪で、光葉は桔梗やったかな。康子、お前の家の家紋は？」

「たしか三つ葉の葵だったような気が……」

「楽しみにしとき。そのうち班長が作ってくれるはずやから」

「おい、猿」いきなり信子の怒号が飛んでくる。「お前、ノックの最中にビールを飲むとは何事だ。ベースランニングを三周だ」

「班長、これはノンアルです」

秀美が反論を試みるが信子は容赦なく切り捨てた。

「ノンアルだろうがビールはビールだ。口答えしたから五周に増やしてやる」

「そんな殺生な……」

「いいから走れ。よーいドン」

信子が手を叩く。秀美が手にしていた缶を康子に寄越し、走り始めた。缶の表示を見て康子は驚く。ノンアルではなくて正真正銘のビールだった。班長も班長なら、秀美も秀美だ。

秀美がベースランニング五周を終え、千本ノックが再開される。今度はライトの位置に移動してのノックだった。

ボールを大きく後ろに逸らしてしまい、康子はボールを拾いに走った。戻ってくるとノックが中断していた。見ると勝代が何やらスマートフォンで話している。じきに通話を終え、勝代は信子に報告しているようだった。やがて信子が「集合」と声をかけ、全員がホームベースに向かって駆けていく。集まった面々に向かって信子が言った。

「今、勝代のもとに警視庁から連絡があった。西新宿で殺しが発生した。殺害されたのは弁護士、仙洞綾子だ」

どうやら有名人らしく、秀美は口笛を吹いて信子に睨まれていた。早くも光葉はメモをとっている。

「拳銃で撃たれて即死だ。凶器も見つかっておらず、凶悪な事件であるため、我々も捜査に駆り出されることが決定した。もっとも私は謹慎中の身の上、捜査に参加することはできない」

信子抜きで捜査に当たるということか。今までにそんなことはなかった。

「っていうことはつまり」秀美が口を挟む。「年功序列で勝代さんが班長代理ということになるんですか。それとも次期エースとの呼び声も高い木下秀美を抜擢するとか？」

「猿、千年早い。お前たち五人は第三係の下に編入されるそうだ。ノックはこれまで。各自着替えて現場に向かえ。指示は向こうの係長から受けるがいい」

「げ、ホンマかい」

秀美が大袈裟に驚く。ほかの者も一様に暗い顔をしている。康子は隣にいる光葉に訊いた。

「光葉先輩、第三係の係長って誰ですか？」

「知らないの？　武田玄代警部。甲斐の虎の異名をとる、捜査一課の名物刑事よ」

＊

「班長、遺体を運び出してもいいかと鑑識が言ってます。いかがいたしましょうか？」

部下の馬場房恵に訊かれた。玄代は思案したのち答えた。

「いいだろう。すぐに司法解剖に回してくれ。線条痕の特定は急ぎで頼むと伝えろ」

「了解です」

玄代は仙洞法律事務所にいた。自分の班が捜査を担当するとは思ってもいなかった。映画館で犯人を逮捕した直後であり、自供をとるという大仕事が残っていたからだ。ただし現在、捜査一課は人手不足だった。織田の大うつけが謹慎中であるのが最大の要因だった。課長から連絡が入り、武田班が仙洞殺害の捜査を担当することが急遽決定したのだ。自分が殺した女の事件を自らが担当する。まさに天の配剤と言えよう。

「班長、第一発見者に事情聴取ができそうです」

部下の内藤豊が近づいてきた。第一発見者は仙洞の秘書であり、パラリーガルの長尾政美、四十二歳だった。午後三時過ぎ、事務所に戻ってきた長尾は遺体を発見、すぐに一一〇番通報した。その後は気分が悪くなり、オフィスで休んでいたという。

内藤に連れられて第一発見者の長尾がやってくる。前に座らせて事情聴取を始める。まだ床には被害者の血痕が残されていて、長尾はそちらに目を向けようとしない。

「長尾さん、私は警視庁捜査一課の武田です。遺体を発見したときの状況を教えてください」

「はい」低い声で長尾は話し始める。「今日の午後一時から相談の予定が入っていました。弁護士以外の者は立ち会ってほしくないという相談者からの希望があったので、私は昼にここを出ました。そして三時過ぎに戻ってきたところ、仙洞先生はすでに変わり果てたお姿で……」

部下の内藤がハンカチを差し出す。それを受けとった長尾は涙を拭いた。玄代は質問した。

「こういうことはよくあるんですか。相談の際にあなたが席を外すことが」

「たまにあります」

「その相談者の名前等を教えてください」

「少々お待ちを」

長尾は立ち上がり、隣のオフィスへと消えていった。しばらくしてタブレット端末を持って戻ってくる。

彼が画面に相談者のデータを表示させた。

佐藤花子（さとうはなこ）、四十二歳。職業：会社員。住所：東京都新宿区大久保三丁目三番地。

「この相談者は電話で依頼してきたんですか？」

「いえ、メールです。最近では八割方がメールでの相談です」

使っている名前や住所もすべて出鱈目（でたらめ）だ。メールもフリーのｗｅｂメールを海外のネットワークを介して使っているので、調べられても痛くも痒（かゆ）くもない。

「ちなみにあなたはどこで時間を潰（つぶ）していたんですか？」

「歌舞伎町の喫茶店に行きました。お昼もそこでホットドッグを食べました」

「ありがとうございます。また何かあったら事情を聞かせていただきますので、近くで待機していてください」

長尾を解放する。すでに遺体は運び去られていた。「集合」と声をかけると班員たちがスッと近寄ってくる。彼女らの動きに無駄は一切なかった。武田班の刑事たちは常日頃から鍛えられている。

「捜査に入るぞ。まずは相談者である佐藤花子の行方を追うことを第一としたい。おそらく偽名と思われるが、その痕跡は必ず付近の防犯カメラ等に残っているはず。彼女の足どりを追い、その素性を明らかにするぞ」

「はっ」

何度も下見を重ね、このビル周辺の防犯カメラの位置はすべて把握しているので、玄代の姿が防犯カメラに映っていることは絶対にない。

「馬場と高坂は佐藤花子なる相談者について調べろ。内藤、真田、山県はここ近辺の聞き込み、防犯カメラの割り出しに当たれ。私も聞き込みに同行する」

「はっ」

玄代率いる武田班が捜査を開始しようとしたそのときだった。玄関の方から騒々しい声が聞こえてきた。

「やっぱ弁護士っちゅうのは儲かる商売なんやな。おい、蘭。勝手にシューズクローゼットを開けるんじゃない」

「うわ、ルブタンだ。ジミー・チュウもある。可愛いなあ」

「蘭ちゃん、似合いそうだもんね。光葉先輩はこういうハイヒールを履いたりするんですか？」

「履くわけないじゃない」

「光葉も康子も安いスニーカーがお似合いやで」

「秀美先輩、そういう言い方は酷いと思います」

その奔放さは指揮官を失った足軽のようだ。いや、引率教師のいない女子高生の遠足と言った方が正解か。現場に到着した織田班の刑事たちに、馬場が鋭い声で叱責した。

「静かにしろ。ここは現場だ。遊び場ではないっ」

木下秀美をはじめとする織田班の刑事たちがきょとんとした顔でこちらを見ている。織田班との合同捜査は捜査一課長である松永からの命令だった。業界でも有名な女性弁護士の殺人事件は世間でも話題になることは確実だ。そのために多くの戦力を当てたいという課長の配慮も理解できるが、玄代にとっては邪魔なだけだ。

「織田班五名、到着いたしました。これより武田班の麾下にお加えくださいませ」

最後に入ってきた柴田勝代がそう言って頭を下げた。それを見てほかの四人も渋々といった様子で頭を下げている。玄代は織田班の刑事たちの顔を見回して言った。

「よろしく頼む。柴田警部はうちの馬場と一緒に相談者の所在確認をおこなってくれ。ほかの者たちは周辺の聞き込みを頼む。それと言っておくが、武田班は捜査中には私語厳禁だ」

静かなること林の如し。捜査中には無駄口は叩かず、捜査にすべての神経を注ぐ。それが武田班のやり方だ。

「私からは以上だ。では各自捜査に入ってくれ」

「はっ」

機敏な動きで部屋から出ていく武田班に対し、織田班の面々は緩慢だった。なぜか化粧が崩れ、疲れているのかぐったりしている者もいる。まったく使い物にならない連中だ。玄代は鼻で笑い、パンプスを履いて外に出た。

＊

「秀美先輩、こんなところで油売っててていいんですか？　私たちも捜査した方がいいんじゃないですか？」

「ええやろ、別に。捜査中は私語厳禁なんて絶対無理や」

康子は秀美とともにカフェにいた。事件が発生したビルの二階にある店だ。一階から五階までがテナントとなっており、それより上の階はマンションのようだ。

「武田さんってやり手なんですか？」

　康子は武田玄代の風貌を思い浮かべながら言った。さほど背は高くなく、あまり見栄えのするタイプの女性ではないが、ギョロリとした目に得も言われぬ迫力があった。

「当然や」とコーヒーの入った紙コップ片手に秀美は答える。「仕事ができるからこそ一課の係長になったんや。甲斐(かい)の虎はえげつないで。部下にも恵まれているしな」

　武田四天王。馬場、内藤、高坂、山県の四人はいずれも優秀な捜査員であると同時に、骨の髄まで武田玄代に忠誠を誓った刑事たちだという。

「武田玄代の趣味はツーリングや。休みの日には三係全員でバイクに乗ってツーリングに行くらしいで。武田の騎馬隊とも言われているんや。あいつら何の真似か知らんけど、ツーリングの時のライダースーツは赤でキメているらしい。アホくさ」

「へえ、楽しそうですね」

「アホ、楽しいことあるか。どうして休みの日に上司とバイク乗らなあかんねん」

「うちも似たようなものじゃないですか。オフの日にノック受けてますよね。しかも千本も」

　あれが最後まで続いていたらと想像するとゾッとする。間違いなく明日は筋肉痛になるはずだ。

「あれは精神を鍛えてもらってるんや。有り難いこっちゃ」

「ビール飲んでたのはどこのどなたでしたっけ？」

「ノンアル買ったつもりが気がつくと本物のビールに変わってたんや。けったいな話やろ」

　まさか緊急動員されるとは思ってもいなかった。しかも他係の下についての応援だ。本当にカフェでお茶なんかしていていいのか。

「被害者の仙洞って弁護士、秀美先輩はご存じでしたか？」

「ああ。ていうか康子、お前は知らんかったんか？　超有名人やで」

「そうなんですか」

『刑事事件を専門に扱う弁護士や。かなり際どいやり方が問題視されてたお人や」

有罪確定と思われていた事件をひっくり返し、無罪判決を勝ちとったことが過去にあったという。自らが逮捕した犯人が裁判で無罪になる。警察関係者にしてみればこれ以上の屈辱はなかった。

「彼女を恨んでいる警察関係者もいるやろうな。幸い今のところ織田班が挙げた犯人で彼女が弁護した者はいない。これまでにも危ない橋を渡ってきたはずや。反社の奴らに目をつけられ、挙句の果てに殺された。そんなとこやろ」

「そうとも限らないんじゃないかしら」

背後で声が聞こえる。振り返ると後ろの席に光葉が座っていた。康子と背中合わせの格好になる。光葉の対面には蘭の姿もある。蘭がこちらを見て言った。

「ヤッホー、康子さん」

「光葉、どういうことや？　何かわかったんか？」

「まあね」と光葉がこちらの席に移動してきた。蘭も同様だ。光葉はコーヒーを、蘭はキャラメルマキアートを手にしている。光葉がスマートフォン片手に説明してくれる。

「勝代さんからの情報提供。現時点で一番怪しいのは被害者が殺された時間にオフィスを訪ねていた相談者。勝代さんの話によると、どうやら相談者は女性らしいわ。さすがに反社も女性のヒットマンを雇ったりはしないでしょ」

「わからんで。サツも反社も女性が優遇される時代や」

「もし反社の人間の犯行であるなら、わざわざ相談の予約をするかしら。自宅の駐車場あたりで待ち伏せして後ろからズドン。そういう手口だと思うけどね」

光葉の説は極めて論理的だった。いずれにしても相談者の正体を突き止めるのが先決だ。

「甲斐の虎のお手並み拝見ってところやな」

まるで他人事のように秀美が言うので、康子は口を挟んだ。

「秀美先輩、一応私たちも捜査に参加しているんですけど」

「武田四天王が揃い踏みや。うちらの出番はないって」

「ねえねえ」キャラメルマキアートの紙コップ片手に蘭が嬉しそうに言った。「私たちもそのうち織田四天王とか言われたりして。そしたらどうしよう？　超強そうなんだけど」

「アホ、そりゃないわ。木下秀美と愉快な仲間たちって呼ばれるようになるで、来年あたり」

「そんなのやだ。織田四天王の方がかっこいいもん」

秀美と蘭が言い合っている。緊張感がまったくない。すると光葉が立ち上がった。

「ん？　トイレでも行くんか、光葉」

「班長が謹慎中なら、部下の私たちが手柄を上げるべきじゃないかしら？　ただでさえ舐められてるのよ、私たち。お喋りに興じてる暇はないわ」

光葉が自分の分の小銭をテーブルの上に置き、店内を横切って店から出ていった。「ふん」と鼻で笑ってから秀美が伝票を摑んだ。

「二人の分は私が奢る。捜査を始めるで。相談者の正体を摑むんや。あ、別に光葉に負けたくないとか、そういうんやないからな。私は最初からここで英気を養うつもりやったんや」

早口でまくし立て、秀美はレジの方に向かって歩いていく。たしかに少し休んで疲労も回復した。蘭と二人で店の外に出る。捜査は始まったばかりだった。

＊

「被害者は何者かに殺害された。そう考えてよろしいでしょうか？」

「その通りです。紛れもなく殺人です」

玄代は新宿署にいた。記者会見の最中だ。殺された仙洞綾子は名の知られた弁護士であることから、記者会見を開くことが決定したのだ。正面の白いテーブルに警視総監の足利昭菜と捜査一課長の松永久美子が並んで座っている。記者の質問に答えるのはもっぱら松永の方だった。お飾りとも揶揄される足利警視総監は手元の書類に視線を落としている。

「やはり怨恨の線が濃いのでしょうか？」

「まだ動機等については解明できておりません。鋭意捜査中でございます」

現在の時刻は午後八時過ぎ。すでに捜査会議も終わっていた。特に成果は上がっておらず、目撃証言は皆無だった。周辺地域の防犯カメラの解析も進んでいるが、そちらからも何も上がってこないはずだ。

「使用された拳銃で足はついていないのでしょうか？」

拳銃には線条痕というものがあり、国内の事件で一度でも使用された場合、その記録が警視庁に登録される。事前資料には未記入の項目なので、玄代は「失礼します」と前に出て、松永に耳打ちをした。それを聞いてから松永が答えた。

「警視庁の記録には残っていませんでした。口径等については捜査機密とさせてください」

玄代が仙洞殺害に使用した拳銃はロシア製の密輸銃だ。細心の注意を払い、密売人から購入したものなので、弾や線条痕などからは絶対に足がつかない。

「ほかに質問はございませんか？　……では、これにて記者会見を終了とします。ご苦労様でした」

記者会見が終了する。幹部たちが記者会見場から出ていくのを見送った。「武田警部」と声をかけられ、振り向くと一人の男が立っている。顔馴染みの新聞記者だ。

「実はもう犯人の目処がついているんじゃないですか？　教えてくださいよ、武田警部」

「残念ながら何もわかっていない」

「甲斐の虎ともあろう方が何を言ってるんですか。ヒントくらい教えてくれたっていいじゃないですか」

一瞬だけ考える。それから玄代は声のトーンを落として言った。

「ある相談者が事務所を訪れたことはわかってる。女性の相談者だ。その時間、人払いの意味合いもあって事務員は席を外していた」

「ふむふむ。その女性の相談者が怪しいってことですね」

玄代は答えなかった。この程度の情報なら明かしても構わない。そう判断したのだ。記者が手帳を閉じて言った。

「ありがとうございます。また今度ほうとうでも食いに行きましょうよ」

ほうとうは玄代の大好物であり、週に一度は必ず食べる。

「わかった。楽しみにしてる」

記者会見場を出て、玄代はエレベーターに乗って捜査本部の設置されている大会議室に入った。多くの捜査員は外に出ており、残った捜査員で情報の整理に当たっていた。

「記者会見はどうでしたか？」

入ってきた玄代に気づき、部下の馬場房恵が近づいてくる。玄代は答えた。

「滞りなく終わった。何か進展は？」

「特にありません。面目ございません」

「お前が謝ることはない」

現時点までは順調に進んでいる。ただしこのまま迷宮入りさせるわけにはいかない。そんなことをしてしまえば武田班にとっても、玄代にとっても汚点となるからだ。どのタイミングで事件の幕引きをするか。そこが大きなポイントだ。

「少々失礼します」

そう言って馬場がスマートフォンを耳に当てた。

「はい、私よ。……ん？　本当に？　それはなかなか面白いわね。いえ、面白いっていうか、かなりの問題よ。……ちょうど今、班長もここにいるのよ。ちょっと待ってて」

馬場が通話を中断し、玄代に対して言った。

「班長、美幸から電話です。仙洞法律事務所では来客の記録をしているようで、美幸はそのリストを当たっていました。すると興味深い人物が事務所を訪ねたことが確認できたみたいです」

美幸というのは真田美幸のことだ。武田班の最年少捜査員。四天王の下に隠れているが、かなりの素質を秘めた捜査員だ。

「美幸の声を聞かせて」

「了解です」

馬場がスマートフォンを操作して、スピーカー機能をオンにした。美幸の声が聞こえてくる。

「班長、お疲れ様です。真田です」

「何がわかったの?」

「来客リストを片っ端から当たりました。すると一ヵ月前、思わぬ人物が事務所を訪ねていることが判明したんです」

時間の問題だと思っていた。彼女の名前が捜査線上に浮かび上がるのは。

「誰だ? 誰が事務所を訪ねてきたんだ?」

わかっていても問いかける。電話の向こうで美幸が答えた。さすがの彼女も若干声を震わせている。

「捜査一課第二係の係長、上杉謙子警部その人です」

＊

「うひょー、これは面白くなってきたで。まさに竜虎相搏つ、やな」

康子の隣で秀美が言った。かなり興奮している様子が伝わってくる。一行は新宿署内の一室にいた。それほど広い部屋ではないが、多くの捜査員たちが詰めかけている。

「上杉係長ってそんなに有名なんですか？」

「当たり前や。越後の竜と呼ばれるお方や。しかも武田係長とは犬猿の仲として知られている。まさに世紀の一戦。アントニオ猪木対ストロング小林みたいなもんやで」

「誰ですか？　ストロング小林って」

「面倒臭いやっちゃな。気になるなら自分で調べたらええ」

今から一時間前、急にその情報がもたらされた。捜査一課第二係の係長、上杉謙子警部が仙洞法律事務所を訪ねていたことが発覚した。それを知った武田玄代の動きは迅速だった。すぐさま上杉謙子から事情聴取をすると言い出したのだ。

第三係の係長が、第二係の係長を呼び出す。前例のない事態に捜査本部は騒然となった。織田班の面々も指をくわえて見ているわけにはいかず、捜査本部に舞い戻った。事情聴取が始まるのを今や遅しと待っている。マジックミラーの向こうは取調室だ。ここはさながらリングサイドの特等席といったところか。

「お、まずは甲斐の虎の入場や」

先に取調室に入ってきたのは武田玄代だ。全身から闘気のようなものを漂わせている。一緒に入ってきたのは武田四天王の一人、馬場房恵だ。馬場は隅にあるパソコンの置かれたデスクに座った。玄代は中央にあるテーブルの椅子に腰を下ろした。それを見て見物人たちがどよめいた。

「こいつは見物やで。武田さん自ら事情聴取をするってことや」

玄代は椅子に座り、腕を組んでいる。目を閉じて何やら思案しているようでもある。その形相は険しいものだった。

やがてそのときは訪れる。ドアが開き、一人の女性が取調室に入ってきた。その姿を見て康子は驚く。思わず「えっ？」という声が洩れてしまうほどだった。

その女性は剃髪、つまり髪を剃り上げていた。しかも和装姿だ。よく通夜や葬儀で見かけるような黒い法衣を身にまとっている。凜としたその立ち姿は取調室に似つかわしくない。

「あれが上杉謙子、越後の竜や」

秀美が小声で説明してくれるので、康子も小声で訊く。

「尼僧さん、なんですか？」

「真言宗やったかな。かなり熱心に信仰してて、行き着いた先があの姿や。恐ろしいやろ。普通あんな格好で街歩かれへんわ」

上杉謙子が椅子に座る。武田玄代と相対する形となる。見ているこちら側も緊張してしまう。最初に言葉を発したのは玄代だった。

「上杉警部、ご足労いただきかたじけない」

「いえいえ。武田警部に呼ばれたとあっては馳せ参じるのが刑事の務め。余計な気遣いは無用です」

「そう言ってくださると助かる。早速だが本題に入ろう。現在、うちの班では弁護士の仙洞綾子殺害事件を追ってる。それはご存じかな？」

「当然です。なにやら外も騒がしいですね」

ワイドショーなどでも取り上げられている。数年前の一時期、テレビ番組にコメンテイターとして出演していたこともあり、仙洞綾子は世間の認知度も高かった。

「凶器は拳銃だ」玄代が説明する。「背中を二発撃たれていて、そのうちの一発が心臓を直撃。ほぼ即死だったものと思われる。死亡時に会っていた相談者、メールの記録によると佐藤花子なる女性が怪しいが、この名前は偽名であり、記載された住所も出鱈目だった」

今も捜査が続いているが、相談者の足どりは不明だった。周辺の防犯カメラにも怪しい人影は一切映っておらず、本当にその時間に相談者が来訪していたのか、それを疑問視する声も出ているほどだった。

「事務所内は特に荒らされた様子もなく、物盗り（ものと）の線は薄い。怨恨による犯行とみて捜査中だ。うちの真田が来客の記録を当たっていて、面白い人物の名前を見つけたんだ。一ヵ月前、その人物は一人で事務所を訪れていたようだ」

「武田警部、回りくどい言い方はよしていただきたい。いかにも私は仙洞法律事務所を訪ねました」

「ちなみにどのような用件で？」

「ご存じでしょう。部下の直江（なおえ）の件でございます」

室内にいる捜査員から溜め息（たいき）が洩れる。誰もがその名前が出るのを予想していたような反応だ。康子は小声で秀美に訊く。

「誰なんですか？　直江さんって」

「直江続穂(つづほ)。上杉班のナンバー2や。今は訳あって休職している。やはりそういうことやったか」

秀美はしたり顔でうなずいているが、事情を知らない康子にはさっぱりわからない。取調室では事情聴取が続いている。

「もう少し詳しく教えていただきたい」

「真摯(しんし)な態度で裁判に臨むように。そう直談判(じかだんぱん)をいたしました。裁判というのは真理を追究する場所であり、誰しも法の下には平等。真実が歪(ゆが)められるようなことがあってはいけません」

「それであちら側の反応は？」

それまで冷静だった謙子だったが、初めて笑みを見せた。どこか諦めてしまったような笑みだ。

「相手にされませんでした。被告の刑を少しでも軽くする。それが自分の仕事だと」

謙子と仙洞は何かの裁判で接点があり、そこに謙子の部下、直江続穂も関わっているということか。

「ちなみに上杉警部、今日の午後一時から三時までの間、どこで何をしていた？」

「捜査中でした。車で移動中だったと思います」

「そのことを証明してくれる第三者は？」

「いません。一人で行動していたので」

アリバイは成立せず。しかし謙子の清々(すがすが)しいその態度を見て、康子は感銘を受けていた。こんな人もいるんだな。しかも自分と同じ刑事だ。

「単刀直入にお聞きしたい」玄代が身を前に乗り出した。「あなたには動機もある。そしてあなたのコネを使えば密輪銃を入手することなど造作もないこと。さらにはアリバイも確認できない。仙洞綾子を殺害したのはあなたではないか？」

「私ではございません」

「本当か？」

「ええ。毘沙門天に誓っても」

緊迫したムードに包まれている。テーブルを挟んで二人の刑事が睨み合っている。康子は小声で秀美に質問した。

「秀美先輩、毘沙門天って何ですか？」

「さあな。天ぷらの一種やろ」

「なんか美味しそうですね」

玄代が立ち上がり、入り口のドアを開けた。

「今日のところはお帰りになって結構。また何かお伺いしたいことがあったら呼び出すので」

「わかりました。捜査への協力は惜しみません。ご苦労様でございました」

背筋をピンと伸ばしたまま、謙子が取調室を出ていった。ドアが閉まるや否や、玄代は自分が座っていたパイプ椅子を持ち上げ、それをマジックミラーに向かってぶん投げる。ガシャンという激しい音が聞こえ、こちら側にいた捜査員たちからどよめきが洩れる。

「武田さん、ご機嫌斜めやな」

「そうですね。それにしても上杉警部、素敵です」

「息詰まる攻防やったで。まるで前田日明対ヴォルク・ハン戦を見ているようやった。あ、そうや。直江さんのことを詳しく知りたいんやったら、光葉に聞いてみるとええ。光葉は直江さんと面識がある。昔同じ所轄で働いていたはずや」

光葉ならさきほどまで後ろにいたはず。振り向いたがそこには光葉の姿はなく、スマートフォンを熱心に操る蘭が座っている。

「蘭ちゃん、光葉先輩は？」

「さあ。私、ずっとソシャゲやってたから」

事情聴取が終わったため、見物人たちがぞろぞろと部屋から出ていく。すでに夜の十一時になろうとしている。今日はこれで捜査は終了。明日に持ち越しだ。

＊

翌日。康子は都内にあるマンションの前にいた。覆面パトカーの助手席だ。運転席には明智光葉の姿がある。頼み込んで同行する許可を得たのだ。

「出てきたわね」

マンションのエントランスから二人の女性が出てきた。二人は武田班の刑事だった。彼女たちが立ち去っていくのを見届けてから、「行くわよ」と言って光葉が車から降りていった。康子もあとに続く。向かった先は七階の部屋だった。光葉がインターホンを押すとドアが開き、髪の長い女性が姿を現した。四十代くらいの楚々とした美人さんだ。玄関の壁に『愛』の一文字が記された書が飾られている。

「直江さん、お疲れ様です」

「明智さん、よく来たわね。そちらが噂の新人さんかしら？」

「はい」と康子は返事をする。「四月から第五係に配属されました徳川康子と申します。よろしくお願いします」

「どうぞお入りになって」

光葉とともに中に入る。リビングに案内された。南側の窓の近くに仏壇が置いてあるのが見えた。あまり物が置かれていないリビングなので、その仏壇は一際存在感を放っている。光葉が仏壇の方に向かって歩いていく。

「まずはお線香をあげさせてください」

「いいわよ。息子も喜ぶと思うから」

光葉とともに線香をあげる。仏壇には一枚の写真が飾ってあり、そこには小学校低学年ぐらいの男の子が日本代表の青いユニフォームを着て誇らしげに笑っている。サッカー観戦のときに撮った写真だろうか。

「もう一年になるわ。今でも翔は生きてるんじゃないかって思うこともある。ついついカレーとかも甘口に作ったりしちゃうの。作ったあとに気づくのよ。あ、翔はもういないんだなって。あ、ごめんなさい。コーヒー淹れるわね。こっちに来て座って頂戴」

ダイニングのテーブルに案内される。直江続穂はキッチンでコーヒーを淹れ始めた。大体の事情はさきほど光葉から聞いている。

直江続穂の愛息、翔が交通事故で命を落としたのは一年前のことだった。小学校から下校中、タクシーに轢かれたときにはすでに息をしていなかったという。

タクシーを運転していたのは七十歳の高齢ドライバーだった。危険運転致死傷の容疑で逮捕された。現場は見通しのいい場所で、明らかにドライバーの運転ミスかと思われた。取り調べの際には容疑を認めた。ところがである。裁判になると男は態度を一転させた。運転ミスではなく、子供の方が飛び出したと無罪を主張したのだ。併せて車の整備不良も指摘し、自分に非はないと言い張った。

「二人ともブラックでいいかしら」

そう言いながら続穂がカップをテーブルの上に置く。愛息を失って以来、続穂は情緒不安定となり、いまだに職務に復帰できていない。上杉謙子の右腕とも言われる名刑事であり、その復帰を望む声は上杉班だけではなく、ほかの班員からも寄せられているという。

「まさか仙洞が殺されるとはね。話を聞いたときは私も驚いた。でもそれ以上に驚いたのがうちの班長が容疑者になっているってこと。しかもその取り調べをおこなったのが武田さんとは……。これが因縁というものかもしれないわね」

検察側の求刑は懲役七年だった。被告は度重なる運転ミスが記録されており、事故の一ヵ月前にも信号無視で違反切符を切られていたが、プライベートでの違反だったので会社には報告していなかった。一審では求刑通り懲役七年の実刑判決が言い渡された。

「さっきまで武田班の刑事、高坂と内藤から事情聴取を受けてた。アリバイも聞かれたわ。一応その時間は母と一緒だった。身内の証言は当てにならないとは知ってるけど、ないよりはマシね」

被告側は「七十歳という高齢者に懲役七年の実刑は厳し過ぎる」として控訴をした。同時に異例の弁護士変更の手続きがとられ、新しい弁護人として会見の場に登場したのが仙洞綾子だった。その席上、仙洞は「事故当時に被告人が重篤な意識障害を患っていた可能性がある」との見解を示した。

「明智さん、本当のところはどうなの？　うちの班長、かなり厳しい立場に立たされているの？」

「それは何とも。ただし有り得ない話ではない、大半の捜査員はそう思っているようです」

部下の息子が交通事故で命を落とした。しかもその裁判を担当している被告側の弁護士は汚い手を使うことで有名な悪徳弁護士。その弁護士さえいなくなれば直江の心も晴れるのではないか。それが動機だというが、果たして――。

「武田さんがそう考えるのはわかる気がする。うちの班長は常人とは違う価値観を持っているからね。部下のために自らの手を汚す。そういう飛躍した思想の持ち主たり得るのは私も認めるわ」

「ちなみに直江さんはどう感じました？　被告の弁護士が仙洞になったと知ったときは」

「正直いい気分はしなかった。彼女の悪い噂は耳に入っていたしね。でも私はどんな判決になるにせよ、受け入れる気でいたの。無罪放免とかは別だけど、量刑の重い軽いで一喜一憂しないように心を決めていたから」

非常に理知的な話し方をする人だ。それが直江続穂に対する康子の印象だった。さぞかし優秀な刑事であろうことは話しているだけでも想像がつく。最初に光葉が刑事になったとき、その直属の上司が直江続穂だったという。

「一ヵ月前、上杉さんは被害者の事務所を訪ねていたようです。ご存じでしたか？」

「知らなかった。きっと私のことを思って直談判したんでしょうね。この裁判から下りるようにと。あの人らしいわね、まったく」

それからしばらく話を聞いたが、特に参考になるようなものはなかった。なぜ上杉謙子が疑われているのか。その裏にある事情がわかっただけでも康子にとってはプラスだった。捜査一課に来たばかりで、その人間関係にもまだまだ疎いのだ。

「明智さん、またね。私も近々復帰できると思うから」

「こちらこそありがとうございました」

続穂に見送られて部屋をあとにする。エレベーターに乗り込んでから康子は言った。

「いい方ですね、直江さん」

「うん。頼りになる先輩。それに優秀なの」

「それにしても上杉さんは人望がありますね。上杉さんはきっと千本ノックでストレス解消したりしませんよね」

「あら? 康子ちゃん、それって班長をディスってる？」

「いえいえ滅相もございません。私、ノック超好きです。それより光葉先輩、これからどうします？」

「そうねえ。聞き込みでもしてみようかな。康子ちゃんも一緒に来る？」

「はい、お供します」

一応は武田班の下に戦力として投入された捜査員なのだ。エレベーターから降りた康子は光葉とともに覆面パトカーを停めたコインパーキングに向かって歩き出した。

＊

「上杉警部、もう少し肚を割って話しましょうよ。あなたは仙洞綾子が憎くて仕方がなかった。そうじゃありませんか？」

「別に憎んでいたわけではありません。彼女は弁護士。依頼を受ければ弁護をするのが仕事ですから」

玄代の目の前では事情聴取がおこなわれている。現在、上杉謙子に対しているのは部下の馬場房恵だ。部屋の隅では真田美幸が記録をとっている。玄代自身は隣室からマジックミラー越しに事情聴取の模様を見守っていた。

「一ヵ月前、あなたは仙洞法律事務所に足を運んでいますね。そこで彼女と何を話したんですか？」

「以前もお話しした通りです。真摯に裁判に取り組むよう、お願いしたんです」

すでに事件発生から一週間が経過しているが、容疑者の存在は一切浮かび上がってこない。玄代の読み通りの展開になっている。事態を打開するため、上杉謙子に対する二度目の事情聴取を試みている最中だ。今日も見物人たちが集まっている。

「本当ですか？　上杉警部。一ヵ月前の面談の際、仙洞と口論になったんじゃないですか？　そこであなたは仙洞に対して強い殺意を覚えた。この女さえいなくなれば直江さんの裁判の様相もガラリと変わる。そう思ったあなたは彼女を殺害する計画を思いついた。違いますか？」

「なかなか想像力が豊かですね。しかし残念ながら違います」

上杉謙子に対して疑惑の目を向ける。これは最初から玄代の作戦だった。武田と上杉が長年ライバル関係にあるのは周知の事実であり、だったらそれを利用しない手はないと判断したのだ。実際、事件の細部の検証よりも、今は両者の対決の行方に捜査員の注目は集まっている。

「上杉警部、ちなみにあなた自身はどうお考えです？　直江さんの息子を轢き殺した犯人について、どのくらいの刑が妥当だと思いますか？」

「さあ、それは何とも言えません。それを決めるのは司法ですから」

「仙洞がうまく立ち回った場合、一審の判決が覆って減刑される可能性があった。それを回避するために彼女は殺されたと我々は考えています。動機があるのは遺族である直江さん、そしてその直江さんの直属の上司であるあなたです。上杉警部と直江さんが血を分けた姉妹のように仲がよかったのは我々も知っています」

「見当違いも甚だしい。私は犯人ではございません」

平行線を辿(たど)っているのが玄代でもわかった。聞き役の馬場も苦渋の表情を浮かべている。質問の糸口すら見失ったのか、そのまま事情聴取は終了となる。見物人たちが部屋から去っていった。玄代は近くに立っていた柴田勝代――織田班から臨時に借り受けている――を呼んだ。

「柴田さん、防犯カメラの解析結果、どうなりました？」

「怪しい点はありません。二度にわたり解析しているので洩れはないはずです」

「科捜研から新たに報告は？」

「いくつか足跡が見つかったようですが、事件との関係は不明です。靴のサイズ等の詳細については夜の捜査会議までにリスト化する予定です」

さすがに織田信子が全幅の信頼を置いているだけあり、柴田は優秀な捜査員だった。特に後方支援には抜群の動きを見せ、今回の捜査本部でも存在感を放っている。武田班には四天王という優秀な捜査員はいるが、裏方として汗を流せる者はいない。冗談半分で玄代は柴田に言った。

「柴田さん、うちに来ない？」

柴田は「ふっ」と笑ってから答えた。

「大変有り難い申し出ですが、私は織田班に骨をうずめる覚悟です」

「まあそうでしょうね。忘れてください。ところで織田班の別の者たちはいずこに？」

「さあ、私もわからないのですよ。多分捜査をしているとは思うのですが」

織田班の面々の姿がない。自由奔放なのか、それとも単なる馬鹿なのか、捜査会議にすら顔を見せたり見せなかったりする連中だ。強いて褒めるとすれば冷静沈着な明智光葉くらいで、それ以外の者は捜査一課に置いておくのも恥ずかしい。あのうつけ者の部下だけのことはある。

「すみません、班長。お見苦しいものをお見せしてしまいまして」

部屋に入ってきた馬場が頭を下げた。真田の姿もある。玄代は手を叩き、武田班の面々を集めた。

「方針を練り直すぞ。上杉―直江ラインを本線としつつも、それ以外の容疑者も焙（あぶ）り出せ」

「はっ」

「仙洞が担当した事件を片っ端から洗え。そして彼女に強い恨みを抱いている人物を見つけるんだ」

「はっ」

武田班の面々が勢いよく部屋を飛び出していく。武田の騎馬隊とも言われるその動きは迅速かつ豪快だ。

「柴田さん、私も事務所に行ってきます」

「現場百遍ですな」

「ええ。留守をお願いします」

「かしこまりました」

ジャケットを羽織り、玄代は部屋を出た。廊下を歩きながら考える。次の一手を打つのはまだ早い。もっと捜査を膠着（こうちゃく）させねば。この勝負、あの人のためにも絶対に負けられない。

＊

その店は新宿歌舞伎町にあった。そのビル一棟、まるごとホストクラブという、康子にとっては驚きの店だ。捜査以外でホストクラブに入るのは初めてだった。中は意外にもシックな造りで、外資系ホテルのラウンジのようだ。

「秀美先輩、私やっぱり帰ろうかと……」

「何言うとんねん。集合かかったらしゃあないやろ。私だってできれば家で明石（あかし）焼きでも食べながらビール飲みたいわ。せやけど班長の命令は絶対やからな」

「はあ……」

そこかしこでイケメンホストが女性客と談笑している。康子たち織田班一行は通路を奥に進む。武田班に組み込まれてしまった勝代以外は揃っている。蘭はかなり場慣れしており、数名のホストから挨拶されていた。

一番奥のボックス席だった。そこだけ別の空間のようにVIP感が漂っていて、十人は余裕で座れそうなテーブルの周囲にソファが置かれていた。驚いたことにテーブルにはシャンパンタワーがそびえ立っている。そして今まさに注がれようとしていた。梯子に乗った若いホストの手にはシャンパンのマグナムボトルが見えた。

「お前たち、よく来たな」

ソファにふんぞり返った信子に出迎えられる。「お疲れ様です」と挨拶をしてから、ホストに案内されて席に座った。そうこうしているうちに店のホストが全員集まってきて、康子たちが座っているテーブルを囲んだ。ホストの一人が言う。

「信子様、有り難くいただきます。それではシャンパンを注いでいきたいと思います」

シャンパングラスにシャンパンが注がれていく。マグナムボトルを三本使ってようやくすべてのグラスが満たされる。ほかの客たちもスマホでタワーを撮影していた。壮観な光景だ。撮影タイムが終わり、グラスが客たちに振る舞われた。

周囲にいたホストたちが声を揃えた。

「天下獲っちゃえ、信子様。天下獲っちゃえ、信子様、天下統一お願いします。かんぱーい」

これがコールというものか。ホストたちは喉を鳴らしてシャンパンを飲んでいる。信子はいつもと同じく冷酷な笑みを浮かべてそれを見守っているだけだ。隣に座る秀美が説明してくれる。

「このシャンパンタワー、普通の客だったら百万円はするやろうな」

「えっ？　そんなに？　もしかして班長が払ったんですか？」

「普通はな。普通は客側が払うもんや。でもうちの班長は規格外や。店側の奢りやで」

「どういうことですか？」

一人の男が奥から歩いてくるのが見えた。紫色のスーツを着た派手な男だ。ほかのホストとは一味も二味も違う、ただ者ではない空気を醸し出している。秀美がシャンパンを啜りながら小声で言う。

「この店のナンバーワン、〝歌舞伎町の蝶〟の異名を持つ斎藤濃や。濃君は班長のオトコなんや。濃君の方が班長にべったりでな。せやからこの店で班長が金を払うことはない。全部濃君の奢りってことや。そもそも班長にしても私らと同じ公務員。ホストクラブで散財するほどの給料やないしな」

「あの二人、付き合ってるってことですか？」

「そうや。歌舞伎町のナンバーワンホストに貢がせる。うちの班長は規格外やろ」

濃は信子の隣に座り、彼女の肩のあたりに寄りかかった。主人に甘える猫のようだ。その猫を愛でるかのように信子は濃の頭を撫でながら言った。

「濃、すまんな。こんなシャンパンタワーを用意してもらって」

「俺の気持ちだよ。信子さん、好きだよ」

「ハハハ。可愛い奴め」

信子が濃のおでこを小突く。ただでさえホストクラブに来るのは初めてなのに、目の前で繰り広げられている光景に康子は唖然とした。

「君、可愛いね」

隣にホストが座り、シャンパングラス片手に話しかけてくるが、うまく受け答えできない。

「ど、どうも……」

ほかの班員たちは楽しげに話している。一番盛り上がっているのは蘭の周りで、彼女は三人のホストに囲まれてカードゲームをやっている。負けた者が一気飲みをするらしい。秀美はホスト相手に武勇伝を語っていて、光葉は何やら真剣な顔をしてホストの悩みを聞いている。

「君、趣味は何？」

「趣味ですか。そうですねえ、強いて言えば大食いチャレンジとか」

「何それ。凄いね、君」

「そうですか？　私の周りでは割と普通なんですけど」

三十分ほど経っただろうか。やっぱりホストのコミュニケーション能力って凄いなと感心していると、信子がパンパンと手を叩いた。

「悪いがちょっと下がってくれ。ミーティングだ」

その言葉を受けてホストたちが席を外す。いきなり始まる織田班の緊急ミーティング。班員たちは襟を正して信子の方を向く。信子はシャンパングラス片手に言った。

「勝代から報告を受けている。貴様たち、どうやら武田班の麾下に加えられたようだな」

「そうです」と代表して答えたのは秀美だった。「武田班の連中、まったく駄目ですわ。一週間が経っても容疑者はおろか、目撃者すら見つけられない始末。この分だと迷宮入りは確実ですね」

たしかに情勢はよくない。新情報が上がってくることはほとんどなく、毎日開かれる捜査会議の空気も澱んでいた。怨恨の線を中心に被害者の周囲を洗っているが、これという容疑者を絞り切れていないのが現状だ。

「この馬鹿者め」信子が手元にあったおしぼりを秀美の鼻面に向かって投げつけた。「こういうときこそ織田班の力を見せつけるチャンスではないか。武田班を出し抜いて事件を解決する。そのくらいの気概を見せてみよ」

「はいっ」

班員が口を揃えて返事をする。続けて信子が言った。

「事件発生から一週間経ったが、いまだに解決に繋がる糸口はなし。これをお前たちはどう考える？」

「はい」と真っ先に手を挙げたのはいつものことながら秀美だった。「この事件はプロの仕業でっせ。それもゴルゴ13並みの腕前です。現場から証拠が一切見つかっていないのが何よりの証拠」

信子の反応は薄かった。すると今度は光葉が手を挙げた。

「武田班は言わずと知れた捜査一課のエリート集団です。これまでにも多くの事件を解決に導いてきました。しかし今回、武田班の捜査を間近で見ているのですが、どうもキレに欠けるというか、若干怠慢な印象を受けました」

「なるほど。面白い」

信子は膝を打った。それを見て秀美が露骨に顔をしかめる。光葉が続けて言った。

「捜査本部の中に意図的に足を引っ張っている者がいるのではないか。私はそう思いました。最初は勝代さんを疑っていました。班長の命を受け、武田班の早期解決を邪魔しているのではないかと。それとなく勝代さんの動向を観察していたのですが、普段通り職務に打ち込んでいるようでした。となると武田班の内部に何かある。そう考えざるを得ません」

身内すら疑ってかかるクールさに、康子は内心驚く。しかし信子は動じない。

「ふむ。目のつけどころは悪くないな。光葉、褒めてつかわす」

「恐悦至極に存じます」

「怨恨による犯行。それは疑いようのない事実と考えてよかろう。となると彼女を激しく憎んでいた者がどこかにいたのだ。武田班だって無能ではない。被害者がこれまでに関与した裁判等、片っ端から当たってると考えていい。それでも疑わしい者が見つからない。これがどういうことかわかるか、康子」

いきなり名指しで質問されて康子は飛び上がる。しどろもどろになりつつも何とか頭を働かせる。連日のように武田班は仙洞法律事務所に出入りし、過去の記録を調べているはず。それでも何も見つからないということは……。

「もしかして、ずっと昔に恨みを買っていたんじゃないでしょうか。たとえば小学校時代とか」

「有り得ない話ではないと思うが現実的ではない。ただし彼女の過去に目を向けるのは悪くない」

これは褒めてくれているのだろうか。少しだけ嬉しくなる。

「いくつか手を考えてある。明日からは存分に働いてもらうぞ。今日は英気を養うがいい。すべて濃の奢りだと聞いているからな」

「はい。ありがとうございます」

小腹が空いていたので簡単に食べられる軽食でも頼もうかとメニューを見る。どれも法外な値段だった。フルーツの盛り合わせが一万円もする。一万円あれば牛丼を何杯食べられるだろうか。康子は思考を現実に戻し、メニューを元の位置に置いた。

*

日本橋のビルとビルの隙間のような路地裏にその店はあった。それほど広くはない小料理屋で、全国の銘酒を揃えている店だ。店の主人が山梨県出身ということもあり、玄代はかれこれ二十年近く通っている。鶏のモツ煮が絶品だ。

夜の八時過ぎ、玄代は店の暖簾をくぐった。八名しか座れないカウンター席は半分埋まっていた。空いている席に座り、まずはビールを注文する。それから肴を数品。食べるものも大抵決まっている。生ビールを飲み干し、山梨産の赤ワインを注文したときだった。店のドアが開き、見知った顔が中に入ってきた。その女は玄代の顔を見て、まるで旧友にたまたま会ったかのような笑顔を見せた。

「これはこれは武田班長、偶然ですな」

織田班の木下秀美だ。人たらしの異名をとり、信子からは猿と呼ばれているお調子者だ。偶然のはずがない。秀美は物珍しそうな顔で店内を見回し、飄々とした感じで言ってきた。

「隣、よろしいですか？　せっかくやし武田班長のお話を伺いたくて」

断っても無駄だろうと思った。玄代はカウンター内にいる主人に断りを入れてから、空いているテーブル席に移動した。さすがにカウンター席で話すわけにはいかない。

「私を尾行したのか？」

「滅相もございません。たまたまですよ、たまたま。あ、マスター。生ビールをください。あとチェイサーでハイボールも」

武田班にはいないタイプの女だ。刑事をやらせておくよりも、どちらかというと商売人に向いていそうだ。訪問販売あたりならかなり稼ぐのではないだろうか。

「それで用件は何だ？」

玄代は訊いた。すると運ばれてきた生ビールを飲み、「旨っ」と唸ってから秀美は言った。

「武田班長、たまたまって言ったやないですか」

「嘘を言うな。用がないならあっちへ行け。私は一人で飲みたいんだ」

「そんなこと言わんと。まあ一杯お飲みくださいよ」

秀美はワインボトルをこちらに差し出した。仕方ないので杯を受ける。

「毎日勉強させてもらっています。武田班は何というか、ピリッとした緊張感がありますな。うちもうちで緊張感はあるんですが、それは単純に班長を恐れているというか、パワハラ、いや恐怖政治みたいなもんでね。その点、武田班は違う。武田班長が中央にドンと座って、それを四天王がしっかりと支える。うちも見習いたいくらいですわ」

よく喋る女だ。度胸もある。他班の班長を前にしてこうも流暢に話せる刑事はいないのではないか。

「せやけど今回の事件に関しては苦戦してますよね。ヘルプに入っている私ら織田班が足を引っ張っているというんもありますけど。武田の騎馬隊とも言われる機動力が活かされているとは思えんのですわ。もしかして何者かが捜査妨害してるんちゃうんかなとも思ったり……。おおっ、そんな怖い顔で睨まんといてください。これは私の意見じゃありません。明智光葉の意見です。あの女、澄ました顔して腹の中では何考えているかわからへん」

「つまり武田班の中に意図的に捜査を妨害している者がいる。お前はそう言いたいわけか？」

「はい。あ、いえ、私ではなくて光葉ですって」

いつもの武田班らしくない。そういう見方をする者が出てきたということだ。

「今回の事件の犯人は恐ろしく周到な奴だ。そう思わないか？」

「ええ、まあ。目撃証言もないですしね」

「下手をすればプロの犯行かもしれない。私はそう考えている」

「殺しのプロってことですか。うーん、どうやろうな。プロの殺し屋なんてそう簡単に雇えるもんじゃないですよ。少なくとも一般人には無理でしょうな。あ、ちなみに武田班長。事件が発生した時間帯、どこで何をしてはりました？」

「お前、私のアリバイを知りたいのか？」

「あくまでも確認です。ちなみに武田班のほかの人たちは全員アリバイがありました。取り調べの最中やったみたいですね」

こいつ、すでに嗅ぎ回っているのか。もしかして信子の差し金か。動揺を悟られぬよう、まずはグラスを傾け、心を落ち着かせてから玄代は言った。

「あの日はたしか……そうそう、思い出した。捜査の最中だった。ある事件の容疑者を歌舞伎町の映画館におびき出し、そこで張っていた。それで犯人を逮捕して……そうだ、映画を観たんだ。せっかくチケットも買ったし、部下たちに取り調べを任せて羽を伸ばしたってわけだ。あ、木下。この件は内密に。私が勤務中に映画を観ていたなんてことが知られたら大変だ」

「当然ですよ。でも別に勤務中に映画くらいは構わんですって。うちの班では勤務中に千本ノックするのが日常風景です。運動不足解消ですっきりですわ」

それも聞き捨てならないが、この際聞かなかったことにする。

「ちなみに何を観たんですか？」

「あれだよ、あれ。女子高生が世界を救うって話」

『女子高生は止まらない』だ。見たのは最初の五分ほどで、すぐにシアターから抜け出して仙洞法律事務所に向かった。そのままシネコンに戻ることはなかった。

「ああ、『女子止ま』、ですね。あれ、流行(はや)ってるみたいですね。どうでした？　面白かったですか？」

「なかなかよかったぞ。特にラストは感動モノだ」

「へえ、私も観てみようかな」

店員が料理を運んでくる。刺身のお造りと鶏のモツ煮だった。木下秀美は油断のならない女だが、多少酒が入ってもボロを出さない自信はあった。玄代は店員にワインをもう一本、注文した。

＊

「ええと、君、名前はたしか……」

「徳川です。徳川康子です」

「康子ちゃんか。康子ちゃん、これ、資料室に運んでくれる？」

「了解です」

男のデスクの横にはバスケット式の台車が置いてあり、そこにはファイルがぎっしりと詰まっている。康子はストッパーを解除して、台車を押して部屋を出た。

ここは東京駅近くにある〈エキスパート法律事務所〉だ。所属している弁護士は二十名ほどで、都内でも有数の大手事務所だ。仙洞綾子が弁護士としてのキャリアをスタートさせた事務所でもあり、三十歳で独立するまでここで働いていた。独立以前に恨みを買っている可能性もあるのではないか。信子の働きかけにより、例によって潜入捜査をしている最中だ。今日で二日目になるが、まだ成果らしきものはほとんどない。

資料室に入る。ファイルを元の場所に戻してから、康子は資料漁(あさ)りを始める。仙洞がこの事務所に在籍していた時期のファイルを片っ端から見ていくのだ。空いた時間は大抵ここにいる。

一時間ほど経った頃だろうか。ドアが開く音が聞こえたので、康子は慌ててファイルをしまった。腰に挟んでいたはたきを使い、さも掃除をしていたような振りをする。入ってきたのは同じく事務所に潜入している森蘭だった。

「康子さん、もう終業時間だよ」

「あ、もうそんな時間なんだ」

「お腹(なか)空いたよね。一緒にご飯行こ」

たしかに腹は減っている。資料室を出て、ロッカールームで着替えてから外に出た。すでに行く店を決めているようで、蘭はタクシーに乗り込んだ。向かった先は有楽町にあるビストロ風の店で、奥の個室に入るとそこには二人の男が待っていた。康子は小声で蘭に訊いた。

「蘭ちゃん、どういうこと？」

「合コンですよ、合コン」

「聞いてないって」

「だから今言ったじゃないですか。あ、お待たせしました。森蘭でーす。らんらんって呼んでください」

場慣れしている様子で蘭は自己紹介を始める。仕方ないので康子もペコリと頭を下げた。

「ええと、徳川です。徳川康子です」

「二人とも座ってよ。料理はコースだから。飲み物は何がいい？」

「私はスパークリングワインを」

「じゃあ私も……」

二人の男はパラリーガルのようだった。パラリーガルとは弁護士の補佐をする仕事で、中には司法試験の勉強をしながら働いている者も多いという。二人とも年齢は三十代くらいなので、仙洞綾子のことを知っている可能性はある。彼女があの事務所を辞めたのは八年ほど前のことだと聞いている。

「二人は彼女さんとかいないんですか？」

「いないね。仕事が忙し過ぎて」

「そうなんですか。二人ともモテそうなのに」

「らんらんだってモテるだろ。俺、最初君を見たとき女性誌のモデルかと思ったもん」

「あ、私、学生時代モデルやってましたよ」

「やっぱりね。そうじゃないかと思ったんだよな」

康子抜きで会話はポンポンと進んでいく。まるで大人のバレーボールに一人子供が参加しているような気分だった。会話の中心は蘭だ。女子アナのように場を回している。

「へえ、ゴルフが趣味なんですか。私も最近ゴルフ始めようかと思ってたところなんです」

「よかったらレクチャーするよ」

「是非お願いします。クラブとかどこで買ったらいいんですか?」

「最初は買わなくていいよ。俺のお古を貸してやってもいいし」

「嬉しいー。ありがとうございます」

会話に入る隙がない。前菜の真鯛（まだい）のカルパッチョが運ばれてきたので、康子は食べることに専念する。うん美味（おい）しい。メインは選べるようになっていて、大山鶏（だいせん）のソテー柚子胡椒（ゆずこしょう）風味かイベリコ豚のロースト のマスタードソース仕立て、もしくはアンガス牛の赤ワイン煮込みらしい。うーん、どっちにしようか。いやいや、ちょっと待て。康子は声に出さずに突っ込みを入れる。料理を悩んでいる時間などない。これは立派な捜査なのだ。だから蘭もこういう場を設けてくれたはず。

「本当ですか？ ヨット持ってるんだ、すごーい。私一度でいいからヨット乗ってみたかったんです」

「今度招待するよ。夕焼けを見ながら飲むシャンパンは最高だから」

「やったあ」

蘭の口調から緊張感は一切伝わってこない。本気で合コンを楽しんでいるＯＬそのものだ。しかしこれもきっと彼女の演技。そう思いたい。

「あのう、ちょっといいですか」思い切って康子は発言する。「こないだ新宿で女性弁護士が殺されたじゃないですか。小耳に挟んだんですけど、あの弁護士、うちの事務所で働いてたって本当ですか？」

二人ともキョトンとした顔をしている。やはり唐突過ぎただろうか。しかしあとには引けないので康子は言い訳する。

「私、ミステリーとか好きなんです。犯人まだ捕まっていないみたいだし、犯人はどういう人なのかなって興味があって」

『仙洞さんねえ』片方の男が口を開く。「あの人、うちの事務所辞めてから急にブレイクしたんだよな。少なくともうちにいる間はそんなに目立った弁護士じゃなかった。その他大勢の一人だった」

「そうだったんですか？　実績を積んでから独立したんじゃなかったんですか？」

「逆だよ、逆」もう片方の男も説明してくれる。「むしろ全然駄目で、泣く泣く辞めてったパターンだよ。で、実家のある山梨に帰ったんだよ。そこで小さな弁護士事務所に入ったんだよな、たしか」

「そうそう。運命とはわからないもんだよな。彼女があんな大事件を担当することになるとは」

「大事件って何ですか？」

「川中島（かわなかじま）事件だ」と一人の男が言った。「でもやめようぜ。さすがに飯を食うときの話題じゃないだろ。こんな美女が二人もいるんだから」

「そうだな。あ、君、何飲む？」

会話が打ち切られてしまう。だが意外な事実が浮上した。若手時代の彼女の評判はたいしたものではなかった。ヒントは山梨にありそうだ。

腹が減っては戦ができぬ。康子は食事に専念することにし、ナイフとフォークを手に持った。

翌日、康子は山梨にいた。朝一番の電車でやってきたのだ。もちろん捜査本部の許可は得ていない。ただし勝代にこっそりと伝えたところ、電車賃として一万円をくれた。頑張ってこい。そういう意味だと理解し、単身山梨までやってきた。蘭は引き続きエキスパート法律事務所に潜入している。

まずは地元の警察署に挨拶に行きがてら、話を聞いた。仙洞綾子という弁護士に心当たりがないか。そう尋ねてみたところ、対応してくれた女性警察官が教えてくれた。八年前、山梨県内で強盗殺人事件が発生し、その事件の弁護を担当したのが仙洞だったという。被害者が県内有数の資産家だったため、裁判の行方に注目が集まったらしい。さらに詳しい話を聞くべく、当時仙洞が所属していた個人事務所の事務員の自宅住所を教えてもらった。

山梨駅近くでレンタカーを借りた。車で一時間ほど行ったところにある、のどかな場所にその一軒家はあった。インターホンを押しても反応はなかった。どうやら隣接の果樹園があるらしく、そこに足を運んでみたところ、作業着を着た男性の姿があった。

「あの、黒川さんですか？　私、警視庁捜査一課の徳川と申します」

黒川道夫。仙洞綾子が山梨時代に勤務していた〈甲府あんしん法律事務所〉の事務員だ。当時の所長はすでに他界していて、事務所自体も閉鎖されている。亡くなった所長と仙洞は遠い親戚に当たり、その関係で地元に戻った仙洞が甲府あんしん法律事務所で働くようになったと聞いている。

「仙洞綾子さんがお亡くなりになったことはご存じですか？　その件でお話を聞かせてください」

「話すことなんて何もないよ。帰りな」

「そうおっしゃらずに。川中島事件について教えてください」

「いいから帰ってくれ」

黒川は鋏を手に果樹園の方に向かって歩き去った。どうしたものか。せっかく山梨まで来て手ぶらで帰りたくはない。康子は黒川に向かって叫んだ。

「私、外で待ってますので。話す気になったら声をかけてください」

康子はいったん外に出てレンタカーに乗り込んだ。カーナビで一番近くにあるコンビニを探し、そこに向かった。ドリンクや菓子パン、お菓子などを大量に買い込み、再び黒川邸に舞い戻った。シートを後ろに倒し、まずはお菓子から食べる。

鳴かぬなら、鳴くまで待とう。

持久戦なら絶対に負けない。


コン、コン、コン。

窓を叩く音で目が覚めた。周囲は真っ暗だ。いつの間にか夜になっていたらしい。外にはジャージを着た黒川が立っている。窓を開けると黒川が言った。

「近所迷惑だ。三十分だけ付き合ってやる。中に入りな」

「あ、ありがとうございます」

午後八時を回っていた。応接間に案内される。いかにも田舎の家といった感じの和風の造りだった。

「川中島事件のことを知りたい。そういうことだな」

八年前に発生した強盗殺人事件のことだ。康子はうなずいた。

「はい。仙洞さんを殺害した犯人はいまもわかっていません。もしかすると彼女に恨みを抱いている者は、山梨時代の関係者かもしれない。そう思ったんです」

「なるほど」遠くを見るような目つきで黒川が説明を始める。「もう八年前か。亡くなった所長が体を壊し、そろそろ事務所を畳もうかと相談していたときだった。所長の遠縁にあたる仙洞綾子がやってきた。東京の事務所が水に合わないとかで、一時的にこっちに戻ってきたようだった。所長は彼女に事務所を任せることに決めたんだ」

仙洞はかなり気合いが入っていたという。どんな依頼にも誠実に取り組み、前所長もその仕事ぶりを評価した。正式に所長の座を彼女に譲ってもいい。そんな話が出始めた矢先——。

「甲府市内に住む資産家が自宅で殺害されるという事件が発生した。殺されたのは山本勘奈。市内に複数の不動産を有する資産家で、同時に児童養護施設を運営する篤志家としての側面もあった。金庫内に保管していた現金五百万円近くが盗まれていた。死因は絞殺で、帰宅直後に犯人たちと遭遇、もみ合いの末に殺害されたというのが山梨県警の見立てだった」

遺留品も多くあり、山梨県警はすぐに容疑者を特定した。川上勇心・二十歳、中内健・二十一歳、島田晃・二十二歳の三人で、いわゆる町のゴロツキのような輩だった。事件発生から一週間後、県内の温泉地に潜んでいた彼らは逮捕された。三人の名字の頭文字をとり、川中島事件とマスコミは命名した。

「三人は同じ高校に通っていた先輩後輩という間柄だ。働きもせずにギャンブルばかりやっていたらしい。

借金もかなりあったらしく、それを帳消しにするために被害者宅に押し入ったんだ。首謀者は最年長の島田で、被害者の首を絞めたのも彼だった。うちの事務所でその事件を引き受けることになった。容疑者家族から直接依頼があったんだ。前所長はそれなりに名の知られた弁護士だったからね。だが当時はもうセミリタイヤ状態。代わりに担当者となったのが彼女だった。あ、ちょっと待ってくれ」

黒川が立ち上がって部屋から出ていった。しばらくして戻ってきた彼は段ボールを持っていて、それを康子の目の前に置いた。

「これが当時の資料だ。といってもまさか本物の弁護記録を持ち出すわけにはいかないからな」

ファイルの中には新聞の切り抜きなどが収められていた。事件発生直後は一面で扱われていた。山梨県内ではかなり大きな事件だったことがわかる。

「実際に殺害に手を染めた主犯の島田晃には懲役二十五年の実刑判決が下った。それ以外の二人の共犯者は懲役三年執行猶予五年という比較的軽い刑だった。島田が主犯格で、強盗を計画したのも島田だったし、帰宅してきた山本勘奈を殺害したのも彼だった。川上と中内は半ば脅される形で強盗に付き添っただけ。そういう体（てい）だ」

本当はそうではない。そう言わんばかりの言い方だ。気になったので康子は身を前に乗り出した。

「真実は違うのですか？」

黒川はすぐには答えなかった。しばらく天井の一点を見つめて何やら思案していたが、やがて覚悟を決めたように康子の目を見つめてきた。

「仙洞が殺されたと聞いたとき、いつかこんな日が来るのではないかと思っていた。死人に口なしではないが、もう彼女の口から真実が語られることはない。俺も年だし、墓場まで持っていくには辛(つら)い記憶だ」

　そう前置きして黒川は話し始める。

「さっき話したのはあくまでも世間に知られている真相で、本当は違う。うちの事務所に依頼をしてきたのは某県議会議員の代理の者だった。悪いが名前は伏せさせてくれ。いまだに彼は現役だし、名前を出せば知らぬ者がいないほどの大物議員だ。逮捕された最年少の川上勇心はその議員の隠し子だったのだよ」

　つまり息子の刑を軽くしてほしい。その一心で某議員は当時仙洞が働いていた法律事務所を頼ったのか。

「川上勇心は札つきの悪(ワル)だった。十代の頃から何度も警察に補導されていたが、そのたびに父親が裏から手を回して息子を救っていた。山本宅に侵入した三人の中では最年少だが、実質的なボスは川上だったんだ。山本さんを殺せ。島田にそう命じたのも川上だった」

　黒川は犯行の様子を説明してくれる。山本宅に侵入した三人だったが、思わぬ事態に直面する。出かけたはずの山本が忘れ物をとりに戻ってきたのだ。居間で鉢合わせになり、川上は所持していたスパナで彼女を殴る。昏倒(こんとう)する彼女。川上は島田に命じる。ベルトで首を絞めろ。とどめを刺すんだ、早くしろ。

「大物議員に言われるがまま、仙洞はシナリオを書いた。島田がリーダー格である。そう思わせるために幾人かの証言者に金をばらまき、法廷で証言させた。中には警察関係者もいたって話だ」

「仙洞さんに罪悪感はなかったんでしょうか？」

「多少はあったかもしれないが、それどころじゃなかったんだろうな。自分の好きなように公判を動かしていくうちに、それが快感に変わっていったのかもしれん。公判が進んでいくにつれ、彼女が変わっていくのがはっきりと俺にもわかった。悪の階段を上っていくようでもあったな」

最終的に川上勇心には執行猶予がついた。島田も買収したのか、公判中に反論することはなかった。仙洞にとってはこれ以上ない結果だった。多額の報酬を手にし、同時に豊富な資金を使って量刑を軽くするという、あくどい手法をものにした。仙洞のもとにはその手の依頼が舞い込むようになった。一躍、敏腕弁護士という称号を手に入れ、再度東京に進出する。そこでは人権派を気取り、テレビのワイドショーにも呼ばれ、時代の寵児となった。

「以上が俺が知っていることのすべてだ。彼女が東京に行ってから何をしていたか。それは知らないし興味もない。ただし彼女はたくさんの恨みを買っているだろうな」

康子は手元のファイルをめくっていった。事件にあまり関係のない記事もファイリングされており、生前の山本勘奈を紹介している地元紙の記事もあった。長年児童養護施設を経営していることから彼女が取り上げられたのだ。写真も数点載っていて、過去から現在までの彼女の姿が写っている。どの写真も施設の子供たちに囲まれていた。

「これって……」

一枚の写真に視線が吸い寄せられる。かなり昔の写真だ。若かりし頃の山本勘奈が十代後半くらいの女の子と一緒に立っている。その女の子の面影に見憶(みおぼ)えがあった。どうして、この人がここに……。

「どうかしたかい？」

「いえ、別に。あの、このファイル、お借りしていいですか？」

「構わんよ。あ、すまんな。お茶も出さないで」

「お気遣いなく」康子はファイルをめくっていく。最後のページのところで再び手が止まった。「えっ？

どういうことですか？　川上勇心が……」

本当の主犯格であり、大物県議会議員を父に持つ男だ。黒川が康子の手元を覗き込み、深い溜め息とともに言った。

「事件から一年くらい経った頃だ。川上勇心は何者かに殺害された。犯人は今も見つかっていない」

＊

玄代は車の運転席に座っていた。乗っている車はレンタカーだ。場所は東京都郊外にあるスーパーマーケットの駐車場。店の終業時刻は午後九時までなので、あと五分ほどで営業を終える。駐車場に停まっている車もまばらだ。

エンジンをかけ、駐車場から車を出した。そのまま店の裏手に向かう。午後九時になり、スーパーの看板が消灯した。しばらく待っていると裏の従業員専用出入り口からぽつりぽつりと仕事を終えた従業員たちが出てきた。多くの者が駐輪場で自転車に乗り、家路についていった。

玄代は一人の男性の姿を目で追った。五十代くらいの痩せた男で、ちょうど駐輪場でロックを解除しているところだ。何度もここで見張ったことがあるので、男の行動パターンは読める。近くのコンビニ、もしくは牛丼チェーン店で弁当を買い込み、ここから自転車で十分ほどの場所にある自宅に帰るのだ。玄代は車を発進させ、先回りすることにした。

五分ほどで到着する。帽子を深く被り、変装用の眼鏡をかける。最後に手袋をすれば準備は完了だ。あとは男が帰ってくるのを待つだけでいい。

彼こそがスケープゴート、つまり仙洞綾子殺害の罪を被り、これから自殺してくれる男だ。

事件発生から二週間が経過したが、まだこれといった有力な証拠は見つかっていない。玄代のシナリオ通りに事は進んでいた。そろそろ仕上げの段階に入る頃合いだ。侵略すること火の如し。

男が帰ってきた。いつもと同じく手にレジ袋をぶら下げていた。玄代は腕時計に目を落とした。午後九時二十分。彼にとっては最後の晩餐（ばんさん）になるはずなので、十五分くらいは食事の時間を与えてやってもよかろう。

男の名前は野中武明（のなかたけあき）、五十歳。さきほどのスーパーの副店長だ。妻と死別し、現在は独り暮らしだ。三年前、彼の妻は交通事故で命を落とした。散歩中、歩道に突入してきた配送トラックに轢かれたのだ。

その事件の裁判において、被告側の弁護を担当したのが仙洞綾子だった。焦点は危険運転致死傷罪か、それとも業務上過失致死傷罪か、どちらに該当するかという点だった。当然、前者である方が罪は重い。検察側の求刑は懲役十年というものだったが、仙洞はいつものように目撃者を買収するといった手口を使い、最終的には業務上過失致死傷罪で懲役五年の刑が言い渡された。

最愛の妻を轢き殺した男。その男の罪を軽くした張本人が仙洞綾子だ。憎むべき存在と言ってもいいだろう。明日になれば出社してこないことを同僚が不審に思い、この自宅を訪ねる。そして野中は遺体となって発見される。仙洞を殺害したという遺書とともに。事件はそれで幕引きだ。

十五分が経過した。玄代は変装用のマスクをつけて運転席から降りた。地味な紺色のジャンパーを着ており、似たような色の帽子も被っている。宅配便を装ってインターホンを押し、鍵を解除してもらうつもりだった。野中の自宅に近づいていくと、向こうから歩いてくる人影が見えた。

「武田警部、こんなところで何をされているんですか？」

織田班の明智光葉だ。光葉は普段と変わらない無表情だ。

「その格好は何ですか？　まるで変装しているみたいですね」

しくじった。どうやら見透かされていたらしい。腹立たしい気持ちもあったが、少しホッとしている部分があるのも事実だった。仙洞と違い、野中を殺害することに大義はない。

しかし私は甲斐の虎。おめおめと捕まるわけにはいかない。

「私が何をしたというのだ。何か問題でも？」

「野中武明。三年前に妻を交通事故で失った男です。被告人の弁護を担当したのが仙洞綾子です。彼女の弁護により被告人の罪は大幅に軽減されました。つまり仙洞に強い恨みを抱いている人物です。きっと真犯人はそういう者たちの中からスケープゴートを選ぶのではないか。私たちはそう考えて、似たような境遇にある人たちをピックアップし、手分けをして見張っていたんです。私が当たりくじを引いたみたいですね。今頃、秀美が悔しがっていることでしょう」

「明智、思い上がるなよ。一人で私をどうにかできると思うのか」

「慢心してはおりません。すでに助けは呼びました。できれば大人しく私についてきてくださると有り難いのですが」

その殊勝な態度が気に入った。できれば手元に置いて鍛えてあげたい。そう思わせるほどの見事な応答だ。気がつくと玄代は笑っていた。腹の底から声を出して笑った。

「ハハハ。いいだろう。この武田玄代、逃げも隠れもせん」

連れていかれた先は西新宿にある仙洞法律事務所だった。謹慎中の織田信子を除く、五人の班員が顔を揃えている。カーテンが開け放たれており、大きな窓から西新宿の夜景が一望できた。最年長の柴田勝代が代表して口を開いた。

「武田警部、わざわざお越しいただきありがとうございます。主が不在なため、この柴田の独断でこうして武田警部をお呼びした次第です」

「堅苦しい挨拶は抜きでいい。用件とは？」

「はい。実はうちの徳川巡査長が興味深い事実を掴んだ模様。どうしても武田警部にお話を聞いていただきたいのです」

勝代が目配せを送ると、一人の刑事が前に出た。噂は聞いている。今年の春から織田班に配属になった徳川康子だ。見た目はどこにでもいる女子だが、ここに至っては侮ることはできない。

「徳川です。ええと、私は山梨県に行ってきました。亡くなった仙洞さんが八年前、甲府市内の法律事務所で働いていたことを知り、その当時のことを調べてきました。まずはこれをご覧ください」

康子が手にしていたタブレット端末を前に出す。画面には古い新聞記事が写っている。三十代くらいの女性と、十代後半の制服姿の女の子が並んでいる。懐かしい。二十年ほど前に地元のローカル紙に掲載された記事だ。制服姿の女の子は若かりし頃の玄代にほかならない。

「写っているのは武田警部、あなたですね。もう片方の女性は山本勘奈という女性です。かなりの資産家のようで、児童養護施設の経営などもしていたようです」

幼い頃に両親を立て続けに失った玄代は、七歳のときに山本勘奈の経営する児童養護施設〈躑躅（つつじ）ヶ崎ホーム〉に入所した。山本勘奈は経営だけではなく、教育者として現場に立っていた。玄代にとって山本先生は母でもあり、年の離れた姉でもあった。

「八年前、山本さんは殺害されました。三人の犯人の名字を繋げて、川中島事件と呼ばれているようです。すでに裁判も終わり、犯人たちにも刑が言い渡されています。ただしこの裁判、真実が歪められていました。本当の主犯格である川上勇心という若者は執行猶予で済んだんです。この裁判を担当したのが、当時実家に帰省していた仙洞綾子弁護士でした」

　この短期間でよく調べている。しかしいくらこの女が優秀でも、あそこまでは絶対に辿り着けまい。

「ちなみに事件から一年後、真の主犯である川上勇心は殺害されています。夜、繁華街の路地裏で遺体となって発見されました。背中から刃物で一突き。川上は素行が悪く、反社会的勢力ともトラブルを抱えていたため、恨みを買って殺害されたというのが地元警察署の見方でした。犯人は今も捕まっていません」

「もしかしてあれか。私がやったとでも言いたいのか？」

「ええ、そうです。武田警部なら動機は十分です」

「残念ながら不可能だ。事件が発生した時刻、私は別の事件の捜査中だった。甲府にまで足を運んでいる時間はない。私と山本先生が昵懇（じっこん）の仲であるのは調べればわかることだ。当時の山梨県警の捜査員から問い合わせがあり、私のアリバイは立証されている」

「では仙洞綾子殺害についてはどうでしょうか。彼女の違法な弁護により、川中島事件の真実は歪められてしまった。彼女の責任は重いと思います」

「だから私が彼女を殺害した。そう言いたいようだが、あっちの事件も私にはアリバイがある。その時間、私は映画を観ていた」

「映画館を抜け出すなど簡単なことです。アリバイにはなりません」

「だったら私が映画館から抜け出した証拠があるとでも？　あるんだったら見せてみろ」

康子は怯んだような顔つきで一歩後ろに下がる。甘い。そんなヤワな覚悟では私を追いつめることはできない。防犯カメラの死角も事前に調べて移動している。

動かざること山の如し。

そう、私は決して退かぬ。甲斐の虎がこんな小娘に論破されてはならないのだ。

そのときだった。どこからともなく拍手が聞こえた。ゆったりとしたリズムの拍手だ。拍手の音は徐々に近づいてきて、やがて黒いスーツをまとった女が姿を現した。

「班長っ」

織田班の面々が口を揃え、同時に直立不動の姿勢で主の帰還を出迎える。尾張の大うつけこと織田信子が手を叩くのをやめて言った。

「康子。ピカピカの一年生にしては上出来だ。褒めてつかわす」

「はいっ。ありがとうございます」

「さて、武田警部」信子がこちらを見て言った。「続きは私がお相手いたそうではありませんか。お覚悟はよろしいか」

「うむ。参ろうぞ」

織田信子は薄く笑っている。玄代は背中に汗が伝うのを感じていた。

「まずは映画館の件から片づけるとしよう」

信子がそう言って指をパチンと鳴らした。すると一人の女性が中に入ってくる。見憶えのある女だ。少し時間が経ってからようやく思い出した。

「こちらの方は長尾さん。仙洞法律事務所の事務員だ。仙洞綾子が殺害された当時、彼女は席を外していた。プライベートに関わる内容の相談なので弁護士と二人きりで話したい。そういう要請が相談者から寄せられたための措置らしい」

その工作は玄代自身がおこなった。到着直前に公衆電話から電話をかけ、本当に仙洞綾子が一人でいることを確認してから事務所に向かった。

「長尾さんは歌舞伎町にある喫茶店にいたそうだ。長尾さん、そうですね？」

信子が念を押すと、長尾が不安そうな顔つきで答えた。

「ええ。十五時まで帰ってこなくていい。所長からそう指示を受けていたので」

「本当ですか？　虚偽の証言は許されませんよ」

信子の迫力に圧されたのか、長尾が怯えたように言った。

「……実は映画館にいました。サボってると思われたくなかったので嘘をつきました。すみません」

「ちなみに何の映画をご覧になっていたんでしょうか？」

「……『女子止ま』、です。恥ずかしながら」

なんとまあ。こんな偶然があるものか。ということは、この女は例の捕り物を見ていたということか。

「武田警部」信子がこちらに視線を向ける。「あの日、武田班は歌舞伎町のシネコンで別の事件の容疑者を確保した。ちょうど上映が始まる直前だったと聞いています。部下に取り調べを任せ、あなたはそのまま映画を鑑賞した。それは間違いありませんね？」

「もちろん。映画の方は楽しませてもらった。ネタバレしてもいいのなら内容を話してもいいが」

映画は未見だが、不測の事態に備えてネットであらすじは確認している。

「それには及びません。警部もご覧になった上映ですが、何か気になった点はございませんか？」

「いや、特には」

「そうですか。変ですね。あの映画館では武田班の捕り物以外にも大きなハプニングがあったと聞いていますが。長尾さん、いかがでしょうか？」

不安が募る。ほかの者たちの視線が長尾に集まった。長尾が緊張気味に答えた。

「上映が始まって一時間ほど経った頃でしょうか。客の一人が体調を崩して、シアターから連れ出されました。食べ物を喉に詰まらせたみたいです」

「その通り」と信子が大きくうなずいた。「餅を喉に詰まらせたそうだ。しかもその餅、上映前に配られたものらしいぞ。変なものを配る奴がいたものだ。現場では結構な騒ぎだったようだが、武田警部、憶えていないのですか？」

初耳だ。部下も気を遣って私に報告しなかったのだろう。しかしここはとぼけるしか方法がない。

「途中、眠っていたんだ。私も疲れていたんだろうな。だから騒ぎには気づかなかった」

「そうですか。まあいいでしょう。長尾さん、ありがとうございました。下がっていいですよ」

長尾が退場していく。彼の姿を見送ってから信子が不意に話題を変えた。

「さて、武田警部。川中島事件の実質的な首謀者、川上勇心が殺害された事件です。誰が川上を殺害したのでしょうか？」

「知るか。それは私にではなく、山梨県警に訊いてくれ。捜査を担当しているのは向こうなのだから」

玄代の言葉を無視して信子は続ける。

「私も最初は武田警部が怪しいと思いました。しかし鉄壁のアリバイがあるようですね。それはあちらの担当者にも確認しました。事件が発生した当時、武田警部は都内某所で張り込み中でした。それは一緒にいた同僚刑事の証言からも間違いないです。もしあなたでないなら、いったい誰が川上勇心を殺害したのか。こういう場合、私はもっとも意外性のある人物を疑ってみることにしています。つまり武田警部と対極にいる人物です」

もはや言葉が出ない。玄代はただただ信子の顔を睨みつけることしかできなかった。

「犬猿の仲と言われている人物こそが、実は一番の理解者だった。そういうことはたまにありますよね。この場合は……」

そこで信子はいったん間を置いた。余裕綽々の笑みが腹立たしい。まるで死刑宣告を告げる裁判官のように信子は毅然と言い放った。

「越後の竜、上杉謙子です。彼女があなたに代わり、川上勇心を殺害した犯人です」

班長、お耳に入れたい話があるんですが。

八年ほど前のある日、部下の馬場房恵にそう声をかけられた。馬場の学生時代の友人が山梨県警に勤めており、その者から仕入れた話だった。川中島事件はすでに裁判が結審していたのだが、実は真実が大きく歪められていたというのだった。

本当の首謀者の名前。彼の父親が大物県議会議員であること。そして裁判において暗躍した悪徳弁護士。話を聞いた玄代は憤った。こんな話が罷(まか)り通っていいはずがない。山梨県警に対して抗議の電話をかけたが、それは無視された。事件は解決した。その一点張りだった。

休日を利用して、玄代は山梨に飛んだ。そして本当の主犯格である川上勇心を観察した。彼はお気楽に人生を楽しんでいた。まるで自分が犯した罪など記憶の彼方(かなた)に忘れ去ってしまったようだった。こんなクソみたいな男のせいで山本先生は命を落としてしまったのか。そう考えると腸(はらわた)が煮えくり返る思いだった。どうにかして川上勇心に正義の鉄槌(てっつい)を下したい。そればかり考えるようになった。頻繁に山梨に足を運び、彼のプライベートを探った。さほど警戒心もなく、遊び回っている男だった。いくらでも隙があったし、あとは実行に移すか否か、それだけだった。

思い悩む日々が続いた。食欲も失い、体重も五キロ落ちた。部下たちにも心配された。班長、大丈夫ですか。働き過ぎですよ。たまにはゆっくり休んだらどうですか。

そんなある日のことだ。川上勇心が何者かに殺害されたと耳にした。山梨県警は反社会的勢力の犯行を疑い、捜査を始めたという話だった。まるで自分の代わりに誰かが復讐を果たしてくれたようだった。

その数日後、山梨県警の者が警視庁を訪ねてきた。一応、向こうも玄代と山本勘奈の関係を知っており、念のためにアリバイを確認したいという話だった。アリバイはすぐに成立したのだが、県警の捜査員から驚くべき話を聞いた。死んだ川上勇心のポケットに折り畳んだ一枚の半紙が入っていたという。その半紙には毛筆で『義』の一文字が書かれていたらしい。犯人が残していったものであると県警は睨んでいるようだった。

義。正義。義侠心（ぎきょうしん）。義に溢（あふ）れる。

玄代が連想した人物とは、越後の竜こと上杉謙子その人だった。

犬猿の仲。永遠の好敵手。言い方に差はあれど、長年玄代と争ってきた刑事だ。警視庁内部では二人は水と油であり、決して相容（あい）れない者同士と思われているが、実は互いを認め合っている間柄だ。面と向かって話すことはないが、こっそりメールで捜査について相談することもある。

もしかして謙子が自分の代わりに復讐を果たしてくれたのではないか。いや、きっとそうに違いない。あの女ならそのくらいは成し遂げる。そういう女だ。

しかし口に出してそれを言うわけにはいかず、長年の間、その想像を自分の胸の中に押しとどめていた。そして去年、あの忌まわしい事故が起きた。謙子の右腕、直江続穂の息子が交通事故で命を落としてしまった。直江は優秀な刑事であり、いずれ謙子の跡を継ぐと言われていた。玄代も通夜に足を運んだが、悲しみに溢れていた。謙子自らが通夜で導師を務めており、一心不乱に念仏を唱える姿が印象的だった。

その話を耳に挟んだのは今から二ヵ月前のこと。直江の息子が亡くなった裁判は一審で懲役七年の実刑判決が言い渡されたが、被告人がそれを不服として控訴したという。しかも弁護人が変更となった。新しい弁護人の名前を聞いたとき、これも何かの因果かもしれないと玄代は思った。仙洞綾子。川中島事件で真実を歪めた悪徳弁護士。しかも直江の息子の事故は危険運転致死傷罪ではなく、過失運転致死傷罪を適用すべき。そんなことを言い出しているというではないか。

それを知った瞬間から、玄代は計画を練り始めていた。七年前、玄代の代わりに正義の鉄槌を下した上杉謙子。その恩に報いるときがようやく訪れたのだ。

迷いなどない。私は修羅になってみせよう。玄代は決意を固めた。

*

「いったい何を言い出すのかと思ったら。謙子が川上勇心を殺した？　馬鹿馬鹿しいにもほどがある」

玄代が笑みを浮かべて言った。さきほどから信子と玄代がつばぜり合いをしている。その様子を康子は息を呑(の)んで見つめていた。

「まさに死闘やな」康子の耳元に秀美が口を寄せてくる。「八八年横浜。アントニオ猪木対藤波辰巳(たつみ)。六十分フルタイム引き分けを思い出すで」

何を言ってるか理解できない。そんなことより驚きの展開だ。武田玄代が仙洞綾子を殺害しただけではなく、なんと上杉謙子が川上勇心を殺害したと信子は主張するのだった。飛躍した発想だが、今は何となく腑(ふ)に落ちる。それに信子が上杉謙子の名前を出した途端、玄代の態度が明らかに変わった。それまでの自信に満ちた態度に翳(かげ)りが出始め、今は焦りのようなものが窺(うかが)える。

「武田玄代と上杉謙子。長年にわたり捜査一課を牽引(けんいん)してきたお二人は宿命のライバルであり、その不仲は有名でした。ですがそれはあくまでも表向きの話で、実は二人の志はまったく同じ。弱きを助け、強きをくじく。まさに刑事の鑑でしょう」

普段はあれほど傍若無人な信子なのだが、武田玄代に対しては一貫して敬語を使っている。玄代の方が年齢が上というのもあるが、信子は基本的に年上だろうが平気で罵倒する。信子は玄代をリスペクトしているのだ。同じ捜査一課の刑事として。

「私が謙子と仲がいいだと？　ふざけたことを言うんじゃない」

「ふざけてなどいません。お二人がこれまでに立てた数々の武功。それらはおそらくお二人が知恵を出し合い、ともに助け合ってきた結果だと思ってます。別に非難しているわけではありません。むしろ頭が下がります。どんなことがあっても犯人を逮捕する。その執念は尊敬に値します」

「勝手に決めつけるな。あくまでもお前の想像に過ぎない」

そうなのだ。仙洞が殺害された時間、玄代は映画館にいなかったかもしれない。七年前、上杉謙子が川上勇心を殺害したかもしれない。信子が語った話はいずれも「かもしれない」話なのだ。

「そちらに控えている方はどうお考えでしょうか」

不意に信子があらぬ方に視線を向けた。そこには一枚のドアがある。ウォークインクローゼットのドアがゆっくりと開き、そこから出てきた女性の姿を見て、信子以外の全員が絶句する。黒い法衣を身にまとった剃髪の女性。そう、上杉謙子その人だ。

「私が特別にお招きしたのです。上杉警部、私の推理はいかがでしたでしょうか？」

謙子は答えない。目を閉じ、口を動かしている。何やら念仏を唱えているようだ。

「いい加減にしろ、信子」機嫌を損ねたように玄代が言う。「私たちも暇ではない。それぞれに事件を抱えているのだ。失礼させてもらうぞ」

「お待ちください。最後に一つだけ。上杉警部、あなたは義の人と言われていますね。義という文字の持つ意味は、人のとるべき正しい道筋のこと。たとえ真実が歪められたとしても、裁判にて一度裁かれた人物に天誅を下すことが、果たして義と言えるのでしょうか」

上杉謙子は答えない。一心不乱に念仏を唱えている。その声は徐々に大きくなっていく。唱えているのは般若心経だった。

「……菩提薩婆訶、般若心経」

最後まで唱え上げ、謙子は目をゆっくりと開く。すでにその目は薄らと涙で滲んでいるようだった。謙子が玄代の前に立った。そして声をかける。

「友よ。これまでだ」

「ま、待て、謙子。何を言い出すんだ。私たちは……」

「もういい。ここが年貢の納めどきだ。ともに罪を償おう」

謙子が玄代の肩に手を置いた。謙子の眼差しは慈しみに溢れていた。犬猿の仲、積年のライバルに向けられるものではなく、長年苦楽をともにした同志に対する眼差しだった。

「謙子、私は……」

「何も言わなくていい。あなたの気持ちは私が一番よくわかっているつもりだ。ありがとう、玄代」

甲斐の虎、越後の竜と恐れられた二人の刑事。その二人が今、互いに寄り添うように涙を流していた。

「何だ、蘭。そのへっぴり腰は。そんなんじゃ球は前に飛ばんぞ」

「だって班長、私、ボール捕るのは得意だけど、打つのはからっきしなんですぅ」

織田班は新宿にあるバッティングセンターにいた。先日と同じくホストクラブに呼び出され、そこで二時間飲んだあと、信子の命に従ってバッティングセンターにやってきたのだ。ホストたちも一緒だ。ホームランの的に当てたら十万円。そういう遊びがおこなわれている。

「らんらん、頑張って」

「もっとボールをよく見て、らんらん」

ホストたちの声援虚しく、蘭のバットは空を切った。

信子に対する謹慎処分も解け、明日から正式に復帰となる。今日の飲み会はその前祝い的なものらしい。武田玄代、上杉謙子の両名は大筋で容疑を認めており、ほとんどが信子の読み通りだった。重大かつ深刻な内容と上層部は判断し、二人の身柄は現在監察部に置かれている。

「次、光葉」

「はいっ」

光葉がバッターボックスに立つ。信子は裏のベンチに座り、缶のハイボールを飲んでいた。その隣にはナンバーワンホストの斎藤濃が座っていて、信子の胸にしなだれかかっている。光葉は鋭い当たりを連発したが、惜しくもホームランの的には届かなかった。その後に秀美、勝代と続くが誰も的に当てることはできない。

「次、康子」

「はいっ」

康子はヘルメットを被ってバッターボックスに立つ。ほぼ初心者だ。ボールをよく見るように。光葉からそうアドバイスを受けている。一人に与えられたチャンスは十球。ずっと空振りが続いていたが、最後にようやくボールが前に飛んだ。ショートライナーといった当たりだった。

「お前たち、全然駄目だな」

信子が立ち上がる。すると秀美が素早く前に出て、跪いて両手でバットを差し出した。

「班長、特製の大谷翔平モデルでございます。温めておきましたので、お使いください」

「猿、バットを温めるとは何事だ」そう言いながらも信子がバットを受けとり、グリップの感触を確かめるように何度か素振りをした。「ふむ。悪くない。では皆の者、とくと目に焼きつけるがよい」

悠然とした足どりで信子はバッターボックスに向かっていく。なぜかホストたちがコールを始めた。

「天下獲っちゃえ、信子様。天下獲っちゃえ、信子様。信子様、ホームランお願いします」

ホストたちのコールに驚き、ほかの客たちがこちらを遠巻きに眺めている。信子は二回ほど素振りをしたあと、バッターボックスに入った。

その初球だった。カキーンという鋭い打球音とともに球が飛んでいく。ものの見事としか言いようのない、ホームランだ。的に当たったことを知らせる効果音が聞こえてくる。ホストたちが歓喜のコールを送る中、隣に立つ秀美が呆然とした顔つきで言った。

「やっぱりただ者やないな、あのお方は」

同感だ。ホストに囲まれた信子は満更でもなさそうに笑っている。

第四話　本願寺一族の野望

「私は皆様の心の内を読むことができるんです。そう、いわゆる読心術ですね。たとえば心の中で思い描いたカードを言い当てることも可能です。そこで皆様の中から協力者を選びたいと思います。どなたか協力してくださる方はいらっしゃいませんか？」

モニターに映っているのはマジックショウだ。本願寺顕子はそれを別室で観ている。ショウはリアルタイムでおこなわれており、現在ショウをやっているのは顕子の次女、尊子だ。

「では百七十八番の方、前にお越しください。そうです、そこのベージュのスーツを着た女性です」

五十代くらいの女性が立ち上がり、壇上に上がった。その女性に向かって尊子が声をかける。

「こんにちは。お名前と所属を教えてください」

「滝川益代。業務統括部総務課に所属しております」

マジックショウがおこなわれている場所は品川にあるホテルの大広間だ。毎年秋、ここで本願寺建設の謝恩会が開催される。招かれる客の多くが本願寺建設の社員だ。関連子会社を含めると二万人近い社員の中から、ここに呼ばれるのは二百名程度。秋の謝恩会に呼ばれれば出世が約束される。社員の間でそんなことも囁かれているらしい。

顕子がマジックを始めたのは亡き母の影響だった。最初はカードマジックから始まり、十代の頃には日本でも一、二を争うマジシャンのもとで修業を積んだ。師匠から「君だったらプロになれる」と太鼓判を押されたが、一人っ子である顕子には本願寺建設の社長の座が待っていた。三十歳のとき、急逝した父の跡を継いで社長に就任した。社長に就任して初めての秋の謝恩会で、側近から「マジックの腕前を披露してはいかがでしょうか」と提案され、調子に乗って舞台に上がった。それが病みつきになった。

あれからもう二十五年、秋の謝恩会における本願寺一族のマジックショウは恒例行事になっていて、内容もスケールアップしている。

「今から十二枚のカードを並べます。星座のカードです。滝川さん、好きなカードを三枚選んで、それをこの紙に記入してください」

今、カードマジックをしている尊子は一番手だ。このあと二番手は長女の教子、そしてトリの顕子と続いていく。教子はモニターも見ずに部屋の隅でウォーミングアップに余念がない。彼女は手先が器用な方ではなく、マジックがそれほど得意ではなかった。その代わり若い頃からダンスを得意としていて、今日もダンスを取り入れたショウをおこなう予定になっていた。

「あなたの選んだカードはこれとこれとこれ。違いますか？」

尊子がそう指摘すると、滝川が自分のメモを見た。それからそのメモを観客席に向かって見せる。全部当たったようで、客たちが一斉に手を叩いた。

「ありがとうございます。では次は趣向を変えて……」

長女の教子は三十五歳、次女の尊子は三十二歳になる。それぞれ営業統括部長と設計統括部長を務めている。二人とも優秀な子で、いずれは教子が社長、尊子が副社長に就くのが既定路線になっていた。

「それではこれにて私のショウは終わります。皆様、引き続きお楽しみください」

尊子が一礼し、舞台袖に消えていった。舞台上が真っ暗になり、司会の女性の声が聞こえてくる。

「次の舞台の準備がございます。しばらくご歓談ください」

ウォーミングアップをしていた教子がこちらを見て言った。

「お母様、行って参ります」

「行ってらっしゃい。頑張るのよ」

教子を見送る。入れ違いにショウを終えたばかりの尊子が控室に入ってくる。やや顔が上気しているが、とても満足げな顔つきだ。

「尊子、お疲れ。よかったわよ」

「ありがとうございます、お母様」

「疲れているところを悪いけど、会場の皆様にご挨拶に行きましょう」

二人で控室を出た。通路を歩いて大広間に出る。基本的に招待客のほとんどは本願寺建設の社員だが、一部のテーブルには来賓も招いている。顕子は来賓が座るテーブル席へ向かい、挨拶に回った。

来賓の多くは国会議員や都議会議員などの政治家たち、あとは取引先の経営者などだった。顕子はビール瓶を片手に持ち、自らお酌をして回った。尊子も笑みを振りまきながら会話している。

「社長、今日も派手なやつ、やるんでしょう？」

「そこは何とも言えません。見てのお楽しみ」

尊子がこちらを見ていたので、顕子は誰にも気づかれない程度にうなずいた。計画は順調に進んでいる。

「松永様、よくいらっしゃいました」

「これはこれは本願寺社長、お招きいただき光栄です」

黒いスーツを着た女性だ。彼女の名前は松永久美子。警視庁捜査一課の課長だ。警視庁内でもかなりの権力を有する女性であり、顕子とは切っても切れない間柄だ。松永が意味ありげな顔つきで言った。

「例の件、問題なさそうですか？」

「ええ」と業務用の笑みを浮かべて顕子は答えた。「万事順調に進んでおりますのでご心配なく」

「それは何より。社長のステージ、楽しく拝見させていただきますよ」

司会の女性がステージが始まる旨を告げたので、顕子はその場から退散した。通路を歩いているとダンスミュージックが聞こえてくる。教子のステージが始まったのだ。


それから二十分後、顕子は舞台袖に待機していた。いよいよ顕子のステージが始まる。

「大変長らくお待たせいたしました。本日のメイン、本願寺顕子による華麗なショウの始まりです」

司会の紹介とともに音楽が鳴り始め、顕子はステージに飛び出した。前半は主にステッキを使ったダンスとマジックで、たまにシルクハットから鳩を出したりする、古典的なマジックが続く。顕子がマジックを披露するたびに客席は沸いた。半分は社長に対するおべっかだとわかっているが、ステージそのものはプロ顔負けのものという自信がある。毎日一時間、欠かさずジムで汗を流しているのもこの日のためだ。顕子は今年で五十五歳になるが、見た目は四十代でも通用すると自負している。

八分ほどで最初のパートは終わる。中央に巨大な物体が置かれているが、今はまだベールに覆われている。顕子は中央に移動した。合図を送るとベールが解かれ、客席がどよめいた。

姿を現したのは高さ五メートル、幅二メートルの縦長の水槽だ。特別に作らせたものだった。今回顕子が挑戦するのは水槽からの脱出マジックだ。

顕子はステージ衣装を剝ぎとった。その下には密着したウェットスーツをまとっている。音楽に合わせてダンスをしながら、ゆっくりと水槽の周囲を回る。水槽の中には五十四ほどの魚が泳いでいる。

「皆様ご注目ください。水槽の中で泳ぐのはなんとピラニアです。まさに命懸けのチャレンジです」

司会が大袈裟(おおげさ)に説明するが、実は中の魚はピラニアではなく、よく似た熱帯魚だ。水槽がゆっくりと回転し、種も仕掛けもないことを――実際には大アリなのだが――客に見せる。司会の説明が続いている。

「……顕子社長は手錠をかけられた状態で水槽の中に入ります。足には重さ五キロの重りをつけます。果たしてそこから無事に脱出できるのでしょうか。これまでの脱出チャレンジの中でも最大の試練と言ってもよさそうです」

顕子は梯子(はしご)を上り、水槽の上に立った。背中には小型のガスボンベを背負っており、すでにレギュレーターから繫(つな)がるマウスピースを口にくわえている。手には手錠がかかっており――強い力で引っ張ればすぐ外れる――足には重りが――ボタンを押せば外れる――つけられている。

「準備が整ったようです。顕子社長、よろしくお願いします」

ドラムロールが高まっていく。顕子は水槽の縁に立った。強いて言えばここが一番難しいかもしれない。実はこの水槽、真ん中に仕切り板が入っている。仕切り板は客からは見えないように工夫されている。すでに手前側には顕子と同じ格好をした娘の尊子が待機していた。

少しジャンプをして、奥側の水槽に飛び込んだ。重りがついているので自然と体は底に沈んでいく。ステージ上はほぼ真っ暗になり、たまにフラッシュのような形で照らされるだけだ。その隙を利用して、水槽は百八十度回転する。

現在、客席側から見えているのは尊子の姿だ。顕子は足の重りと手錠を外してから悠々と水槽から出た。梯子を下り、暗闇の中を舞台袖へと引き揚げる。スタッフから差し出されたタオルを受けとり、それで顔や髪などを拭きながら通路を走り、衣装ルームに駆け込んだ。もたもたしている暇などない。ウェットスーツを脱ぎ、黒いドレスに着替える。腕時計で時間を確認する。現在時刻は午後七時五十二分。七分以内で片づけなければならない。まだ尊子はステージ上の水槽内で魚たちと戯(たわむ)れているはずだ。

腕時計のストップウォッチ機能をオンにして、顕子は衣装ルームを出た。通る道筋も決めていた。非常階段を使い、四階まで上る。階段室のドアを開けて顔を覗(のぞ)かせる。廊下に誰もいないことを確認してから階段室を出た。廊下を歩いて四〇一号室のインターホンを押す。「私よ」と声をかけると、しばらくしてドアが開いた。さきほど尊子のショウで舞台上に呼ばれた女性、滝川益代が立っている。滝川は目を見開いている。まるで死人に出くわしたような表情。

「社長、どうしてここに……」

説明している時間などない。「ごめんね」と言って顕子は中に入った。それから背中のベルトに挟んでいたサバイバルナイフを摑んだ。一気に間合いを詰め、滝川の胸のあたりにナイフを突き刺した。ナイフを引き抜き、とどめにもう一撃。床に倒れた滝川はぐったりとして動かなくなった。鼻先に手の平を近づけたが、息をしている気配はなかった。

時計を見る。ここまでに要した時間は四分十五秒。急がなければ——。

廊下に出る前にドアから外の様子を窺う。宿泊客らしき男が廊下を歩いている。自分の部屋を探しているらしい。ようやく男が自分の部屋に入っていったので、顕子は廊下に出た。階段室に駆け込み、大広間のある二階まで下りる。通路を走り、大広間の入り口に向かった。腕時計を見ると六分五十秒だった。ギリギリ間に合った。

「社長、準備はよろしいでしょうか」

スタッフに声をかけられる。顕子は何食わぬ顔をして答えた。

「ええ、よろしく」

スタッフがイヤホンマイクに向かって言った。

「社長到着。音楽お願いします」

顕子不在の七分の間、尊子はずっと水槽内で演技をしていた。たとえば重りを外そうと頑張ってみたり、または手錠を外す努力をしてみたり。そうこうしているうちに水中に仕込んでいた赤いペンキが流れ出し、あたかもピラニアに嚙まれたように痛がってみせたり。そして今、ステージ上の水槽から尊子は消え失せている。水槽が百八十度回転しただけだが、客にしてみたら突如顕子の姿が消えたように見えたはずだ。驚いている客たちの顔が目に浮かぶようだ。顕子は登場の瞬間を待った。

突然音楽が鳴り始め、同時にスタッフが大広間のドアを開ける。満面の笑みを浮かべて顕子は大広間の中に入った。客たちがどよめく。脱出マジックの完成だ。つい数秒前まで水槽内で苦しんでいた女性が、ドレスを着てステージとは反対側にあるドアから入ってきたのだ。

どよめきがやがて拍手に変わる。顕子は両手を広げて客の歓声に応じた。これだからマジックはやめられない。

*

「えらいこっちゃ、ホンマ」

「本当だね。風雲急を告げるとはこのことよ」

木下秀美(きのしたひでみ)は新宿の個室居酒屋にいた。向かいに座っているのは前田利枝(まえだりえ)といい、警視庁の広報課に勤める女だ。同じ尾張(おわり)大の同級生で、秀ちゃん利っちゃんと呼び合う間柄だ。

「三人同時に失脚するとはな。上も大騒ぎやろ」

「うん。毎日のように会議してるわ」

現在、捜査一課は大混乱状態にある。春に第一係の係長、今川義乃(いまがわよしの)警部が元部下を殺害した容疑で逮捕された。そしてつい先日、今度は第三係の武田玄代(たけだくろよ)警部、第二係の上杉謙子(うえすぎかねこ)警部がともに殺人の容疑で現在監察部で取り調べを受けている最中だ。二人は先週係長の任を解かれた。たった半年の間に三人の係長がいなくなったのだ。

警視庁の中でも捜査一課は人間関係が入り組んでおり、足の引っ張り合いで離脱していく捜査員は後を絶たない。それでも三人の係長が同時に姿を消すというのは極めて異例の事態で、今後の人事も不明。群雄割拠の戦国時代が到来したと囁かれている。

「それで利っちゃん、本当のところはどない思う？　私にもワンチャンあるんちゃうかな」

「そりゃないいって。まだ早いよ、秀ちゃん」

「そうか？　私は行けると思っとる。うちの班長が私たちの年齢のとき、すでに係長になっとったで」

「信子さんは特別よ」

秀美は現在三十五歳。たしかにこの年で係長になるのは若干早いが、そういう前例を打ち破っていかなければと切実に思っている。このまま信子の下で一生を終えたくはない。刑事になったからには目指すのは一国一城の主だ。

「ちなみに副係長がそのまま昇格ってのはないんか？」

現在、係長不在の三つの係は副係長が臨時に指揮を執っている。

「それはないらしいわ」生ビールのジョッキ片手に利枝が答える。「今回の不祥事を上層部は快く思っていないからね。三つの班はいったん解体されるって話。全員所轄に飛ばされるって噂よ」

「厳しい世界やで。明日は我が身やな」

「マジでそう思う。でも織田班は安泰ね。信子さんも見事に復活したし。織田班に入ったあなたが羨ましいわ」

「実際は大変やで。休日は野球場に呼び出されたり、ホストクラブを連れ回されたりな。堪忍してほしいと思うときもある、正直なとこ」

「今川、武田、上杉がいなくなると、ますます織田班は目立つでしょうね。四係も優秀だけど、織田班ほどのアピール力はない」

第四係の係長は北条氏子という女で、そつのない調整力を有する班長として知られている。会議が長いのが唯一の欠点といったところか。

「ということはや」秀美は生ビールを飲み干した。「私の出番やないか。個性的という意味では私の右に出る者はおらん。天下一の人たらし。その実力を見せつけたろうやないか」

「だから秀ちゃん、まだ早いって。少なくともあと五年は待たないと」

「いや、行けるはずや。私は課長にお中元とお歳暮は欠かしたことない。缶ビールの詰め合わせや。一番喜ばれるやつやろ」

「たしか松永課長、酒やめたんじゃなかったかな」

「えっ？　ホンマ？」

「肝臓の数値が悪くて、今年に入って酒はやめたはずよ。秀ちゃん、ご愁傷様」

「まだわからん。諦めたらそこで戦は終了や」

捜査一課は精鋭揃いだ。とはいえ、いくら猟犬として優秀でも、それを束ねるにはリーダーシップが必要である。その点、自分にはリーダー的素養が備わっていると秀美は自負している。たとえば武田四天王。彼女たちは刑事としてはすこぶる優秀だが、自分の頭で考えて動くことはできない。

「そういえば織田班の新人、なかなか優秀みたいね。給湯室で誰かが言ってたわ」

女だらけの警視庁において、給湯室やロッカールームは情報交換の場としてよく知られている。誰々がどこどこに飛ばされるみたいよ。そんな噂が耳に入るのは大抵そこだ。

「康子のことやな。私が鍛えてやっとるから」

彼女が織田班に配属されて半年ほど経過した。思った以上に度胸があり、同時に忍耐強い女だった。特に一つのことに集中すると、へこたれずに食らいつく粘っこさは目を見張るものがある。あれは自分にはないものだ。

「うかうかしてると抜かれちゃうわよ、秀ちゃん」

「アホぬかせ。あんな小娘に負けるようなヤワちゃうわ。現時点で三周くらい私がリードしてるで」

「ウサギとカメよ。あなたがどこかでサボってるうちに抜かれちゃうわよ。あ、ごめん。課長から電話」

利枝がそう言ってスマートフォン片手に個室から出ていった。秀美は店員を呼び、日本酒の大吟醸を注文した。運ばれてくるのを待っている間、秀美は手帳を開いた。そこには警視庁内の係長に抜擢されそうな刑事リストが書かれている。秀美が独自に作ったものだ。

運ばれてきた日本酒を飲み、リストを眺める。現在、秀美は単勝三番人気といったところか。

「ごめん、秀ちゃん」

利枝が戻ってくる。何か言いたげな顔つきだった。秀美が注いだ日本酒をすかさず飲んで利枝が言った。

「今の課長からの電話だけど、どうやら第二係の係長が決まったらしいわ」

「へえ、そうなんや」内心緊張していたが、それを押し殺して余裕の笑みを見せて言う。「誰や？　きっと直江さんあたりか。まあ、あのお人なら誰も文句は言わんやろ」

現在休職中の直江続穂。前任の上杉謙子の右腕であり、能力・人望ともに優れた刑事だ。休職明けにいきなり係長に就任しても不思議ではない。秀美の予想でも単勝一番人気は彼女だった。

「直江さんじゃないわ。毛利さんよ。毛利就子さん。今は西の方の所轄にいるはず」

「知らんぞ、そんな女」

「結構有名よ。娘さんが三人いて、全員が刑事なの。下手すれば娘さんたちも全員一課に引っ張られたりして」

残り二枠。私は係長になれるのだろうか。秀美は呷るように日本酒を飲み干した。


その翌日のことだった。秀美は品川のホテルに呼び出された。そこには織田信子を始めとして織田班のメンバーが全員集結していた。信子は何も説明せずにエレベーターに乗った。向かった先は四階の客室、四〇一号室だった。

鑑識課の職員たちが部屋に出入りしている。遺体でも見つかったのか。しかしそれにしては対応がおかしい。所轄の刑事たちも来ていないようだし、そもそも今日は織田班の当番日ではない。

「来たな、織田班の諸君」

そう言って部屋から出てきたのは監察医のザビエル静子だ。今日も白衣を着ている。彼女は遺体を解剖する傍ら、こうして現場に足を運んで鑑識に対して助言をおこなう珍しいタイプの監察医だ。信子とは酒を一緒に飲む間柄で、織田班との関わりも強い。

「知らぬ者もいると思うので説明しておく」信子がそう前置きしてから説明した。「以前、私のもとに滝川益代という捜査員がいた。柴田勝代と同い年の女で、よく働いてくれていた。しかしとある事情により警視庁を離れ、今は民間企業で働いていた」

噂には聞いたことがあった。かつてそういう名前の刑事が信子の下で活躍していたと。家庭の事情で警視庁を去ったという噂もあったが、本当かどうかはわからない。

「滝川とは今も定期的に連絡をとっていた。しかし三日前からその足どりが摑めなくなった」

定期的に連絡をとっていた、という部分に秀美は引っかかりを覚える。果たして信子は何を目的に滝川益代と今も繫がっていたのか。信子のことだ。裏がありそうだ。

「滝川はマメな女だ。私との面談を勝手にすっぽかすような女ではない。調べた結果、最後に彼女が宿泊していたのがこの部屋だ」

滝川益代は本願寺建設という大手建設会社に勤めていたようだ。毎年十月、このホテルで謝恩会が開かれており、ちょうど三日前の日曜日、このホテルでおこなわれていた。滝川もそこに参加していたという。希望する者はホテルに宿泊することもあり、滝川にあてがわれた部屋が四〇一号室だったのだ。

信子が部屋に入っていく。織田班の面々もあとに続く。ありふれたタイプの客室で、シングルサイズのベッドが一台、置かれているだけだ。窓際には小さなデスクがあり、テレビなども完備されている。椅子の上にはバッグが置かれていた。滝川の私物のようだ。

「滝川が最後に目撃されたのは三日前の夜、謝恩会の会場だ。それ以降、彼女の姿を見た者はいない。チェックアウトもしておらず、ホテル側も困っていたようだ。実は私も心配していた。三日前の夜、彼女から定期連絡は入ってこなかった。通常、日曜の夜九時に私に連絡が入るようになっていた。それが途絶えたのは初めてだ」

週明けの月曜、火曜と滝川は会社を無断欠勤した。不審に思った会社の上司が滝川の家族に連絡、そのまま信子のもとに連絡が入ったという。一人暮らしをしている自宅マンションはもぬけの殻で、彼女が最後に宿泊していたこのホテルだったという。

「ホテル側が配慮してくれたのか、昨日と今日はこの部屋は使用されていない。滝川が姿を消した日曜日以降、そのままの状態が保たれているというわけだ。私はすぐさまザビを呼び、調査を依頼した。ザビ、あとは頼む」

信子の声にザビエルが前に出た。

「ホテル側の話によると、滝川益代がチェックインしたのは日曜日の三時過ぎ。謝恩会は六時から始まったという話なので、少なくとも滝川は三時間近くこの部屋で過ごしたわけだが、その割に綺麗に片づけられているというのが私の印象だ。まるで誰かが念入りに掃除をしたみたいにな」

たしかにそうだ。ベッドメイクも崩れていないし、テレビやエアコンのリモコンもデスクの上に整然と並んでいる。

「そこで私は科捜研に捜査を依頼した。私が睨んだ通り、部屋のどこからも滝川の指紋は検出されなかった。毛髪の一本も落ちていなかったよ」

「ということは、つまり」思わず秀美は口を挟んでいた。「滝川さんはチェックインしてなかったんちゃいますか？　そうとしか考えられへん」

「猿君、結論を急ぐな。私を舐めてもらっちゃ困るよ。伊達に三十年も監察医をやってるわけじゃないからね」

「そうだぞ、猿」と信子が口を挟んでくる。「お前は少々先走るところがある。もっとどっしりと構えることも大事だ。そうでないと人の上には立てんぞ」

「はい。肝に銘じます」

これは班長からのエールやないか。係長になっても頑張るんだぞ。そういう意味やないか。いや、きっとそうに違いない。

「話を元に戻そう」ザビエルが咳払い（せきばら）いをする。「私はこの部屋を徹底的に調べるよう、科捜研に依頼した。すると面白いもの、と言っては不謹慎かもしれんが、興味深い事実が浮かび上がった。ここだ」

ザビエルが指でさしたのは床だった。灰色のカーペットが敷かれており、一見して何の異常も見受けられない。

「かなり強力な洗浄剤を利用して拭きとったようだが、科学捜査の進歩はめざましい。このあたりから血液反応が出た。残念ながらDNA判定は難しいが、比較的最近流れた血液であることは判明した。血液の広がっている範囲からして、相当量の血液が流れたことは明らかだ。致死量に及ぶと私は考える」

つまり滝川はこの部屋で殺害された。そういうことなのだ。

「いいか、お前たち」信子が前に出て、声を張った。その声を聞いただけで背筋が伸びる思いがした。「これは遺体なき殺人事件だ。しかも犠牲になったのは私の元部下。絶対に犯人を見つけ出してやるぞ。必ず犯人を血祭りに上げてやるっ」

「はいっ」

班員が口を揃えて呼応する。血祭りに上げる、のはどうかと思うが、気合いが入ったのは事実だった。

面白そうやないか、と秀美は内心思う。この事件の解決を手土産に係長就任ちゅうのも悪くないで。

*

「……この近辺は駅の再開発も予定されていまして、将来的にも栄えると思います。土地の確保は八十パーセントほど進んでおります。順調に進めば来年中には……」

本願寺建設の本社ビルは築地にある。顕子は会議に参加していた。経営企画部による戦略会議だ。主な部長は全員参加しており、教子と尊子の姿もある。

「一階には市の出先機関が入るかもしれません。先日市の担当者と話したときに色よい返事をもらいました。あとは……」

ドアが開き、女性の秘書が入ってくる。秘書は一番手前にいた男の幹部に何やら耳打ちをした。その幹部が立ち上がり、顕子のもとにやってきた。顕子の耳元で幹部が言った。

「社長、警察が訪れているようです」

「警察が？　私に？」

「ええ。うちの社員のことで話を聞きたいようです。いかがいたしましょうか？」

きっと滝川の件だろう。こんなに早く警察が反応するとは思ってもいなかった。仮に家族が捜索願を出したとしても、警察は事件性がなければ本腰を入れて捜査をしないはずだ。

「わかったわ。社長室に案内して。すぐ行くから」

「了解いたしました」

顕子は隣にいた幹部に「所用のため席を外す」とだけ伝えてから会議室を出た。エレベーターで最上階の社長室に向かう。しばらく待っていると二人組の刑事が秘書に案内されてやってきた。二人とも女で、二十代から三十代といったところだ。ソファに座りながら片方の女が口を開いた。

「高級そうなソファですな。あ、申し遅れました。私、警視庁捜査一課の木下いいます。こちらは同じく徳川です」

徳川という若い女が警察手帳を出し、バッジを見せてきた。木下という女は目鼻立ちが派手であるのに対し、徳川という女は少し控え目で古風なタイプだ。

「警察がどのようなご用件でしょうか？」

「御社の社員が一人、行方不明になっとるんですわ。名前は滝川益代。知ってはります？」

木下は関西弁丸出しで話している。かなり開けっ広げな性格であるのは口調や態度からもわかる。

「まだ私の耳には入っておりません。この本社だけで二千人近い社員が働いているので」

「そりゃそうですよねえ。なにせこんなにでっかい会社ですもんね。しゃあないですわ」

「ところで刑事さん、うちの滝川が何かの事件に巻き込まれたということでしょうか？」

木下はすぐには答えなかった。なぜか周囲を見回すような仕草をしてから身を乗り出してきて、小声で言った。

「ここだけの話にしといてくださいよ。実は彼女、殺されたのかもしれへんのです」

「殺された？　うちの社員が？」

「声大きいですって、社長はん。彼女が最後に泊まっていた品川のホテルの部屋から血痕が見つかったんですわ。監察医の見立てによると致死量を超える血液が流れたかもしれんちゅう話です」

掃除係が徹底しなかったのだ。しかし今さらそれを責め立ててもどうしようもない。とにかく遺体さえ発見されなかったら何とかなる。顕子は深刻な表情を作って言った。

「そうなんですか。うちの社員がそんな事件に……」

「まだ殺されたと断定されたわけじゃないんで、ここは内密にお願いしますで、社長はん。できれば滝川さんの親しかった同僚から話を聞きたいんですわ。話を通してもらうことは可能でっか？」

「もちろんです。捜査には協力いたします。総務課の課長には話を通しておくので」

「恩に着ますわ。ちなみに社長はんは亡くなった、あ、まだ亡くなったと決まったわけちゃうのですが、滝川さんと面識はありましたか？」

「顔と名前は知っておりました。会議の席上とかで見かけたことはございます。決裁等でも何度かここに入ってきたことがありますね。その程度です」

そこは正直に話した。総務課の事務仕事は多岐にわたるため、決裁の判子をもらうために彼女が社長室を訪れたことは何度もある。

「なるほど。ところで社長はん、日曜日の午後七時から午後九時までの間、どこで何をされておいでした？」

「えっ？　それってもしかしてアリバイの確認ですか？」

「はい、まあそういうことですわ」

なぜだ？　なぜ死亡推定時刻が判明したのだ？　スマートフォン等は処分したはず。仮に血痕が見つかったとしても、それだけでは死亡推定時刻を特定できないはずだ。

「ん？　社長はん、もしかしてアリバイがないんですか？」

「いえいえ、そういうわけではありません。その時刻でしたら品川のホテルの謝恩会に参加しておりました。きっと滝川もそこにいたはずです」

「謝恩会に参加してたのは何人ほどですか？」

「二百人程度でしょうか。我が社の秋の恒例行事となっております」

ずっと黙っていた徳川が木下を肘で突き、何やら耳打ちをする。思い出したように木下が言った。

「あ、そうや。えらいごっついマジックショウをやりはるみたいですね。噂で聞きましたで」

「たいしたことではございませんが」

「そのショウに出ていたんであれば社長はんのアリバイも完璧ですな。そのショウ、録画されてます？観てみたいですわ」

「ありますよ。広報課が毎年録画しておりますので。あとで用意させます」

「助かりますわ。では私どもは総務課の人たちに事情聴取をおこないたいと思います。ホンマすみませんでした、忙しいときに」

二人の刑事は社長室から出ていった。それを見送ってから顕子はデスクのチェアに腰かけた。この早さで警察が捜査に乗り出すのは正直予想外だ。

＊

「何やこれ。ごっつ本気やん。ごっつ気合い入っとるやん」

秀美は本願寺建設本社ビル内にある会議室にいた。康子も一緒だ。今、広報課が用意してくれたＶＴＲを観ているのだが、ステージ上では次女の本願寺尊子が華麗なマジックを披露している。衣装も派手で、演じているマジックも素人のそれではなかった。プロのショウを観ているようでもあった。

「鮮やかなカード捌きですね。あれ？　秀美先輩、この人、滝川さんじゃないですか？」

一人の女性が番号を呼ばれてステージ上に上がっていく。写真でしか見たことがないが、たしかに滝川益代と容姿も年齢も近い風貌だ。

「康子、拡大や」

「そんな機能はありません」

「じゃあ巻き戻して一時停止や」

「はいはい」

「何や、その態度は。やっぱりお前、下剋上狙うとるな」

「何ですか、それ」

秀美の指示に従い、康子が画面をストップさせた。顔を近づけて画面を見る。滝川益代で間違いなさそうだ。そのまま再生するとステージ上に上がった滝川が自己紹介をしていた。無作為に選ばれたらしく、滝川が選んだカードを尊子が当てるという、お馴染みのマジックが展開していった。

滝川がステージにいたのは正味五分ほどだった。最後に両頰を互いに近づける挨拶を交わし、滝川はステージから下りていく。そのとき康子が言った。

「あれ？　滝川さん、大広間から出ていきますよ」

見ると滝川は自席に戻らず、そのまま大広間から出ていった。トイレにでも行くのだろうか。

「康子、メモっとき」

ＶＴＲの右下に時刻が表示されているので、いつ何が起きたのか、それを書き留めるように康子には指示を出してある。その後しばらくして尊子のマジックショウは終了し、短い休憩時間を挟んで次に出てきたのは長女の教子だ。長女も次女も本願寺建設に勤務しているのは事前の調べでわかっている。

教子のステージはマジックというよりダンス色の強いもので、外国人男性ダンサーを従え、教子がダンスを披露していた。

そして最後に登場した顕子のステージは、こちらの想像のはるか上をいった。

脱出マジックだった。大きな水槽が用意され、いつの間にか着替えた顕子が水槽の上にいた。手には手錠、足首には重りがつけられ、水槽の中に飛び込むという。

「こいつ、頭おかしいんちゃうか。ピラニアぎょうさん泳いどるやん」

「秀美先輩、多分偽物ですよ。本物だったら死んじゃいますって」

それにしても金と手間がかかっている。テレビなどで観るマジックショウ顔負けの演出だった。やがて顕子は水槽の中に飛び込んだ。濡れた髪が水中で躍っている。音楽が鳴り響き、真っ暗になったかと思うと、次の瞬間に赤や緑のレーザーで水槽が照らされたりと、妖艶な演出が施されている。

「なかなか凝っとるな」

「そうですね。プロみたいです」

顕子の水中での格闘は続いている。手錠を外したまではよかったが、足の重りを外すのに苦戦しているようだ。すると今度は水中に薄らと赤いものが見えた。

「おいおい、ピラニアに嚙まれたで」

「赤いペンキじゃないですか」

「そ、そっか。康子、お前意外に冷静やな」

本願寺顕子は七、八分くらいは水中にいたかもしれない。結局は足首の重りを外すことはできないまま、クライマックスを迎えた。そして――。

「おい、水中から消えたで」

「本当だ……」

大広間にあるすべての明かりが消えている。ついているのは壁際の非常誘導灯だけだった。客たちも不安に感じたのか、何やらざわめいている。そして次の瞬間、大広間が明るくなり、同時に音楽が鳴り始めた。ステージとは正反対の方向にあるドアが開き、そこから顕子が入ってくる。ついさきほどまで水中にいたとは思えない、派手なドレスに身を包んでいる。

「この女、本物やん」

「驚きました。種はどうなっているんでしょうか？」

「知るかい、そんなん。きっとごっつ足速いんやで」

「いくら足が速くても無理ですって」

「令和のジョイナーやな。ええもん見せてもろうたわ」

「たとえ古いです。それにしても結局滝川さん、戻ってきませんでしたね」

秀美は画面に目を向ける。本願寺母子が改めてステージ上に立ち、三人で挨拶をしていた。まだ滝川の姿は見えなかった。時刻はちょうど午後八時になろうとしている。体調に異変を感じて部屋に戻った。もしくは何らかの予定があって大広間から姿を消したのか。

「あれ？　これって課長じゃないですか？」

康子がそう言って画面の一点を指でさした。一人の女性がテーブル席で歓談している。秀美は顔を近づけ、女性の顔を確認する。

「ほんまやな。松永課長や」

松永久美子捜査一課長だ。普段職場では制服を着ているので、私服姿は新鮮だった。高卒ながら捜査一課長の地位まで上り詰めた女だ。策士として知られている。

「どうして課長がここにいるんでしょうか？」

「さあな。でも何か引っかかるな」

秀美は腕を組む。大手建設会社の謝恩会に警視庁捜査一課長が招かれる。その裏に何があるというのだろうか。

昼になり、品川駅近くのファミレスで光葉たちと合流した。光葉と蘭は亡くなった――正確には行方不明中の――滝川益代の自宅周辺を調べていた。情報交換するためにどちらともなく集まったのだ。

「こっちはさっぱりや。本願寺母子は死亡推定時刻に謝恩会に参加してたで。しかも自らごっついマジックショウに出演ときた。そのVTRを検証してたとこや」

死亡推定時刻が午後七時から九時までの間と判明したのは、午後七時に滝川から信子宛てにLINEのメッセージが届いたからだった。内容は「午後九時に連絡をします」というものだ。つまり午後七時の段階で滝川は存命しており、二時間後の午後九時には連絡をとれない状態に陥ったと予想できた。

「ちなみに滝川はどうして本願寺建設で働いてたんやろうか。そのあたりのこと、何かわかったか？」

秀美が水を向けると、光葉がパスタを食べながら答えた。

「詳細は不明。班長も教えてくれないわ。お前たちが調べろってやつね」

「いつものやつか」

ある程度の情報を握っているが、それを部下にも教えない。信子にはそういうところがある。敢えて部下を鍛えているとも考えられるが、何かを試されているようでもある。

「滝川さんはどうして警視庁を辞めてしまったんですか？　優秀な刑事だったんですよね」

康子が疑問を口にする。それに答えたのは蘭だった。

「私、少し知ってますよ。滝川って人、一身上の都合で警視庁を退職したんです。たしかお母さんの介護をしたいとか、そういう理由だったと思います。でも割とすぐにお母さんが亡くなってしまって。それ以降、班長に協力するようになったのだと思います」

なるほど。だんだん見えてくる。滝川は信子の指示に従い、今も情報収集人として暗躍していたのかもしれない。潜入捜査は織田班の専売特許だが、長期にわたる潜入は無理がある。それを担っていたのが滝川だったのだ。そう考えれば二人が今も定期的に連絡をとっている理由にも説明がつく。

「自宅から社員証がみつかったわ」光葉が説明を始める。「それによると彼女が本願寺建設で働き始めたのは二年前よ。それ以前もいくつかの仕事を転々としていたみたい」

「二年か。長い潜入捜査やな」

「そのくらい大きな山だったとも考えられるわ。何しろ口を塞がれてしまうくらいだから。内心では班長も怒り狂っているんじゃないかしら。子飼いの部下を殺されてしまったわけだしね」

「康子さん。それ見せて」

蘭が言った。康子の手元には本願寺建設でもらったＤＶＤがある。謝恩会の一部始終が写っている。

「いいけど……蘭ちゃん、ここでは再生できないよ」

「違います。そっちの封筒の方」

蘭は封筒を指でさした。本願寺建設の封筒だ。社名や所在地などが印刷されている。

「このしるし、どこかで見たような気がするんですよ。どこだったかなあ」

社章というものだろうか。「本」の字がデザインされたロゴマークがついている。あまり気にしなかったが、たしかに秀美にも見憶えがあった。いったいどこで目にしたのだろうか。

昼休憩を終え、捜査に戻ることにする。引き続き秀美・康子コンビは本願寺建設を、光葉・蘭コンビは滝川の自宅周辺を調べることにした。駅に向かって歩き始めたところで着信が入った。画面には『利っちゃん』と表示されている。

「すまん、康子。ちょっと先行っとってくれ」

秀美は電話に出た。親友の前田利枝の声が聞こえてくる。

「秀ちゃん、私よ。今大丈夫？」

「ああ、大丈夫や。もしかして何か動きがあったんか？」

「ええ。さっき給湯室で噂を耳にした。第一係の係長だけど、所轄の若手が抜擢されるみたい。伊達政夏っていったかな。かなり美形の子らしいわよ」

「伊達政夏？　そんな女知らんで」

「私もよ。でも一課の係長に抜擢されるくらいだから仕事はできるんじゃないの。ごめん、秀ちゃん。課長に呼ばれちゃった。またね」

通話が切られる。スマートフォンをポケットにしまいながら舌打ちをする。残る係長の椅子は一つだけ。私は係長になれるんやろうか。いやいや、なれるに決まっとるやろ。心の中の不安をかき消すかのように、秀美は自分の頬を軽く叩いた。

＊

内線電話が鳴った。表示されている番号だけで電話の相手は想像がつく。顕子は受話器を持ち上げた。長女の教子の声が耳に飛び込んでくる。

「お母様、私です。さきほど警視庁の人が事情聴取に来ました。早くないですか？　あの人たちはもう……」

次女の尊子が冷静沈着な女であるのに対し、教子は直情型だ。教子は営業統括部長であり、その性格は営業に向いているとも言えた。その分、こうして過敏に反応してしまうところがある。

「落ち着きなさい、教子」

「でもお母様……」

「彼女たちは確たる証拠があって捜査をしているわけじゃないのよ。だから大丈夫」

二ヵ月前のことだった。夜、社長室で母子三人で極秘会議をしていると、落ちたペンを拾おうとした尊子がそれを発見した。電話線のプラグ付近に怪しげな黒い物体が見えた。盗聴器だと一目でわかった。ただちに三人で筆談をした。すぐにでもとり外して破壊すべきだ。そう主張した教子に対し、尊子は冷静に言った。

誰が仕掛けたか、それを突き止めましょう。まずいったんこの盗聴器を外せば、きっと犯人は焦るはず。故障の可能性を疑い、新しい盗聴器を仕掛けにくるかもしれない。その瞬間を押さえましょう。

尊子の計画を実行に移すことに決めた。一週間後、早くも結果が出た。朝、出社すると新しい盗聴器が仕掛けられていた。警備の者に確認したところ、前の夜に一人の女性社員が忘れ物をしたと言って深夜に社内に入っていることがわかった。その者の名前は滝川益代。総務課の女だった。

それから一ヵ月、民間の探偵事務所を雇い、彼女のことを調べた。そして彼女が元警察官であることが判明した。採用した際に提出された履歴書の経歴は出鱈目（でたらめ）だった。そして社内における彼女のパソコンの閲覧履歴を過去二年にわたって徹底的に調べた結果、彼女があのことを調べているとわかった。となると一刻の猶予もなかった。すぐさま滝川の口を塞ぐ計画を練り始めた。

「お母様、どうしてあの人たちは死亡推定時刻まで割り出せたんですか？　遺体も見つかっていないというのに」

それについては顕子も考えた。滝川はあの夜、誰かと会う予定があったのではないか。その約束の時間などから逆算して、死亡推定時刻を設定したのではないか。

「教子、今は余計なことは考えなくていい。あなたのアリバイは完璧。堂々としていなさい」

「……わかりました」

顕子が受話器を置いたところで社長室のドアがノックされ、秘書が顔を覗かせた。

「社長、警察の方がお会いしたいそうです。いかがされますか？」

「お通しして」

「かしこまりました。あ、刑事さん……」

秘書の脇をすり抜けるように例の二人組の刑事が勝手に社長室に入ってくる。木下と徳川だ。まったく無礼な連中だ。

「いやあ、社長はん。謝恩会のショウ、拝見させてもらいましたわ。ごっついですな、社長はん。あんた、もしかしてプリンセス何とかですかな」

「お褒めの言葉と解釈していいのかしら？」

「いやいや、金とれるレベルやん。社長はん、私と組みませんか？　どっかのホールでやりましょうよ。儲かりまっせ」

「遠慮しておきます。私の本業はこちらなので。ところで用件は何でしょう？」

顕子は手元にあった書類を裏返した。見られて困るようなものではないが、一応は仕事中であることをアピールするためだ。

「例のＶＴＲに滝川さんも写っていました。驚いたことに娘さんのカードマジックに参加してたんですよ。マジックが終わると彼女は大広間を出ていき、そのまま二度と帰ってくることはありませんでした。多分部屋に戻って、そこで殺害されたんでしょうな」

「だったら私のアリバイは成立ね。その時間、私はずっと謝恩会の会場にいたわけだから」

「あれ？　私は別に社長はんを疑ったりはしてませんよ」

食えない女だ。思わず苦笑してしまう。この木下という女、とぼけた顔して、切れ者かもしれない。

「あなたの話を聞いていると、どうも私が疑われているように感じたんですよ」

「そのように聞こえたのなら謝ります。たしかに一見、社長はんのアリバイは成立しているように見えます。七時から八時までは母子三人でショウタイム、それから九時までは三人とも挨拶回りで会場内を行ったり来たり。社長業も楽ではないですな」

ショウが終わったあと、顕子たち三人はすぐに着替えて大広間に向かい、そこで客との歓談を楽しんだ。その模様はＶＴＲにも残されているし、客たちも証言してくれるはずだ。

「自分の出番でないときは裏の控室で過ごされていた。それはスタッフさんの証言からも明らかになりました。そこで一つ、社長はんにお願いなんやけど、例の脱出マジックに使用された水槽などの機材一式、見させてもらうことはできますか？」

やはりそう来たか。しかしそう簡単に応じるつもりはない。

「マジシャンに種を明かせとおっしゃるのですか？　お断りいたします。どうしてもご覧になりたいのなら捜査令状をお持ちください」

都内に倉庫を借りており、マジックで使う機材はそこで一括して保管している。その場所を知っている社員は数えるほどだ。

「そうですか。ホンマ残念ですわ」

そう言う割にあまり残念そうではない。いくら部屋から血液反応が出たからといって、すぐさま殺人事件の捜査本部が設置されるはずもない。しかしここはさらに強く出る必要があろう。

「刑事さん、考えてもみてくださいよ。滝川は謝恩会の途中で会場から抜け出したんですよね。いわばそれは予期できぬ事態。謝恩会のショウに参加していた私たちにはなおさらのこと。そう思いませんか？」

「まあ、その点については社長はんのおっしゃる通りですな。あ、すみません。お仕事中に長居してしまって。では私たちは私たちで、マジックの種を明かしてみせます。教えてくれぬなら、明かしてみせよう、マジックの種。あ、ちょっとゴロが悪いな。そんじゃ、失礼しました」

飄々（ひょうひょう）とした感じで木下が社長室から出ていった。徳川は丁寧に頭を下げ、そのあとに続く。仮に脱出マジックの種がわかったところで、イコール私が犯人と決まったわけではない。顕子は手元の書類に手を伸ばした。

＊

「うーん、まったく浮かばへんな」

秀美は本願寺建設内の会議室にいた。あれこれ考えているのだが、なかなかいいアイデアが浮かばない。脱出マジックの種がわからないのだ。

「でも協力者がいたのは事実ですよね」康子が言った。「教子か、尊子。どちらかが途中から水槽の中で顕子社長と入れ替わった。そうとしか思えません」

「問題はその方法やな。まったくわからん」

さきほどからVTRを繰り返し観ているのだが、ヒントらしきものも見つかっていない。最初に顕子が水槽内に飛び込んでから、ステージ上は暗くなり、光の演出が始まる。そのためはっきりと水槽内で何が起こっているのかわからないのである。まあそれが狙いだと思うのだが。

「班長と勝代さん、何やってるんでしょうね」

康子が発した疑問に秀美は答えた。

「さあな。いつものことや」

信子が捜査を人任せにして何やら裏で動いているのは毎度のことだ。それより今はこの事件の解決に全力を注がなくてはならない。もしこの事件を自分が早期解決に導けば、その活躍を耳にした上層部が決断するかもしれない。では木下秀美を係長に抜擢しよう、と。

「康子、謝恩会のタイムテーブルはできたんか?」

「ええ。これです」

提供されたVTRを参考に、起きたことを時系列順に書き記したものだ。それは次の通りとなる。

18：00　謝恩会スタート。乾杯の音頭は顕子社長。しばしの歓談。顕子、教子、尊子の三人は中央のテーブルにて歓談。たまに挨拶回りへ。
18：40　本願寺母子が席を立つ。ショウの準備のため控室に入ったものと思われる。
19：00　ショウが始まる。尊子のテーブルマジック。
19：10　滝川益代がステージ上に呼ばれる。カードマジック。
19：15　滝川がステージから下りる。そのまま滝川は大広間から姿を消す。
19：20　教子のダンスマジック。
19：40　顕子のマジックが始まる。
19：50　顕子、水槽内に入る。
19：59　顕子、大広間の入り口から出現。
20：00　ショウの終了。同時に歓談に。着替えた三人が再び大広間に。以降、三人の姿は常に会場内にある。
21：00　謝恩会終了。締めの一本締めは教子。

「なるほどな。滝川さんが十九時十五分に大広間から出てるわけか」
「ええ。で、本願寺母子は二十時以降は会場内を出ていない。もし彼女たちの誰かが犯人であるなら、十九時十五分から二十時までの間、四十五分間のどこかで犯行をおこなわなければなりません。しかも自分のステージの時間もある。結構難しいですよね」

なぜ秀美たちが執拗に本願寺母子を疑っているか。それには理由がある。

午前中に品川のホテルに呼び出され、信子から捜査を命じられたときのことだ。捜査を始めようとしたところで信子に呼び止められ、こう言われた。

おい、猿。私の勘が正しければ本願寺一族、特に社長の顕子が怪しい。疑ってかかれ。

だから秀美たちは顕子社長を第一容疑者と仮定し、捜査を続けているのである。

「もしかしたら今回ばかりは班長の読みも外れたのかもしれへんな。あの人だって人間や。たまには間違えることもある」

「まだわかりませんよ。私は班長の勘を信じてます」

「なんや、康子。随分班長に肩入れするやないか。もしかしてお前、班長のことが好きなんちゃうか？」

「ち、違いますって……」

「構わん構わん。それに班長、男も女もどっちもいけるって話やしな」

「それ、セクハラです。ハラスメント対策室に言いつけますよ」

「すまん、前言撤回や」

危ない、危ない。今変な風評が流れたら人事に影響してしまう。秀美は手を叩いて話を本筋に戻した。

「さっき顕子社長も言うてたけど、滝川さんが大広間を出たのが果たして彼女側の事情によるものだったのか、それとも犯人の指示によるものだったのか、それが気になるな」

「ですよね。でも一度謝恩会の会場に入っているわけだから、滝川さん自身は最後まで参加するつもりだったと思います。だって開始十五分で席を立つなんて、お料理だって前菜しか出てませんよね。私だったら絶対メインまで食べたいですもん」

康子らしい意見だ。一理あるような気がした。滝川は最後まで参加するつもりで謝恩会の会場を訪れたが、何らかの不測の事態が発生して大広間をあとにした。そう考えるべきだ。

「あ、今凄(すご)くいいこと思いついたような気がしました」

「気がした、ってどういうことやねん」

「惜しかったってことです。私、お腹(なか)が空(す)くと頭が回らなくなるんですよ」

「おいおい。昼飯食うたばかりやん」

午後の三時を過ぎたところだ。熱いコーヒーを飲みたい気持ちもあったので、外のコンビニに向かった。本願寺建設の本社ビル一階にコンビニがテナントとして入っていた。康子がお弁当コーナーの前で立ち止まって言った。

「迷っちゃうな。バターチキンカレーもいいけど、特製牛丼も捨てがたいなあ」

こいつ、本格的に食べるつもりやん。そんなことを思いつつ、秀美はレジでコーヒーを買った。コーヒーメーカーに紙コップをセットする。そういえば、と秀美はぼうっと考える。最近こういうコンビニでおでんを見ることが少なくなった。昔はよく見かけたものだ。

結局康子はバターチキンカレーにしたようで、温めてもらってから再び社内に戻る。あてがわれた会議室に入ると、早速康子はカレーを食べ始めた。

ん？　何が気になってんやろ。おでん、か？

かつてコンビニの店頭で売られていた熱々のおでん。ステンレスのおでん鍋の中でグツグツと煮えていた。たまに仕事帰りにコンビニでおでんを買い、帰宅してから晩酌のお供に、なんてことも数多くあった。ん、まさか、そういうことなのか――。

「思いついたでっ」

思わず立ち上がっていた。それとほぼ同時にカレーのスプーンを片手に康子も立ち上がった。

「思いつきましたっ」

二人で顔を見合わせる。康子は満面の笑みを浮かべている。きっと私も同じような顔をしているんやろうな、と秀美は思った。

*

午後八時過ぎ。顕子は社長室のデスクにいた。決裁資料に目を通していたらこんな時間になってしまった。若い頃はもっと仕事をしていたが、年をとったせいか疲れを感じるようになった。

本願寺建設は急逝した父から受け継いだ会社だ。若い社長を危ぶむ声はあったが、顕子は結果を出し続け、批判の声を抑え込んだ。いつしか父の代よりも会社は大きく成長していた。

顕子はパソコンの電源を落とした。立ち上がろうとしたところでドアをノックする音が聞こえた。秘書はすでに帰宅している。

「はい。開いてるわよ」

「失礼します」

そう言って社長室に入ってきたのは例の刑事二人組だ。こんな遅くまで社内に残って捜査をしていたということか。刑事というのはしつこい連中だと噂に聞いたことがあるが、まったく恐れ入る。

「社長業も大変ですな。こんな遅くまで仕事とは」

「それはこちらの台詞です。刑事さんも働き方改革をなさってはどう？」

「働き方改革？　無理無理、そんなん。時間外労働は当たり前。休みの日も呼び出される。それが刑事の世界ですわ。あ、失礼しますね」

木下という刑事は勝手にソファに座る。その隣の徳川という刑事も続いた。やれやれ。頴子は内心溜め息をつく。下手に追い返しては疑われるだけだ。頴子は二人の真正面に腰を下ろした。

「ところでご用件は何かしら？」

「社長はんも薄々お気づきのことと思いますが」木下が笑みを浮かべて言う。「私たちは社長はんを疑っています。別に確証があるわけちゃいまっせ。うちの上司の勘ちゅうやつですわ。うちの上司、織田信子いうお人ですけど、勘の鋭さは一級品。しかも我々にとって神に等しい存在。命令に背くことはできまへん」

この木下だってそれなりに場数を踏んだ刑事であるはず。そんな彼女が神と恐れるというからには、織田とはかなりの手練れなのだろう。

「せやから私たちは社長はんが犯行に関わっているという前提で、この事件の捜査をしています。康子、あれを出すんや」

徳川が一枚の紙を出した。謝恩会の当日のタイムスケジュールだった。

「社長はん、これをご覧ください。お借りしたＶＴＲを観て作成したものや。これによると被害者の滝川さんは午後七時十五分に会場を抜け出し、その後は大広間に戻ってきていません。ということはつまり、大広間を出たあとで自室に戻り、そこで殺害されたというわけです」

いいものを作ってくれた。顕子は内心ほくそ笑む。これがあればなおさら私たちに犯行は不可能だと立証されるだろう。

「これによると、社長はんはショウが終わった午後八時以降、ずっと大広間におりますよね。つまり殺害に関与できる時間は午後七時十五分から午後八時の間、四十五分間や」

「ということは」と顕子は口を挟んだ。「私に、いや、私たち母子に犯行は不可能ね。その時間、私たちは交代でステージに立っていた。それ以外の時間はステージ裏の控室にいたから」

家族がアリバイの証人となるのは難しいという話を聞いたことがある。しかし何もないよりはマシだろう。それにステージ裏には多数のスタッフが待機していたため、彼らの証言も活きてくるはずだ。

「社長はんのおっしゃる通りですな。ただし私はあることに目をつけました。社長はんの脱出マジックです。これによると社長はんは午後七時五十分に水槽内に飛び込み、九分後の七時五十九分に反対側のドアから派手な入場をしてはります。この九分間こそ、社長はんが自由に使える時間なんです」

「あら？　どうしてかしら？　私はずっとステージ上にいたじゃない？　ＶＴＲをご覧になったはずでしょう？」

「入れ替わりですな。比較的早い段階であなたはおそらく娘の尊子さんあたりと入れ替わっていたんや。ウェットスーツを着て、水中眼鏡に酸素ボンベ。さほど変装しなくても誤魔化せるはずです。康子、あれを部屋に運んでこい」

徳川は一度退出すると、すぐに小型の水槽を運んできて、テーブルの上に置いた。水槽の中で赤い金魚が泳いでいるのが見える。

「いいですか、社長はん。よく見ていてくださいよ。種も仕掛けもございません」

木下は水槽を百八十度動かした。今度は黒い出目金が視界に入る。木下が得意満面の笑みを浮かべて言った。

「どうでっか？　これが社長はんが使ったトリックですわ。さっきコンビニに行ったとき、前によく売られていたおでんのことを思い出したんです。具材ごとに仕切り板があったでしょう？　そこから連想しました。もしかしてあの水槽にも仕切り板があったんちゃうんかって」

再び木下が水槽を回転させた。今度は九十度だけ回転させたため、右側に赤い金魚が、左側に黒い出目金が泳いでいる。

「きっと社長はんは早い段階でこのトリックを使って尊子さんと入れ替わっていた。実際に社長はんが水槽内にいたのは三十秒程度だったはず。ＶＴＲで確認したら、社長はんが水槽に飛び込んで三十秒後、比較的長く水槽が光と闇の演出で暗くなっていました。この間に水槽が回転して、同時に社長はんは水槽から出た。そして衣装ルームでドレスに着替える。着替え終わった時刻は、そうですねえ、午後七時五十二分くらいだったんちゃいますか？」

ほとんど正解だ。しかしそれを認めるわけにはいかなかった。顕子は冷静を装って言った。

「この表によると私が再登場したのが午後七時五十九分。たった七分しかないじゃない」

「七分あれば可能なんです。大広間があったのは二階、そして滝川さんは四階の客室に泊まっていた。二階分の階段を上るだけで行けるんですわ。一応、うちの康子にやらしてみました。康子、どうやった?」

徳川が胸を張って答える。

「バッチリです。七分で往復できました」

「おそらく滝川さんが四階の客室に泊まっていたのは偶然ではないでしょうな。毎年謝恩会当日は大抵の参加者があのホテルに宿泊するそうです。部屋割りはホテル側ではなく、会社の方で決めるとか。あなたは裏から手を回して、滝川さんが四階に泊まるように仕向けたんとちゃいますか?」

「証拠はあるの? 私が部屋割りに口を出したっていう」

「ありまへん」

「たしかに七分あれば往復は可能かもしれない。でもそれだけで私を犯人と決めつけることができるわけ? 滝川が席を立って部屋に戻ったのは偶然でしょう? それに仮に滝川があの部屋で殺害されたとして、誰があの部屋から遺体を運び出したのかしら? 少なくとも私には無理よ。私は謝恩会のあと二次会に参加した。それから朝までカラオケにいた。証明してくれる社員はいくらでもいるわ」

「そうですな。社長はんの言わはることはもっともです。ですが、うちの徳川がおもろいことを言い出しよったんですわ。ちょっと聞いてやってくださいよ」

木下がそう水を向けると、今度は徳川が身を乗り出した。

緊張した様子で徳川が話し始める。

「簡単に言ってしまうと、これは役割分担がはっきりとした殺人です。参加しているのは三人。その役割は『呼び出し係』と『殺人実行係』と『掃除係』です。まずは『呼び出し係』から説明していきます。この映像をご覧ください」

徳川がタブレット端末を出した。再生された映像は尊子のカードマジックのショウだった。抽選で選ばれた滝川がステージ上に上がり、尊子の指示に従い、カードを選んだりしていた。

一連のマジックが終わると、尊子は滝川のもとに歩み寄り、ハグをして両頬を近づける挨拶を交わした。

すると徳川がそこで映像を一時停止させた。

「ここです。おそらく尊子さんはこのときに滝川さんに告げたんです。『すぐに部屋に戻れ。大事な話がある』とか。だから滝川さんは自室に引き揚げたというわけです。違いますか？」

「さあね。私はまったく知らないわ」

実は本当に何も知らない。今回の計画は徳川に指摘されたように、完全に母子三人による分業制だ。だから尊子がどうやって滝川を部屋に戻らせたのか顕子は知らないし、遺体を処理した教子についても同様だ。それにしてもこの女、平凡そうな顔をしてなかなか鋭いところをついてくる。

「まあいいでしょう。さきほど社長は謝恩会のあとは朝まで飲んでいたという主旨の発言をされましたが、他の社員に確認したところ、長女の教子さんは深夜一時くらいに『頭が痛い』と言って自室に引き揚げたことが確認されています。おそらく教子さんは四階の滝川さんの部屋に向かい、一人で黙々と掃除、つまりは遺体の処理をしたんじゃないでしょうか？」

「証拠でもあるの？」

反射的に口が出てしまう。すると木下が口を挟んでくる。

「ははっ、それがないんですわ。でも社長はんや尊子さんと違って、教子さんは割と好戦的な性格とお見受けしましたで。明日にでもお伺いして事情を訊いてみようかと思ってます。意外にすんなりボロを出すんちゃうかなと」

その通りだ。教子はずっと体育会系の部活をやっていて、入社後も営業畑から出ていない。押しは強いが、攻められると脆い面がある。

冷静になれ。顕子は自分にそう言い聞かせる。この女たちは根拠のない話を延々と繰り返しているだけだ。

「そもそもどうして私が滝川を殺害しないといけないの？　私は社長で、あっちはただの平社員。邪魔になったら馘にすればいいだけ。わざわざ殺害する理由って何なのかしら？」

「ええと、それは……」

徳川が口ごもり、困ったように木下を見た。彼女も歯切れの悪い口調で言う。

「それはですね、鋭意捜査中と言いますか……」

「あなたたち、リスクという言葉をご存じ？　殺人というのは相当リスクの伴う作業よね。そんなリスクの大きな手段を私が用いると思って？」

二人は答えなかった。殺人方法を追及するばかりで、動機面など考えていなかったに違いない。

「お引きとりください。そろそろ私も帰宅したいので」

「ですが社長はん、動機はともかくとして……」

「いいからお帰りになってて」

鋭い声で顕子が言うと、二人が渋々と帰り支度を始める。木下がテーブルの上の水槽をしまっている。そのとき不意にドアがノックされる音が聞こえた。こんな時間に誰だろうか。午後九時になろうとしている。見回り中の警備員だろうか。

ドアが開く。入ってきたのは見知らぬ女二人。先頭に立つほっそりとした顔立ちの女が言った。

「夜分遅く申し訳ありません。失礼とは思いましたが、途中から立ち聞きさせていただきました。私の方から滝川益代殺害に関する動機面の説明をさせていただきます。申し遅れましたが、私は警視庁捜査一課の明智、こちらは森といいます。以後お見知りおきを」

＊

この女、タイミングを計っとったな。

秀美は面白くない。本来であれば助っ人の登場を喜んでいい場面だが、光葉だけは例外中の例外だ。この女に助けられるくらいなら切腹した方がいい。

「光葉、お前、余計な口出しはいらんで。この事件は私が……」

「あら？　だったら動機はわかったの？」

「そ、それは……」

「別にあなたの手柄を奪うつもりはないのでご心配なく」

光葉は涼しい顔で言った。彼女が織田班に配属されたのは二年前。織田班では康子の次に新参だが、数々の武功を立てて信子の信頼を勝ち得ている。人たらしの木下と秀才の明智、ともに三十五歳だ。織田班の二枚看板と呼ばれている。

それが悔しくてたまらない。二枚看板として並べられることが。織田班のエースは木下秀美一人でいいのだ。唯一無二、絶対的エースの座の先に係長の椅子がある。そう思って粉骨砕身、この身を織田信子に捧げてきた。

ただし今は状況が悪い。本願寺顕子の脱出マジックを解くのに夢中になり過ぎたあまり、動機面の解明がおざなりになっていた。殺害方法が判明すれば顕子も自供するに違いない。その目論見は甘かった。

秀美は内心考える。この木下秀美、次期捜査一課係長と目される女だ。同僚の推理に耳を貸すくらいの度量があってもいいのではないか。

「ふむふむ」と秀美は腕を組んだ。「わかったで。そういうことなら光葉の推理を聞こうやないか。苦しゅうない。存分に話すがよい」

光葉は怪訝そうな顔つきでこちらを見ていたが、やがて気をとり直したように話し始めた。

「本願寺社長は薄々お気づきのことだと思いますが、滝川益代はある方からの密命を受けて御社に潜入していました。滝川さんは元警視庁の刑事であり、退職後も潜入捜査を繰り返していたと思われます」

怖いお人やな。それが率直な感想だ。滝川は母親の介護を理由に警視庁を去ったと言われている。一般人になった彼女に対して信子は、長期の潜入捜査を依頼した。そんな芸当、誰にも真似できない。

「なぜ滝川益代が本願寺建設の潜入捜査をしていたのか。なかなか突破口も見つからなかったのですが、きっかけとなったのは蘭ちゃんでした」

「これです、これ」話を振られた蘭が顕子のデスクの背後の壁を指でさした。「このマーク、どこかで見たことあると思ったんですよね。ずっと気になってて……」

壁には大きな旗が飾られている。本願寺建設の「本」の字をモチーフにした社章だ。DVDを受けとった際の封筒にも記されていた。本社ビルの正面玄関にも大きな旗が飾られている。

「昨日光葉さんのお使いで品川署に行ったんですけど、そのときに見たんです。品川署は何かの工事中で、外壁には足場が組まれていました。その足場の上で作業員さんたちが働いていたんですけど、そのお兄さんが被（かぶ）っているヘルメットにこれと同じマークがついていました」

そういうことか。秀美は視界が開けるような気がした。道理で見憶えがあるわけだ。光葉が蘭のあとを受けて言う。

「現在、品川署は耐震補強工事がおこなわれています。それ以外にも老朽化した外壁の塗り替えや傷んだ屋根の補修など、大規模な工事です。その工事を請け負っているのが本願寺建設というわけです」

秀美たちの勤務先は桜田門にある警視庁だ。ただし捜査一課の刑事に限っては事件が発生すると所轄の警察署に出向き、そこの捜査本部に詰めることになる。その際、耐震補強工事をしている場面をよく見かける。

「都内には百を超える警察署と、さらに関連施設があります。程度の差はありますが、一九七〇年代から八〇年代にかけて作られた建物が多いようです。築年数が三、四十年を超えたことによる老朽化。さらには現行制度に満たない耐震基準などから、警視庁では毎年予算をとって順番に耐震補強工事をおこなっています」

そのうちの一つが品川署なのだ。その工事を請け負ったのが本願寺建設という話だが……。

「警視庁の担当部署で確認しました。すでに警視庁では四十近い警察署の耐震補強工事を完了させているようですが、本願寺建設さんはそのうちの十二件の工事を受注しているようです。およそ三分の一です。これはかなり異常な数値だと私は考えます。競争指名入札を勝ち抜いている結果であると言われてしまえば元も子もありませんが、私はそこにきな臭い何かを感じます。そして警視庁のある方ははるか前にそれを感じとっていました」

信子はかなり以前に本願寺建設の異常な受注率に疑問を覚えたのだ。そして彼女がとった手法が――。

「そこで白羽の矢が立てられたのが滝川益代でした。彼女は経歴を偽り、本願寺建設に中途入社することに成功しました。普段は勤勉な社員を演じつつ、警視庁上層部と本願寺建設の癒着を示す証拠を探していたんです」

ところが捜査は難航する。本願寺建設側も周到に事を進めていたらしく、なかなか確たる証拠が摑めなかった。滝川の潜入捜査は二年間にも及んだ。

「滝川さんも油断したのかもしれません。嗅ぎ回っていることを気づかれてしまったんです。単純に馘にするわけにもいかない。どこまで知っているかわかりませんからね。そこで社長さんは強硬手段に出られた。自らの手で口を塞ぐ計画を立てられた。その方法はすでに木下が提示済みでしょう。社長さん、私の話に間違いありませんか？」

顕子は答えなかった。能面のような無表情でチェアに座っていた。

＊

「社長、今日ネットオークション見てたら、俺がずっと狙ってたスニーカーが出品されてたんだ。ほら、こないだも話したやつ。絶対ゲットしたいんだよね」

松永久美子の目の前では可愛い顔をした男の子が話している。年齢は二十歳になったばかり。以前は大手アイドル事務所に所属していたが、素行不良で退所になったと聞いている。

「そうなの。ちなみにいくら？」

「五万円くらいかな」

ここは新宿二丁目にあるバーだ。カウンターの中では数人の男の子が立っていて、客の話し相手になっている。ガールズバーならぬボーイズバーだ。客のほとんどは比較的年を重ねた女性で、若い男の子と仲良くなりたいがためこの店に通っている。

「わかったわ。買ってあげる。その代わり今度遊びに行きましょう」

「マジ嬉しい。ありがとう、久美子さん」

以前はホストクラブに通っていたが、公務員の薄給では経済的に厳しいものがあり、半年ほど前からこの手の店に通うようになった。若い男の子と遊ぶことだけはどうにもやめられない。

「久美子さん、生ビール飲んでいい？」

「どうぞ。遠慮しないでいいわよ」

スタッフのドリンクは客側が支払うシステムになっている。L字形のカウンターには五人ほどの客が一席とばしで座っている。どの客の前にも若い男性スタッフがついて談笑していた。

「久美子さんは次何飲む？」

「そうねえ。何にしようかしら」

久美子は数年前に肝臓を悪くし、以来酒はやめていた。今もノンアルコールビールを飲んでいる。メニューに手を伸ばしたときだった。店のドアが開き、一人の女性が店内に入ってきた。その姿を見て久美子はハッと息を呑む。すらりとしたスレンダーな体型。長いストレートの黒髪。体の輪郭を強調するようなドレス。捜査一課第五係の係長、織田信子警部だ。

信子と視線が合った。信子は不敵な笑みを浮かべている。ここを訪れたのは決して偶然ではないはず。尾(つ)けられたのか。そんな兆候は一切なかったが。

「これは課長、珍しいところで会いますね」

白々しい口調で信子が言った。カウンター内の男の子たちは信子に釘(くぎ)づけだ。無理もなかった。信子は四十歳になるが、見た目はもっと若く見える。男の子たちにとって十分にイケる部類の女のはずだ。

久美子は信子を相手にせず、「お勘定を」と短く言った。話があるからこうして訪ねてきたに違いなかった。クレジットカードで支払いを済ませ、そのまま店を出た。信子もあとからついてくる。あんなに人のいる場所で信子と話すわけにはいかない。

無言のまま信子と肩を並べて歩く。夜の新宿は賑(にぎ)わっている。どこに行こうかと迷っていると、信子が先導する形で路地に入った。それからしばらく歩き、さらに別の路地に入る。前方に赤い看板が見えた。〈切支丹(キリシタン)〉という名前の小さな中華料理屋だ。

信子が引き戸を開けて中に入る。狭い店で、客は誰もいなかった。カウンターの中で禿げた親父がスポーツ新聞を読んでいる。顔を上げた親父に対し、信子が短く「使わせてくれ」と言った。顔見知りのようだ。新聞を折り畳んでから親父は奥に下がっていく。カウンターの椅子に座りながら信子が言った。

「課長、おかけください」

言われるがまま椅子に座る。信子が続けた。

「新宿署に帳場が立ったとき、私の班はここで作戦会議を開くことがあります。頼めば洋風料理も作ってくれるんです。特にオムライスは絶品です。一度ご賞味ください」

新宿警察署は西新宿にある。なるほど、この場所ならばほかの捜査員の目を気にせずに思う存分に話すことができそうだ。信子は勝手に冷蔵ケースから瓶ビールを出し、コップを二つ、持ってくる。

「あ、課長はたしか酒を控えているのでしたね」

「たまにはいただくわ」

信子が注いでくれたビールを一口飲む。よく冷えていた。

「こんなところに連れてきて、私に話って何？　もしかして係長の後任人事についてかしら？　それだったら……」

「いえ、違います。三日前、品川駅近くのホテルで本願寺建設の謝恩会が開かれました。課長もそこに参加されていたという話を聞いていますが、間違いありませんか？」

いきなり後頭部を殴られたような衝撃を覚える。この女、どこまで知っているのか。迂闊に下手なことは言えないし、ましてや嘘で誤魔化すのも危険だ。

「行ったわよ。知り合いから招待されたのよ」

「その知り合いというのは社長の本願寺顕子ですね」

「ええ」と久美子はうなずいた。本願寺顕子は大学時代の後輩に当たる。二人とも実家が京都市であり、ずっと親交が続いていた。彼女は親から譲り受けた建設会社を都内に移転させた、やり手の女社長だ。

「実は」と手酌でビールを注ぎながら信子が言う。「本願寺建設は警視庁管内署の耐震補強工事を数多く請け負っています。所轄に行くと本願寺建設のロゴマークをよく見かけるのです。あまりの頻度に私は情報の漏洩を疑いました。警察内部の人間がこっそりと本願寺側に情報を流し、その結果、競争指名入札で本願寺建設が工事を受注する。そういうからくりがあるのではないか、と」

ほとんど正解だ。かれこれ十年ほど前だろうか。顕子から「大事な話があります」と呼び出され、向かった先の料亭で依頼されたのだ。入札の情報を流してほしい、と。建設業界もリーマンショックの影響から抜けきっておらず、是が非でも仕事が欲しいという思いが伝わってきた。当時、久美子は捜査一課の係長だった。総務部にいるかつての部下を仲間に引き込んで情報を顕子に手渡し、数十万円の謝礼を受けとった。その金はホストクラブで使ったり、若い頃からの趣味である茶器購入に当ててきた。

「以前私のもとで働いていた滝川という刑事を憶えておいででしょうか？」

突然、信子が話題を変えた。滝川なら知っている。優秀な刑事だったが、母の介護に専念するために数年前に警視庁を去ったはずだ。

「憶えてるわ。彼女が何か？」

「私の命で本願寺建設に潜入しておりました。もう二年になりますが、敵の尻尾を摑めていませんでした。

ですが最近になり、ようやく黒幕がわかったようです」

息が止まるほどに驚く。思わず信子を見つめてしまったが、どこ吹く風で彼女は続ける。

「そんな矢先、彼女が失踪しました。彼女が最後にいたと思われる場所は品川のホテルです。課長も参加されていた謝恩会に彼女もいたんです」

記憶にない。参加者は二百人を超えていて、久美子たちは来賓の席だった。

「滝川もホテルに部屋をとっていました。四階の部屋です。その部屋から血液反応が出ました。ザビエル監察医の推測ではおそらく致死量の血液が流れたのではないかと」

謝恩会の会場では顕子とは軽い挨拶を交わしただけだ。最後にしっかりと話したのは一ヵ月ほど前、いつものように細心の注意を払い、公衆電話から顕子に電話をかけた。社長室に盗聴器を仕掛けた不届き者がいると言い、その社員の動向を窺っているという話だった。私の方で処理するからご心配には及びません。顕子はそう言っていたが、その不届き者というのが滝川だったのだ。

カウンターに置いてある信子のスマートフォンが短く鳴る。「失礼します」と信子が言い、スマートフォンを手にとった。その画面をこちらに見せてくる。LINEの画面で明智光葉とのやりとりだった。彼女からメッセージが入っていた。

『本願寺社長、大筋で容疑を認めました』

どういう手段を用いたのかわからないが、顕子は滝川の口を塞いだに違いない。しかし相手が悪かった。信子が飼っていた犬だと知らずに顕子は手を出してしまったのだ。

しくじった、というのが久美子の本音だった。一ヵ月前に電話をしたあのとき、もっと真剣に対策を講じるべきだった。

　久美子は唇を噛む。高校を卒業して警視庁に入庁。捜査一課長の地位にまで上り詰めた。あと半年で定年退職となり、退職後は民間警備会社の顧問になることが決まっている。それが根底から覆されそうになっている。

「これをご覧ください」信子が一枚の紙を出す。「滝川が苦労して入手した書類です。本願寺建設から『ミセスM』なる人物への金の流れがわかるものです。このミセスMこそが警察側の情報提供者だとみて、滝川は割り出し作業をおこなっておりました。ミセスMというのは松永課長のことではありませんか？」

「違うわ」久美子は即座に否定した。「私じゃない。本願寺社長とは懇意にしているけど、内部情報を流すような真似はしていない」

「いずれにしても本願寺顕子が自供しますよ。娘二人も共犯のようです。課長の名前が表に出るのは時間の問題だと思いますが。ここは一つ、取引をしませんか？」

　久美子は信子の顔を見る。余裕の笑みを浮かべている。信子が言った。

「平蜘蛛を所望します。いただけるのであれば課長の名前を出さずに事件を処理いたします」

　平蜘蛛は久美子が所有している茶器の中でも平蜘蛛は段違いに高価なものだ。蜘蛛が這いつくばっているような形がその名の由来と言われている。久美子が所有している茶釜だ。

　迷うことなどない。茶釜一つ差し出せば万事解決するのだ。しかしそれで済む問題なのか。この高慢な女がそれで許すとは思えない。じわじわと真綿で首を絞めるように、今後も搾取され続けるのではないか。

それならばいっそのこと――。

「お前の軍門に降(くだ)ってたまるものか。私は逃げも隠れもしないぞ」

信子が立ち上がった。コップのビールを飲み干し、冷酷な笑みを浮かべて言った。

「そうおっしゃると思っていました。今後、身にふりかかることは課長の自業自得ということでご承知ください。それではお先に失礼いたします」

宣戦布告とでも言うように、信子は店から出ていった。一人残され、店内は静寂に包まれている。新宿とは思えないほどの静けさだ。やがて奥から店主が出てきて、すっとぼけた声で訊いてきた。

「お客さん、何にしやす?」

＊

「……教子がどうやって遺体を処理したか、それは私も知りません。本当です。そうした方が警察にバレたときに都合がいいと思ったからです」

本願寺顕子は素直に事情聴取に応じている。秀美はそれを近くで見守っていた。

それにしても、と秀美は思わずにいられない。大変な事件になったものだ。元警察官が殺されただけでなく、現役の警察官、しかも捜査一課長が耐震補強工事にまつわる入札情報を外部に洩(も)らしていたというのだ。世間もきっと黙っていないはず。かなり注目を浴びることは間違いない。

「……主犯は私です。娘二人は私の命令に従っただけです。特に次女の尊子は最後まで反対していました。それを私が強引に押し切る形で……」

ただし犯人逮捕の決め手となった脱出マジックの解明については、誰が何と言おうが自分の手柄であると秀美は思っている。

「娘さんたちの連絡先を教えてください」

光葉が訊いた。顕子が二人の連絡先を述べると、それをメモした蘭が電話をした。勝代に報告しているのだ。二人の身柄も即刻押さえられるはずだった。

ジャケットの内ポケットでスマートフォンが震えていた。とり出して画面を見ると前田利枝から着信が入っていた。秀美は社長室から出た。ほとんどの社員が帰宅しているせいか、廊下は静まり返っている。

電話に出ると、利枝の声が聞こえてきた。

「今、ちょっといい?」

こうしてわざわざ電話をかけてきたということは、きっと新しい係長人事について情報が入ったのだろう。逸る気持ちはあったが、敢えて素っ気ない口調で秀美は言う。

「何やねん。今捜査中や。手短に頼むで」

「最後の一人の係長が内定したみたいよ」

やはりその話か。すでに手の平が汗ばんでいることに秀美は気づいた。最後の椅子だ。これを逃すと次はない。そのくらいの思いだった。緊張しているせいか、口が勝手なことを喋り出してしまう。

「で。誰なんや? 別にもったいぶらんでええで。やはり私はそういう星のもとに生まれたというかな、天賦の才みたいなもんがあったと思うんや。でもこれからが大変やで。人の上に立つというのは並大抵の……」

「真田よ。真田美幸。彼女が残り一枠、一係の係長」

「へ?」

変な声が出てしまう。吉本新喜劇のようにズッコケる余裕もなかった。秀美は訊き返した。

「ちょい待ち、利っちゃん。何かの間違いやないか。真田の小娘はまだ二十代やろ。あんな小娘に係長が務まるわけないやないか」

「本当よ。大抜擢ね。武田四天王も一係に異動して、若い真田を支える形でいくみたい」

気落ちした。すでに秀美は床に胡坐(あぐら)をかいて座っている。気力がすべて失われてしまったかのようだ。

「残念だったわね、秀ちゃん。でも秀ちゃんには次があるって、絶対」

「気休めは結構や……」

通話を切り、秀美は床の上に寝転がる。社長室の前だからか、床にはフカフカの絨毯(じゅうたん)が敷かれている。絨毯の肌触りのよさが自分を慰めてくれているようで、余計に腹立たしい。

ともかくこれで係長就任のチャンスは消えた。顔触れからして、しばらくは空きは出ないだろう。一番早くて四係の北条係長の定年退職待ちか。酒でもかっ食らって寝てしまいたい心境だ。

再びスマートフォンが震える。言い残したことがあって利枝が電話をかけてきたのかと思ったが、そうではなかった。画面には『班長』と表示されている。寝転がった姿勢のまま、秀美はスマートフォンを耳に当てた。

「猿、今どこだ?」

「本願寺建設の社長室前でございます。正座をして班長のお言葉に耳を傾けているところでございます」

「ふん。どうせ寝転がって私への不平不満をぼやいていたのであろう」

咄嗟に体を起こしてその場で正座をする。どこかで見られていると思ったからだ。しかし廊下に人影はない。

「滅相もございません。本当です。この猿、班長に嘘をついたことなど一度たりともありません」

「まあいい。それよりご苦労だったな。猿の活躍もあって事件は無事に解決できそうだ。あの世で滝川も喜んでいることだろう」

「有り難きお言葉」

「週末はオフだ。ゆっくり休むがよい。私も本能寺で休もうと思っている」

本能寺というのは奥多摩地方にある、廃寺を改装した宿泊施設だ。信子もたまに利用する。

「わかりました。班長、お気をつけて」

通話を切った。膝に手を置き、秀美は立ち上がる。康子あたりを連れて飲みにいくとしよう。こうなったら歌舞伎町に繰り出すしかない。班長のツケで豪遊したるで。

第五話

本能寺殺人事件

室内は静寂に包まれている。時折外から鳥の鳴き声が聞こえてくる。フクロウだろうか。明智光葉(あけちみつよ)は足音を忍ばせ、床の上を歩いた。部屋の中は真っ暗だ。

「何者だ？」

不意にその声が空気を切り裂いた。闇に目が馴染(なじ)みつつあり、前方で人が起き上がったのがわかる。光葉は息を呑(の)み、その場で硬直した。やがて室内がパッと明るくなる。リモコンを使って電気を点(つ)けたのだ。

「ん？　光葉ではないか」

織田信子(おだのぶこ)が目を細めている。紫色のネグリジェを着ていた。おそらくシルクだ。光沢のあるネグリジェは彼女の体のラインを浮き上がらせている。

また遠くでフクロウが鳴いた。東京都の奥多摩地方にある「本能寺」は廃寺をリノベーションした宿泊施設だ。ここにはかつて宿坊として使用されていた建物が、バンガローに改装されて点在している。天然の露天風呂もあり、都会の喧騒(けんそう)を離れて優雅に時間を過ごすことのできる隠れ家的な場所だった。信子は常連で、光葉自身も何度か招かれていた。囲炉裏（いろり）で焼いて食べる川魚が絶品だ。

「お前、どこから入った？」

信子の目が光る。その目には不審の色が浮かんでいた。こうなっては仕方あるまい。光葉は腹を括（くく）った。

「班長、ご無礼をお許しください」

「どこから入ったと訊（き）いているのだ」

布団の脇に将棋の台が置いてあるのが見えた。台の上には駒が散らばっている。詰め将棋を解くのが趣味だと聞いたことがあった。どうやら本当らしい。

「私がどこから入ったのか。班長はどう思われます？」

「いいだろう。付き合ってやる」質問を質問で返すと、信子が布団の上で腕を組んだ。「窓ガラスが割れるような音は聞こえなかった。となると合い鍵を使って玄関から入ったか。いや、違うな。たとえば今日の昼間、清掃中に忍び込んで奥の物置の窓を開けておく。さすがの私も物置のドアの戸締りまではしていない」

「正解です。さすがは班長」

「くだらん。それより用件は何だ？」

本願寺顕子（ほんがんじあきこ）及び二名の娘を逮捕したのは水曜の夜遅く。三人は素直に取り調べに応じていた。創業家一族が一斉に退場することになった同社では、早くも古参幹部の間で内紛が起きているという。東と西に本願寺が分裂する動きまであるそうだ。

同様に警視庁にも激震が走った。入札情報を外部に洩（も）らしていた疑いで、松永久美子（まつながくみこ）捜査一課長が監察部に呼び出されのだ。そんな中、木下秀美（きのしたひでみ）がふと言ったのだ。班長、週末は本能寺に泊まっているみたいやで。それを聞いた瞬間、光葉は決意を固めた。敵は本能寺にあり、と。

「班長、あなたはやり過ぎた。反省なさるべきです」

「何のことだ？」

「とぼけないでください。この明智光葉の目は節穴ではございません」

信子は布団の上に胡坐（あぐら）をかいて座っている。冷酷な笑みを浮かべながら。そう、この氷のような微笑だ。この微笑を前にすると、私の心はかき乱された。

この二年間、織田信子に仕えてきた。恐怖政治や専制君主制などと他係からは揶揄（やゆ）されており、その立ち居振る舞いは傍若無人だ。平静を装って業務をこなしたが、ストレスは甚大だった。実は光葉の頭頂部にはハゲができている。ウィッグを付けているため誰も気付いていないが、これも精神的な疲労がつのってのものだろう。

ただし九十九パーセント罵倒されようが、たった一パーセントの労（ねぎら）いの言葉をかけられるだけで、不思議とすべてをこの人に投げ出したいと、そう思わせる魅力が織田信子という女性には備わっていた。それがカリスマと呼ばれる所以（ゆえん）だろう。

「ほほう。光葉、気づいたのか？」

「はい。……身震いいたしました」

昨日の夜、本願寺顕子を取り調べているときのこと。不意にその考えが頭に閃（ひらめ）いた。絶句した。そんなことはない。そう思いたかったが、あらゆる可能性を熟慮した結果、その結論に達したのだ。

「光葉、私はな、犯罪のない世の中を作りたい。そう思っている」

「無理でしょう。人間とは業の深い生き物。犯罪のない世の中を作り上げることは叶いません」

「だろうな。だったらせめて、犯罪を犯した者は一人残らず逮捕したいのだよ。そのためには私が上に立たなければならない。そして利用できるものは何でも利用する。優秀な刑事を捜査一課に集め、犯罪者たちを一網打尽にするのだ。光葉、お前にも重責を担ってもらうつもりだ」

うつけと称されているが、実は信子が合理主義者、完璧主義者であることは日頃の言動からも垣間見える。潜入捜査を好んでおこなうのも、それが解決への近道だと判断してのことだ。犯罪者たちを一網打尽にするのはいい。しかしだからといって——。

「ご自身の理想郷を作り上げたいお気持ちは理解できます。ただ、そのために人を殺めていいのでしょうか？」

信子が目を吊り上げた。そこまで見抜いていたのか。そんなことを言いたげな表情だった。信子と視線が合う。お互いに腹の底を探り合うような時間が流れる。また外でフクロウが鳴いた。

「このハゲ……」

呪詛のようなセリフを吐いたあと、信子は布団の上に置かれた枕に手を伸ばした。それを見て光葉も動く。ジャケットの脇下に手を入れてホルスターから拳銃を抜く。信子は枕の下に拳銃を隠していたようだ。プライベートでも護身用の拳銃を絶えず携帯する。そのくらいはしていても不思議はない女だ。

光葉は躊躇なく引き金を引く。銃声が鳴り響いた。コンマ数秒、光葉の方が速かったようだ。

信子の胸に鮮血が広がる。紫色のネグリジェが黒く染まった。これしか方法はなかったのか。後悔の念を覚えたが、もうあとの祭りだった。

英雄の死を悼むかのように、またフクロウが鳴いた。

*

朝八時。木下秀美は東京駅にいた。東海道新幹線のホームだ。出張するサラリーマンや旅行客たちで早くもホームは混み合っている。サラリーマンも大変やな。そんな感想を抱きつつ、せっかくの非番に朝から東京駅に来ている我が身の不運を呪った。

「木下警部補、そろそろ電車がやってくるようです」

「わざわざ言わんでええ。アナウンス聞こえとるわ」

若い刑事に対して秀美は言う。秀美と若い刑事の間には一人の女性が立っており、彼女の手には手錠がかけられている。そう、今日は犯人護送の任務に当たっているのだ。

女の名前は清水宗子、五十二歳。一週間前、岡山県岡山市内にある備中高松駅近くの路上において、帰宅中の会社員がバッグを奪われるという強盗事件が発生した。被害に遭った会社員は犯人ともみ合いになり、転倒。アスファルトに後頭部をぶつけて病院に搬送された。現場に残された犯人の毛髪などから、前科一犯の清水宗子が指名手配となったのだ。

そして昨日、都内において清水宗子は職務質問を受け、そのまま御用となった。清水の身柄は警視庁に移送され、一晩経った今日、岡山署に向けて護送されることになったのである。

本来であれば犯人の護送は捜査一課の刑事の仕事ではない。ではなぜそのお鉢が秀美に回ってくることになったのか。それにはちょっとした理由がある。

当初、清水宗子の護送は警視庁警備部と、実際に清水を逮捕した所轄の若き刑事の二名によっておこなわれるはずだった。しかし警備部の担当者がやむを得ない理由により——前日の深酒が祟り——直前で行けなくなってしまったのだ。その担当者の名前は蜂須賀六代。秀美の同級生であり、保育園で洟を垂らして遊んでいた頃からの腐れ縁だ。

つい最近、賭け麻雀の負けをチャラにしてもらったという恩義もあることから、引き受けざるを得なかった。だからこうして朝っぱらから東京駅に来ている。昨夜も二時間くらいしか寝ていないし、本当は帰りたくて仕方がない。

「木下警部補、電車が参りました」

「警部補は言わんでええ。一般人に余計な詮索されてまうで」

「はっ。了解です」

新幹線に乗り込んだ。東京発博多行きののぞみだ。十二号車の指定席、三列続きの席だった。窓際に秀美、真ん中に清水、通路側に若い刑事という順番で座る。乗車率は八割ほどだ。

「木下さん、これをお飲みください」

そう言って若い刑事は、自ら持参した水筒からお茶を差し出した。さらにはコンビニのレジ袋から菓子を数点出してテーブルの上に置く。

「カントリーマアム、ある？」

「ございます。どうぞ」

気の回る女やな。秀美は感心した。捜査一課の刑事を前にしてもさほど物怖じした様子はない。さきほど会ったときに自己紹介されたが、名前は忘れてしまった。

「お前、ええと……」

「石田です。石田成海です。渋谷署の刑事課に所属しております」

「そうか。にしてもお前、よくこの女を逮捕できたな。手配書を見とったんか？」

「はい。たまたまです。朝、署の机で岡山県警の手配書を見ておりました」

「たまたまできることちゃうで。いい運を持っとるようやな」

「ありがとうございます」

清水は真ん中の席で背中を丸めて座っている。品川駅を発車した頃、清水は秀美に向かって言った。

「刑事さん、すみません。ちょっとトイレに行きたいのですが……」

「我慢できへんのか？」

「朝からお腹の調子が悪くて……」

「しゃあないな」

秀美は成海に目配せを送った。成海が立ち上がり、清水を先導する形でデッキにあるトイレに向かう。秀美も一応同行する。新幹線のトイレは窓もなく、逃げられる心配はない。通路で待っていると用を済ませた清水が出てきた。再び席に戻る。

「木下さん、やはり捜査一課は大変なんでしょうか？」

「せやな。並の刑事に務まる場所やないで。私みたいに優秀かつ強靱なメンタルの持ち主やないと無理やろうな」

「木下さんの武勇伝は耳にしております。あ、お茶のおかわりはいかがでしょうか」

成海からお茶のおかわりをふるまわれた。心なしかさきほどよりも熱い気がする。怪訝な顔をすると成海が二本の水筒を見せて言った。

「喉が渇いていると思われますので一杯目はぬるめに、二杯目は熱くしております」

つくづく気の回る女だ。康子にも見習わせたいと秀美は感心した。

雑談で盛り上がる。成海は聞き上手で、いい話し相手だった。新横浜を発車したときに再び清水がトイレに行きたいと言い出し、二人でまたトイレに付き添った。一時間強を経て名古屋に停車したとき、またしても清水がトイレに行きたいと言った。

「ちょっと待て。電車が発車してからや」

停車中は逃走の恐れがあるから避けるべきだった。電車が発車するのを待ち、通路側に座る成海が立ち上がった。

「木下さん、ここは私一人で大丈夫です。お任せください」

すでに二回もトイレに同行し、逃走の恐れがないことはわかっている。それにこう何度もトイレに立つということは腹の調子が相当悪いのだろう。

「わかった。任せるで」

二人を見送った。秀美はスマートフォンを出した。こともあろうに充電が切れかかっていた。しゃあないな。秀美は電源を切った。どうせオフだし呼び出しはない。仮に呼び出されても駆けつけるのは到底不可能。だったら知らぬ存ぜぬを決め込んだ方がいい。たとえ信子から大目玉を食らう羽目になっても。

五分経っても成海たちは戻ってこなかった。さらに三分が経ったところで秀美は痺れを切らして立ち上がった。デッキに向かうがそこに成海の姿はない。

変やな。あ、そうか。トイレが満室だったから前のデッキに行ったんやな。

そう思って十一号車に向かおうとしたときだった。ドアが開き、成海が血相を変えてデッキに飛び込んでくる。青い顔をして成海が言った。

「木下さん、すみません。清水に、清水に逃げられましたっ」


すぐに車掌を呼び、車内の捜索に入った。清水は灰色のスウェットの上下を着ており、おそらく十一号車から一号車の間に潜伏していると思われた。

「木下さん、誠に申し訳ありません。切腹ものです」

「気にせんでええ。今は清水を捕まえることに集中するんや」

トイレから出てきた清水はいきなり成海を突き飛ばし、そのまま逃走していったという。腹を壊していたというのは演技だったに違いない。見張りが一人になるタイミングを狙っていたものと考えられる。意外に頭の回る女だ。

「とにかく奴を探すしかない。行くで」

「はっ」

車内の捜索に加わる。通路を歩きながら客の人相を確認していく。が、清水の姿は発見できなかった。

車掌らＪＲ関係者も同様だった。

「多分上着を替えたんや。ほら、新幹線乗ってる連中、寝てる奴多いやろ。だから上着とか盗られても気づかへんはずや」

「なるほど、それは考えられますね。ですが飛び降りるわけにもいかないですし、このまま捜索を続けるしかなさそうです」

「いや、そんな悠長なことは言ってられへん。なあ、車掌はん」

秀美は近くにいた車掌に次の停車駅とその到着時刻を訊いた。次に止まるのは京都駅で、到着時刻は午前十時二十三分だという。あと十五分もない。京都駅に到着するまでに清水の身柄を押さえる必要がある。

「まずいな、これは。時間がないで」

「木下さん」と成海が提言してくる。「京都府警に協力を要請するべきではないでしょうか。この新幹線は十六号車までであります。十六人の警察官を動員してもらい、各車両の入り口で降りた客を徹底的に調べてもらうんです。やってみる価値はあるかと思いますが」

「お前、冴えとんな。それで行くしかないな」

自分たちのミスを周知するのは恥ずかしいが、背に腹は代えられない。秀美は成海のスマートフォンを借り、すぐさま京都府警に連絡を入れた。先方は秀美の要請を受け入れてくれて、京都駅の鉄道警察隊を中心に協力してくれるという。京都駅に着くまで指をくわえて見ているわけにもいかず、秀美たちは捜索を再開した。

「おらんな」

「いませんね」

「移動してるんやな。敵もやりおる」

清水は車内を移動しつつ、捜索の目を逃れているのだ。後ろの車両に逃げているのだろうか。

「私は後ろを探す。お前はこのまま前を頼む」

「わかりました」

秀美は腕時計を見た。あと七、八分で京都駅に到着する。焦りを感じつつ、秀美は乗客たちの顔に目を凝らした。

*

周囲は鬱蒼(うっそう)とした森が続いている。康子は覆面パトカーを運転している。助手席には森蘭(もりらん)が座っている。

カーナビの合成音声が「目的地周辺です」と告げると、突然視界が開けた。

盆地のような場所に寺院のような建物が点在していた。ここは本能寺と呼ばれる宿泊施設のようだった。

施設の入り口にプレハブ小屋がある。受付だろうか。そのプレハブ小屋の周辺にパトカーや消防車が停(と)まっていた。消防車だけでも三台も停車している。すでに鎮火しているせいか、煙などは上がっていない。

警察・消防関係者たちが動き回っている。

車から降りる。助手席から蘭も降りてくる。長い車中、ほとんど無言だった。それほどまでに衝撃的なニュースが飛び込んできた。

織田信子、死す。

その連絡が入ったのは朝の八時過ぎだった。いや、その段階では確定してはいなかったが、康子を驚かせるには十分なものだった。奥多摩地方にある宿泊施設で火災が発生し、その焼け跡から遺体が発見されたという。そこに宿泊していたのが信子だったのだ。半ば呆然としながらここまで運転してきた。無事に辿り着いたのが僥倖とも言えるほどに。

「康子、蘭、こっちよ」

前方で柴田勝代が手招きしていたので、そちらに向かって進んだ。勝代の目はすでに真っ赤に充血している。信子との付き合いは二十年近くに及ぶ。心中は察するに余りある。

黄色い封鎖テープをくぐり、火災現場に向かった。消防署員が写真を撮るなど、現場検証をおこなっているところだった。柱などが数本残っているが、それ以外のものはほぼ焼失してしまっている。

明智光葉が立っていた。ただただ焼け跡を見ている。その顔は完全に無表情だった。ショックで言葉も出ないようだ。

「康子、秀美とはまだ連絡がとれないの?」

勝代に訊かれた。秀美にも一報を入れようとしているのだが、いつまで経っても電話は繋がらないし、LINEも既読にならなかった。

「はい、駄目です。家の電話にも出ないです」

「あの女、何やってるのかしら。まあしょうがないわね。状況を説明するわ」

勝代がそう言うと、ほかの班員たちは背筋を伸ばした。康子も手帳を出し、ボールペンを持つ。ペンを握る手が小刻みに震えている。こんなことは初めてだ。

「火災が発生したのは深夜三時過ぎ。トイレに起きた施設のスタッフが火の手に気づいたの」

かつての宿坊をバンガローとして使用していて、施設内には八つのバンガローが点在していた。信子が宿泊していたのもそのうちの一つだった。

「スタッフが一一九番通報。駆けつけた消防隊により、消火活動がおこなわれた。鎮火したのは午前四時。見ての通り、ほとんど全焼ね。焼け跡から遺体が発見されて、すぐに地元の青梅署の捜査員が急行した」

遺体の主は本当に織田信子なのか。康子は一縷の望みを抱いていた。あの班長がそう簡単に死ぬわけがない、と。

「班長は偽名で泊まっていたらしくて、身許の割り出しに難航したみたい。駐車場に停まっていたフェラーリのナンバーから、名義人の濃君のもとに連絡が入って、そこから宿泊者が班長だったことが判明したってわけ」

風向きが変わったのか、焦げた匂いに鼻を刺激された。それだけで少し気分が悪くなってくる。ほかの者たちも一様に顔色が悪かった。特に光葉の顔は真っ青だ。

「何かの間違いであってほしい。私はそう祈ってる。今、ザビエル先生が遺体を調べているところよ」

焼け跡から少し離れたところに仮設テントが張られていた。周囲は青いビニールシートで覆われている。ちょうどビニールシートの隙間から白衣を着た女性が出てくるのが見えた。監察医のザビエルだった。彼女は真っ直ぐにこちらに向かって歩いてきた。

「先生、お疲れ様です」

「本当に疲れたわよ。朝っぱらからこんな田舎に連れてこられて」

ザビエルが愚痴るようにそう言いながら、ポケットから煙草(たばこ)を出してそれを口にくわえた。勝代が前に出てライターの火を差し出す。ザビエルは目を細めて煙草を吸った。白衣のところどころが煤(すす)で黒く汚れていた。

「それで先生、遺体は班長のもので間違いないのでしょうか？」

勝代が結論を急ぐ。それを誰もが固唾(かたず)を呑(の)んで見守っている。ザビエルが煙を吐き出しながら答えた。

「そうだね。残念ながら遺体は信子のものだと考えていい。身体的特徴はほぼ一致する。焼け残っていた所持品からも信子の免許証が発見された」

本当に、本当に班長は死んでしまったのか。康子は軽い貧血になったかのように頭がクラクラした。ほかの者たちも同様でショックを隠し切れない。蘭は膝をついてしまっている。

「先生、よろしいでしょうか？」光葉が口を挟んだ。「身体的特徴はほぼ一致する。先生はそうおっしゃいましたが、今度はさらに精度の高い、たとえば歯の治療痕などで判定する方法はとられないのでしょうか？」

焼死体の場合、歯の治療痕が身許特定の決め手になることは多い。信子も歯科医院には通っていたはず。照会をかければ簡単にわかるに違いない。

「その通り。でもね、今回はそういうわけにはいかないんだよ」

どういう意味だろうか。康子はザビエルを見た。携帯用灰皿で煙草の火を消してから彼女が言った。

「遺体の首がないんだ。切断されて持ち去られたんだよ」

「何ですって？」

狙っていたわけではないが、全員の声が綺麗に揃った。ザビエルが続けて言った。

「あんたらの班長は首無しの焼死体として発見された。私が現時点で言えるのはそれだけだ」

どんよりとした空気に包まれている。焼け跡から少し離れたところで康子ら織田班のメンバーは佇んでいた。何もする気になれない。それが正直なところだった。強烈なカリスマを失った今、メンバー全員が途方もない喪失感に打ちひしがれているのだった。

蘭が歩いてくるのが見えた。右手にタオルを持っている。トイレに行ってきたのだ。

ついさきほど、一瞬だけテントの内部を見せてもらった。そこには炭化した信子の遺体が横たわっていた。遺体を見るのに慣れているとはいえ、康子も駄目だった。すぐさま蘭とともにトイレに駆け込んだ。嘔吐したのは言うまでもない。蘭に至ってはこれが三回目のトイレだ。

「集合」

勝代の声に班員たちが集まった。勝代は泣き腫らした目で話し出す。

「私が信ちゃんと出会ったのは十八年前のことよ。当時、私は新宿署の刑事課にいた。尾張大卒の新人が入ってくるから鍛えてやってほしい。そう言って紹介されたのが信ちゃんだった。私より八歳下の小娘だったけど、初任が刑事課というのは異例中の異例よ。よほど期待されていたんだろうね」

普段、勝代は人前では信子のことを「班長」と呼び、必ず敬語を使う。勝代が「信ちゃん」と呼ぶのを聞くのは初めてだった。

「新宿署の刑事課は大所帯だし、荒くれ者が揃っていた。しかし信ちゃんはわずか半年で頭角を現した。

いくつかの事件を立て続けに解決して、当時新宿で幅を利かせていた暴力団の幹部たちをあっという間に手懐けた。その姿を見て、私は誓った。こいつはただ者じゃない。いずれ人の上に立つ女だ。この女に一生を捧げようと」

信子は二十代後半で捜査一課に配属された。そして三十五歳のときに捜査一課の係長に抜擢。勝代も一課に呼ばれ、信子を補佐する役回りを務めた。破天荒な捜査手法から、いつしか「尾張の大うつけ」と呼ばれるようになった。

「捜査一課を、いえ、警視庁を背負って立つ人材だと私自身は信じて疑わなかった。だから私は悔しくて仕方がない。志半ばで斃れた信ちゃんのことを思うと、本当に悔しい」

勝代は泣いている。人目を憚ることなく、両目から大粒の涙が零れている。康子もまた、自分が涙していることに気がついた。

思い出されるのは康子が捜査一課に配属された初日のことだ。歓迎会と称した飲み会のあと、タクシーで自宅近くまで送ってもらった。その車中で彼女はこう声をかけてくれた。お前にはほんの少しだけ期待している、と。それを聞いたとき、何だか頑張れそうな気分になった。

「いいか、お前たち」

涙を拭き、勝代は声を張り上げる。その声に康子は背筋を伸ばした。

「班長を殺した奴を私は絶対に許さない。必ずこの手で血祭りに上げてやるっ」

「はいっ」

声を揃えて返事をする。敵討ちの意味合いもある。犯人が憎かった。犯人に対してこれほどまでの憎悪を覚えるのは初めての経験だった。

＊

秀美の焦りは最高潮にまで達していた。現在、秀美を乗せた新幹線は京都―新大阪間を走行している。京都駅にて現地の鉄道警察隊らを動員して、降りた乗客をすべてチェックしたのだが、清水宗子の姿は確認できなかった。

「木下さん、大阪府警への協力要請、完了しました」

石田成海が報告にやってくる。成海が座席に座りながら言った。

「もしかして清水はすでに新幹線を降りてしまっている。そうとは考えられませんか？」

その可能性も頭の隅にはある。しかし考えたくなかった。それはまんまと清水に逃亡されたことを意味するからだ。護送中の犯人をとり逃がす。刑事としてのキャリアが根底から崩れ去ってしまうほどの失態だ。

「いや、まだ犯人は車内におる。そう考えるしかあらへん」

「わかりました。新大阪に着くまで探しましょう」

「そうやな。私は一号車の方を見てくる。お前は後方を頼む」

再び捜索を開始する。最初のうちは車掌ら乗務員の力も借りていたのだが、逃亡しているのが強盗罪で逮捕された女ということもあり危険性を考慮し、秀美ら二人だけで捜索活動をおこなうことになった。

やがて車内アナウンスで新大阪駅に到着する旨が告げられた。秀美は自席に戻って成海と合流、到着に備えた。

新幹線がホームに滑り込んでいく。ドアが開くと同時にホームに出た。大阪府警の刑事とおぼしき女たちが目を光らせている。やはり新大阪は降車客が多い。清水が確保され次第、成海のもとへと連絡が入るようになっていた。電話が鳴ることのないまま、発車時刻を迎えてしまう。

「駄目やな」

「みたいですね。中に入りましょう」

新大阪駅を出発した。次の停車駅は新神戸だ。停車予定時刻は午前十時五十三分。あと十四、五分だ。

「木下さん、もしかすると清水の奴、岡山より先、たとえば博多あたりに向かう可能性もありますよね」

秀美は唇を噛んだ。それは想定していなかった。そうなのだ。のぞみの終着駅は岡山ではない。広島、新山口とまだ先は長い。

落ち着け、落ち着くんや。秀美は何とか冷静になろうと試みる。ペットボトルの水をガブ飲みした。

「成海、兵庫県警に連絡は？」

「もう手配済みです」

気になることが一つ。清水の行動パターンだ。岡山市内で強盗・傷害事件を起こし、そのまま清水は東京に逃走した。いったい東京に来た目的は何だったのか。

「成海、岡山県警に連絡。清水の家族構成やその他諸々の情報を入手してくれ」

「わかりました」

万が一、清水が発見できなかった場合に備え、蜂須賀六代にも連絡を入れておいた方がいいかもしれない。本来であれば彼女が護送任務に当たるはずだったのだから。

成海からスマートフォンを借りた。警視庁の代表番号に電話をかけ、そこから警備課に繫いでもらう。幸い六代は在席していた。間髪を容れずに秀美は喋り倒す。

「私や、私。あんたの竹馬の友、木下秀美や。別にたいした用事やないんやけどな、何ちゅうか、そのう。あ、たいした用事やないってのは嘘で、まああのっぴきならない事態に陥ってしまったんや。でも別に心配せんでもええで。ちょっと犯人に逃げられただけやからな」

「知ってるわよ、秀ちゃん」

「へ？」

「当然じゃない。だって府警に協力要請出してるでしょ。そりゃ私の耳にも入ってくるわよ。でも大丈夫。そんなに騒ぎになってないから。こっちは信子さんの件で上から下まで大騒ぎよ」

信子の件とは何事か。秀美が言葉に詰まると六代が言った。

「もしかして秀ちゃん、何も知らないの？」

「ああ。何のことや？　スマホの充電切れそうやったから電源落としとってん」

「だからか。だから繫がらなかったのか」

「何やねん。うちの班長がどないしてん？」

電話の向こうで六代が押し黙る。先を促そうと秀美が口を開きかけたとき、意を決したように六代が言った。

「信子さん、遺体で見つかったの。焼死体らしいわ」

一瞬、六代が何を言っているのか理解できなかった。織田信子が死んだ。何を馬鹿なことを。

「おい、六っちゃん。冗談も大概にせえよ。今日はエイプリルフールか」

「秀ちゃん、聞いて。本当に……」

「うちの班長が死ぬわけあらへんやろ。殺しても死ぬような人やないで、あのお方は」

「本当なの。奥多摩の本能寺で遺体となって発見されたみたい、朝からこっちは大騒ぎよ」

「嘘や。六っちゃん、そんな冗談言うて何が楽しいねん。信じへんで、そないな話」

「本当よ。すでにネットニュースで第一報が出てるわ」

「冗談きついわ。もう切るで」

一方的に通話を切った。頭を振り、秀美はそのままスマートフォンでネットニュースのサイトを開く。すぐにその記事は見つかった。『奥多摩の宿泊施設で刑事の焼死体が発見』という記事が目に飛び込んでくる。内容を読み、愕然とする。織田信子警部という文字が目に飛び込んできた。

「嘘や、嘘やろ……」

何かの間違いに決まっている。あの織田信子が死ぬなんて信じられない。

しばらく放心状態だった。どれだけそうしていたか、わからなかった。気づくと隣で成海がスマートフォンで何やら話していた。通話を切った成海が青白い顔をして言った。

「木下さん、間違いなさそうです。渋谷署の同僚にも確認しましたし、警視庁にいる警察学校の同期にも訊いてみました。織田警部は残念ながら……」

そこから先は耳に入ってこなかった。秀美はその場で固まっていた。あの信子が死んだなんて信じられない。そんなことがあってたまるものか。

「……木下さん、木下さん。そろそろ新神戸に着くようです」

我に返る。自分が新幹線の車内にいて、しかも逃亡した犯人を追っている身の上であるのをしばし忘れていた。秀美は重い腰を上げ、通路を歩いてデッキに向かった。

*

光葉は焦っていた。その焦りを押し隠し、目を閉じている。場所は青梅警察署内にある会議室の一室だ。勝代と秀美以外のメンバーも椅子に座っている。皆、無言だ。それぞれ悲しみに沈んでいる。

焼け跡付近にいても手伝えることがなく、青梅署にやってきた。そろそろ午前十一時になろうとしている。信子の遺体も近隣の病院に運び込まれ、ザビエルの指揮のもとで司法解剖が始まっているはずだった。

昨晩のことを思い出す。光葉が本能寺を訪れたのは午前一時過ぎだった。滞在時間は正味十五分ほどだったと思う。行きも帰りも細心の注意を払った。誰にも目撃されていない自信がある。防犯カメラも避けたつもりだ。

それにしても誰が？　いったい何のために？　首を持ち去ったのだ。

勝代の説明によると火災が発生したのは——正確には施設のスタッフが火災に気づいたのは、午前三時過ぎのことだったらしい。光葉が去ってから二時間弱の間に何者かが信子のバンガローを訪れ、首を切断して火を放ったのだ。

会議室のドアが開き、勝代が中に入ってきた。彼女が言った。

「捜査の担当は第四係よ。北条さんとも話をした。別働隊として特別に捜査に加えてもらうことが決定したわ」

第四係の係長、北条氏子は調整力に長けた指揮官として知られている。事件解決のために織田班を利用しようという魂胆か。勝代が続けて言った。

「ザビエル先生から連絡が入った。現時点でわかったことを教えてくれるみたい。蘭、手伝って」

勝代の指示に蘭が立ち上がる。パソコンを起動させ、それをモニターに繋ぐ作業をしていた。やがてモニターにザビエルの顔が映る。オンラインで繋がっているようだ。

「先生、お願いします」

勝代が声をかけると、ザビエルが話し出した。

「死因が判明したぞ。胸部に銃弾を受けたようだ。即死に近いと思われる。首の切断面の燃え方からして、死亡後に首を切断され、その後に火が放たれたようだ」

光葉以外の三人も真剣な顔つきでザビエルの話に耳を傾けている。信子が死ねば弔い合戦として捜査に加わることになるだろうとは予想していた。が、まさか首が切断され、その後に火が放たれるとは思ってもいなかった。

「遺体の胸部から銃弾も摘出された。口径は9㎜。中国製のマカロフあたりだと思われる」

ザビエルは監察医としても優れた腕を持っているが、銃器等にも詳しい。光葉が使用した銃はザビエルの指摘通り、中国製のマカロフだ。

「一発で仕留めていることから、かなりの手練れと考えてよさそうだな。これは専門家の意見も聞いてみないとわからないが、摘出された弾の角度からして、撃たれたときに信子は座っていたと思われる。これがどういうことかわかるか?」

誰も答えない。あまり発言しないのも変だと思い、光葉は手を挙げた。

「知人による犯行だと思われます」

「その通り。ちなみに遺体の近くから信子のニューナンブが発見されたようだが、こちらの銃弾はすべて残っていた」

光葉は射撃の腕に自信がある。信子の前では自分の腕前を誇示するような真似(まね)は控えていたが、警察学校時代には同期の誰にも負けたことはなかった。

「今わかってることはこのくらいか。おっと、これを忘れるところだった」

ザビエルが一瞬だけ画面から消える。戻ってきたザビエルは証拠保管袋を持っていた。透明な袋の中には小さな物体が入っている。袋をレンズに近づけながらザビエルが説明する。

「信子の左手の中にあったものだ。強く握り締めていたらしく、燃えずに残っていたようだ」

それは将棋の駒だった。金将だ。

信子の布団の脇には将棋台が置かれていた。光葉の目を盗み、信子が駒を手にしたということだ。

「これはダイイングメッセージかもしれんな。また何かわかったら連絡する」

ザビエルが画面から消えていく。勝代がモニターの電源をオフにしてから皆に向かって訊いた。

「今のザビエル先生の報告を聞き、何か思ったこと、感じたことがあったら発表して」

秀美がいない以上、ここは私が発言するしかなさそうだ。光葉は手を挙げた。

「現場周辺の防犯カメラを重点的に洗っていくしかなさそうですね。怨恨の線が強いと考えられます」

「そうね」と勝代も応じる。「うちの班長、お世辞にも人がいいとは言えなかった。方々で恨みを買っていたはず。なかなか骨の折れる作業になりそうね。あ、そうだ。班長が手にしていた金の駒だけど、何か心当たりがある者はいない？」

ザビエルが言っていたようにダイイングメッセージの可能性もある。金将という言葉から自分の存在が連想されやしないか。気になったのはその一点だ。たとえば金色→光る→光葉というような連想はできるが、少し弱いし具体性に欠ける。

「ん？　康子、何か言いたそうね」

「えっ？　いや、別に何でもありません」

「遠慮しないで。意見を述べてみなさい」

「はい……」遠慮がちに康子が口を開く。「私、全然将棋とか詳しくないんですけど、金っていう言葉から連想したのが金曜日なんです。それで、月曜から順番に上から並べるとするじゃないですか。すると木曜日の下って金曜日になりますよね。つまり木の下、木下」

なるほど。光葉は内心唸った。この康子という女、愚鈍そうに見えてたまに鋭いことを言うことがある。

勝代は首を捻っている。

「うーん。そんな推理小説じゃないんだから」

「もうひとつ」と康子が続けて言う。「千本ノックのときに着てる秀美先輩のオリジナルTシャツ、瓢箪がプリントされていますよね。あれって金色でしたよね」

勝代が指をパチンと鳴らした。

「つまり、あれか。班長が遺したダイイングメッセージの意味するところは、木下秀美ということかしら？」

「それは何とも……。ただ思いついただけですから」

悪くないかもしれない。このダイイングメッセージを利用し、秀美に疑惑の目を向けさせるのだ。

「私も康子の考えに賛成です」

「光葉、あなたも秀美を疑っているというの？」

「朝から秀美と連絡がとれないのは事実です。彼女が班長を殺害し、そのまま逃亡している。その可能性も視野に入れる必要があろうかと存じます。それに最近秀美は人事のことで不穏な動きを見せていました。自分が昇進できないのは班長のせいだと考えていたのだとしたら……。一考の余地はありそうです」

勝代は腕を組み、何やら考え込んでいる。どのように動くべきか。それを思案しているのだろう。するとそのとき会議室のドアが開き、一人の刑事が中に入ってきた。第四係の係長、北条氏子だ。眼鏡をかけたインテリっぽい感じの刑事だ。

「北条係長、いかがなされましたか？」

「うちの者が現場近くの防犯カメラに不審な人物が映っているのを確認した。休職中の直江続穂。午後十一時過ぎ、近くのコンビニの防犯カメラよ」

「直江が？」

「ええ。うちの者たちには引き続き付近一帯の捜査をやらせる。直江の件、織田班に任せてもいいかしら？」

「もちろんです」と勝代は答えてから、光葉の方を見て言った。「光葉、至急直江と連絡をとって。できれば直接会って話を聞くように。康子も連れていって構わないから」

「了解です」

なぜだ？　なぜ直江さんの名前が出てくるのだ。切断された信子の首。全焼したバンガロー。そして直江続穂。予想もしていなかった展開に、光葉の胸の中で不安が燻（くすぶ）り始めていた。

＊

「木下さん、やっぱり無茶ですって」

「承知の上や。やるしかないねん」

岡山駅に到着するまであと十分を切っている。すでに岡山県警の捜査員も駅に待機しているはずだが、清水が岡山駅で降りる保証はどこにもない。しかし信子死去の報を受けた今、一刻も早く東京に戻る必要がある。

「私は帰らなあかんねん。帰らな……」

信子が遺体となって発見された。その衝撃はまだ受け止められてはいない。一分一秒でも早く東京に戻り、自分の目で確認しないと気が済まなかった。あれこれ考えるのはそれからだ。

「ですが木下さん、ほかの客もいるんですよ」

「責任は私がとる。心配せんでええ」

秀美はデッキにいた。車掌室の前だ。ドアが開き、車掌が顔を覗かせた。本部の許可も得たようで、秀美は狭い車掌室の中に案内される。トランシーバーに似た形状のマイクを渡される。咳払いを一つしてから、秀美はマイクに向かって語りかける。

「皆さん、こんにちは。私は警視庁捜査一課の木下秀美と申します。快適な旅を楽しんでおられるところ誠に申し訳ありません。実は私、ある事件の犯人を護送していたのですが、まあちょっとしたミスというか、手違いがございまして、その犯人に逃げられてしまったんです。今もその犯人はこの新幹線の車内に潜んでいると思われます。あ、心配しないで大丈夫ですよ。そんなに凶暴な人間ではないので。乗客の皆さんに手伝ってもらおうとか、そういうのとちゃいます。逃げた犯人に声をかけたいのです。なあ、清水。どこかで私の話を聞いとるんやろ」

直接、清水を説得する。それが秀美の最後の賭けだった。我ながら無謀な策だと思ったが、それしか方法はないと判断したのだ。

「一週間前、あんたは岡山市内で会社員からバッグを奪い、傷を負わせて逃走した。そして東京都内で職務質問を受け、逮捕された。私はこう考えたんや。あんたは金を奪って東京に逃げたのではなく、東京に行きたかったから金を盗んだんちゃうか、とな」

今、新幹線の車内のどこかで清水はこの話を聞いている。その姿を想像して秀美は彼女に向かって語りかける。

「あんたのこと、調べさせてもろうたで。二十年ほど前に離婚してるみたいやな。一人息子は父親の方に引きとられたと記録にはあった」

成海の仕事は迅速だった。岡山県警に問い合わせをし、すぐさま清水宗子の個人データを入手した。

「多分父親の方が経済的に余裕があって、あんたは息子を手放したんやろうな。たまに手紙のやりとりくらいをしているだけで、あまり面会はさせてもらえんのやろ。だからあんたは息子に会いたくて仕方がなかった。息子が東京の大学に進学したことは知っていた。そこであんたは東京に向かったんや」

成海が清水に対して職務質問をしたのは渋谷区内だ。詳しい場所を訊いてみると、清水の息子が通っている大学のすぐ近くだった。

「あんたの息子さん、頭ええな。法学部通ってるらしいやんか。ただ残念ながら今は東京におらへんねん。半年間、アメリカに留学しているみたいやで。いくら探しても会えへんわけや」

強盗事件が起きた岡山市内の現場には清水の財布が残されており、その中に総合病院の受診カードやレシート諸々が入っていた。所轄署の刑事が聞き込みをしたところによると、清水は消化器系の臓器に疾患を抱えており、近々手術することになっていた。難しい手術であり、完治するかは五分五分だと医者から伝えられていたという。

「息子さんに会いたかったんやろ。わかるで、その気持ち。ホンマやで」

なぜか秀美は涙ぐんでいた。息子を想(おも)う清水の気持ちに同情したからではない。生前の信子の顔が目に浮かんだ。ハイヒールを懐で温めて怒られたこともあった。焼き鳥の串を外しただけでも叱られた。いつも怒鳴られてばかりだったが、不思議と悪い気はしなかった。あの人はもう、この世にいないのか――。

「絶対に息子さんに会わせたる。この警視庁捜査一課の木下秀美が約束する。息子さんが戻ってきたら必ずお前のもとに連れていく。女と女の約束や。だから頼む。これ以上逃げへんでくれ。次の岡山駅で降りてくれ。手荒な真似はせえへんと約束するから」

最後の方は岡山駅到着を知らせる自動アナウンスの声と被ってしまった。秀美はマイクを車掌に渡し、デッキに戻った。言いたいことは全部言えた。成海も無言のまま隣に立っている。秀美の熱弁が功を奏したのか、乗客にも混乱はなかった。

「これで清水が降りてくれなかったら」秀美は成海に向かって言った。「あとは岡山県警の判断を仰ぐしかあらへん。もう私たちの手には負えん」

「……わかりました」

徐々に新幹線の速度が落ちていき、やがて岡山駅のホームに滑り込んだ。完全に停車した。まずは降りていく乗客を優先、一番最後に秀美たちはホームに降り立った。岡山県警の捜査員らしき者たちの姿もちらほらと見える。が、清水の姿は見当たらなかった。

駄目だったか。膝の力が抜ける。思わずその場に座ってしまった。成海も無念そうな顔で唇を嚙んでいる。座った姿勢のまま秀美は言った。

「お前のせいやない。私が責任とったるから心配あらへん。もしあれやったらお前と私の二人で八丈島の交番行くのもおもろいかもな」

成海は反応しない。

「おいおい、せめて突っ込めや。私がアホみたいやないか」

そのときになってようやく気づいた。成海の視線の先に、こちらに向かって歩いてくる男がいた。いや、男ではない。男物の服を着た清水宗子だ。頭には野球帽。眼鏡もかけていた。全部、車内で調達したものか。これでは車内に潜んでいても女だと思わない。

「刑事さん」秀美たちの前まで来て、清水は言った。「さっきの話は本当ですか？　私を息子に会わせてくださるんですか？」

秀美は立ち上がった。清水の視線を真正面から受け止めて言う。

「当然のこと。女に二言はない」

「そうですか。ではよろしくお願いします。逃げてしまって申し訳ありませんでした」

清水が深々と頭を下げた。岡山県警の刑事たちが清水をとり囲み、そのまま彼女は連行されていった。

「木下さん、すぐに戻りましょう」

「手続きはええんか？」

「はい。あとは岡山県警に任せます。早く東京に戻りましょう」

「せやな。行こか」

ホームを走り、エスカレーターを駆け下りた。改札口を抜け、切符売り場に向かう。するとそこで何やらちょっとした騒ぎになっている。乗客たちが駅員の説明に耳を傾けているのである。

「……現在、運転を見合わせ中です。状況がはっきりするまでしばしお待ちください」

説明を聞く。浜松で突風により高圧電線が倒れ、現在新幹線は上下線とも運転を見合わせているという。運転再開の目途も立っていないらしい。

「しゃあないな。鈍行で行くしかあらへん」

「木下さん、鈍行も止まってるみたいです」

「何やと？　こない大事なときに」

できれば夜までに東京に戻りたい。秀美は腕時計に目を落とす。もうすぐ正午になろうとしていた。

＊

直江続穂のマンションを訪れるのは二度目だった。康子は光葉とともに玄関ドアの前に立った。インターホンを押すとすぐにドアは開いた。直江続穂が少し硬直した笑みを浮かべて二人を出迎えた。

「いらっしゃい」

「突然お邪魔して申し訳ありません、直江さん」

「いいのよ。どうぞお入りになって」

「失礼します」

リビングへと案内される。直江と光葉は所轄の同じ部署で働いていたことがあり、旧知の仲であると聞いていた。

「うちの班長が焼死体で発見されました。直江さんもご存じですね」

光葉がそう切り出すと、お茶を運んできた直江が答えた。ダージリンティーのいい香りが漂っている。

「もちろん。ご愁傷様。そう声をかけるしかないわね。あなた方二人にとっては親にも近しい存在だったでしょう。お気持ちは察するわ」

直江自身、形は違えど直属の上司であった上杉謙子（うえすぎかねこ）を失っている。彼女の言葉には真心がこもっているように康子は感じた。

「単刀直入に伺います」光葉が冷静な顔で言った。「昨夜のことです。午後十一時頃、奥多摩地方のコンビニで直江さんらしき女性が防犯カメラに映っていました。当該女性はコンビニ内のトイレを利用し、コーヒーを買って退店したことがわかっています。直江さん、あなたで間違いありませんね」

「間違いないわ。それは私よ」

「なぜあなたが昨夜奥多摩地方に行ったのか。その詳細を教えていただくことは可能でしょうか?」

「実は私から連絡をとろうと思っていたところなの。ご足労をかけてしまったわね。昨日の午後、織田係長から連絡が来たの。できれば会って話がしたい。彼女はそう言った。あの人直々(じきじき)に頼まれて断れる人間など捜査一課にはいない。私は家の用事を済ませてから自家用車を運転して奥多摩に向かった。到着したのは午後の十時過ぎくらいだったかな」

本能寺の受付は午後九時で終了する。九時以降は受付の管理人が不在となり、その点では警備が手薄な施設だ。だから直江は施設のスタッフに見咎(みとが)められることなく、直接信子の宿泊するバンガローを訪ねられたというわけだ。

「班長とはどんな話を?」

「最初は世間話だった。あの人はビールを飲まれていたけど、私は車の運転があったから遠慮したわ。最近の捜査一課の状況が酒の肴(さかな)だった。三十分ほど経った頃、ようやくあの人は本題を切り出した。第五係の係長になってくれないか。そう打診されたのよ」

康子は驚いた。第五係の係長。それは信子の後釜に入ることを意味している。

「私は丁重にお断りさせていただいたわ。実は織田係長に呼ばれたときから、薄々そんなことを打診されるんじゃないかと思っていたの」

康子が捜査一課に配属されてから半年の間に三人の係長が警視庁を去るという、異例の事態が続いていた。康子はそういう人事には疎いのだが、直江続穂が係長の有力候補であるというのは耳にしていた。頭脳明晰で人望も厚い。

「私自身、上杉係長に身も心も捧げて働いてきた。あの人が去ってしまった今、まだ心にぽっかりと穴は開いたまま。いずれ捜査一課に戻るつもりだけど、まずは所轄に出してもらって、そこで刑事としてやり直したいのよ。そういう意味のことを織田係長にも説明したわ。最終的にはあの人も理解してくれた。必ず一課に戻ってきて捜査の指揮を執れ。それが何よりもの上杉への恩返しになる。あの人はそう言ってくれたわ」

「ちょ、ちょっと待ってください」康子は思わず口を挟んでいた。「直江さんに第五係の係長就任を打診するってことは、うちの班長が別の部署に異動するってことですか？」

まだ正式な辞令が出たわけでないが、欠員中の係長はすでに内定していると事情通の秀美が話していた。一係が真田美幸、二係が毛利就子、三係が伊達政夏で調整中だという。康子は真田以外の刑事とは面識がない。

「真田さんが一係の係長になるという話が進んでいたようなのだけど、抜擢は早すぎるという反対意見も上がっていたんじゃないかな、違う？　それで織田班がエースナンバーの一係にまるごと移動するという話が急浮上していたようなのよ」

「織田班の異動については初耳ですが……」と光葉が応じた。「真田美幸はまだ二十代半ば。さすがに係長は早過ぎるという声が囁(ささや)かれていたのは事実です」

「だから私に声がかかったのね。一係が織田さん、二係が毛利さん、三係が伊達さん、四係が北条さん、そして五係を私に、というのが織田さんの目論見ね」

「ところで、直江さんが本能寺をあとにしたのは何時頃でしょうか？」

「十一時くらいだったと思うわ。眠気覚ましに国道沿いのコンビニでコーヒーを買った。そのときの様子が防犯カメラに映ってしまったのね」

「ちなみにその後はご自宅に帰られたのですか？」

「もちろん。家に着いたのは零時過ぎくらいだったかしら。でもうちの夫は単身赴任中だからそれを証明してくれる人はいない。本能寺に引き返して織田係長を殺害することは十分可能ね」

「ご冗談を。エレベーターの防犯カメラの映像を当たれば、おそらく直江さんのアリバイは立証できるかと。そういえば裁判はどうなりましたか？」

　一年ほど前、直江の息子が交通事故に遭って命を失うという出来事があった。今も裁判は継続中だと聞いている。

「あの仙洞綾子(せんどうあやこ)が亡くなって、少しあちらの方針も変わってきたみたい。場合によっては控訴取り消しも検討しているようね」

「それは何よりです。私も班長の意見には賛成です。直江さん、あなたは捜査一課に残るべき人間です。それはあなた自身が一番わかっていることかと」

「ありがとう。あなたにそう言ってもらえると嬉しいわ」

捜査一課にやってきて早半年。事件を捜査するだけではなく、その内部では激しい出世争いや足の引っ張り合いが繰り広げられていることを康子自身も痛感していた。そんなドロドロの人間関係の中、この直江と光葉の師弟関係は見ていて美しいものだった。

いつか私も二人みたいな立派な刑事になりたい。康子は心の底からそう思った。

夜の八時。康子は代々木にある自宅アパートに辿り着いた。疲れた。朝一番に呼び出され、奥多摩に行った。それから現場検証に付き合い、午後から都内に戻って直江続穂に事情聴取。その後は遺体の安置されている警察病院に行き、解剖結果を聞いたりした。

着替えもせずにベッドに倒れ込む。このまま眠ってしまいたい。いや、でもご飯は食べたい。お腹一杯食べたい。何を食べようか。この時間だと宅配がいいかも。カツカレーとか。いや、最近カレーばかり食べてるような気がするな。ほかに何か……。

康子がスマートフォンに手を伸ばしたときだった。突然、部屋のインターホンが鳴った。しかもその音は止まることがない。何者かが執拗(しつよう)にインターホンを押しているのだ。恐怖を感じる。変質者か。もしくは私のストーカーとか？

康子はキッチンから包丁を持ち出し、それを片手に玄関に向かう。迂闊(うかつ)にドアを開けてはいけない。康子はドア越しに呼びかけた。

「あの、どちら様ですか？」

「私や。秀美や」

「秀美先輩っ」

慌ててドアを開ける。そこには秀美が立っていた。背後には見知らぬ若い女も立っている。何だか秀美は疲れたような顔をしていた。

「秀美先輩、どこ行ってたんですか？　みんな探していたんですよ。携帯も繋がらないし」

「ちょっと野暮用でな。お前、その包丁は何や？」

康子は慌てて包丁を背中の後ろに隠した。「いえ、これは護身用というか……」

「まあええ。あ、こいつは渋谷署の石田成海だ。成海、こいつは私の子分の徳川康子や」

そう紹介されたので、康子は「初めまして」と頭を下げた。向こうもペコリと頭を下げてくる。

「成海、もう帰ってええで。お前とは長い付き合いになりそうな予感がするねん。ありがとな」

石田成海が去っていくのを見送ってから、秀美は室内にズカズカと入ってきた。ソファに座りながら秀美が言った。

「康子、班長が死んだっちゅう話はホンマなんか？」

「ええ、本当です」

「説明せえ」

「はい、ええと……」

今日一日の出来事を順を追って説明する。ただし秀美が容疑者として疑われていることは伏せておいた。

話を聞いているうちにいつしか秀美は洟を啜り上げ、大粒の涙を零していた。

「……班長、どうしてや、班長……」

秀美は声に出して子供みたいにワンワンと泣いている。康子も一緒に泣いた。自分がずっと泣くのを我慢していたのだとそのときになって初めて知った。

五分ほどだろうか。ひとしきり号泣したあと、目を真っ赤に腫らした秀美が言った。

「康子、腹減った。何か食べるものないんか？」

「切り替え、早っ」

「アホ、腹が減っては戦はできぬ、や。ウーバーで力がつくやつ、頼もか。カルビ丼とかええんやないか」

「いいですね。お供します」

早速スマートフォンで配達を依頼する。秀美がビールを飲みたいと言ったので、康子は冷蔵庫から缶ビールを出した。自分の分も用意する。カップ麺のために湯を沸かす。

「秀美先輩、野暮用って何だったんですか？」

「岡山や。ダチの代わりに岡山まで犯人護送してた」

「えっ？　仕事だったんですか？」

「まあな。いろいろあって大変やった」

経緯を話してくれる。新幹線の車内で犯人に逃げられてしまったが、最終的に岡山駅で見事に捕まえたらしい。まったくこの人は話のネタに困らない人だ。つくづく感心する。

「私の説得が功を奏したんや。特殊犯捜査係でもあまで見事に説得できへんで。生まれながらのネゴシエーターやな、私は」

「ネゴシエーターっていうか、コメディエンヌですね」

「何でやねん」

インターホンが鳴り、カルビ丼が運ばれてくる。二人で食べ始めた。康子は味噌汁代わりにカップ麺も食べた。すでに秀美は三本目のビールを飲んでいる。あとでビール代を徴収したいくらいだった。

「あ、そうそう」思い出したように秀美がポケットから鍵を出してテーブルの上に置く。「康子、車持ってへんやろ。これ、やるわ」

「えっ？　車ですか」

「そうや。下の路上に停まってる。まったくえらい目に遭ったで。新幹線が止まっててな。でも一刻を争う事態やろ。中古車を二十万円で買って、それを飛ばしてきたんや」

信じられない。電車が止まっていたから中古車を買う。その発想は康子にはないものだ。

「班長が左手に握ってた将棋の駒、何の意味があるんやろうな」

秀美は箸を止めて言った。黙っておこうか。一瞬迷った康子だったが、どうせ知られてしまうことなので正直に話すことにした。曜日の法則を当てはめると、金は「木下」を意味しているかもしれないという可能性。それを聞いた秀美は吐き捨てるように言う。

「そんなアホな話があるか。私が班長を殺すわけないやろ。殺されそうになったことは何遍もあったけどな」

「じゃあ秀美先輩はどう考えているんですか？」

「知るか、アホ。今聞いたばかりやないか。それより行くで」

すでに秀美はカルビ丼を食べ終えている。缶ビールを飲み干して秀美が立ち上がった。

「どこに行くんですか？」

「決まっとるやろ。警察病院や。一遍くらいは班長のご遺体をこの目で拝まんことには何も始まらへん。悪いが康子、お前も付きおうてくれ」

「わかりました」

残りのカルビ丼を口の中に押し込み、康子も立ち上がった。エレベーターに乗り込む。秀美は腹の底から絞り出したような声で言った。

「絶対に許さへん。班長を殺した奴、絶対に私が血祭りに上げてやる」

鬼の形相(ぎょうそう)とはこのことを言うのだろう。秀美は眉を吊り上げ、頬(ほ)っぺたにご飯粒をつけたままエレベーターのドアを睨(にら)んでいる。

＊

朝、光葉は青梅署の会議室に向かった。織田班に与えられた待機場所だ。すでに勝代と蘭は到着していた。勝代は捜査資料を読んでおり、蘭はスマートフォンでゲームをやっているようだった。やはり信子の死の影響は大きく、空気は沈み込んでいる。

「いやあ、田舎やな。鹿でもいるんちゃうんか」

廊下の方が騒がしい。やがてドアが開き、秀美と康子が入ってくる。秀美がやけに威勢のいい声で言う。

「諸君、おはようさん。班長がおらん今、織田班を率いていくのは私しかおらん。心して捜査に当たるぞ。

あ、勝代さん。昨日はご迷惑をおかけしてすんまへん」

大体の事情は昨日のうちに洩れ聞こえてきた。秀美は友人に頼まれて、無断で犯人の護送任務を引き受けていたというのだ。新幹線で岡山まで行っていたというから驚きだ。本当に人騒がせな女だ。

「それにしても私が不在であるのをいいことに、好き勝手言ってた女がおるそうやないか。なあ、光葉。誰とは言わんけどなあ、私を犯人扱いしてくれた女がいるって聞いたわ」

「別に犯人扱いなんてしてないわよ。疑ってみる価値はある。そう言っただけよ」

「それ、完全に犯人扱いやろ」

「秀美、静かにしなさい」と勝代が割って入る。「あなたへの疑いは晴れた。それでいいじゃないの。今は捜査に集中しましょう。でないと班長も浮かばれないわ」

「いいえ、勝代さん」と秀美も折れない。完全に開き直った口調で秀美は続ける。「この際やからはっきりさせましょう。私たちは班長に可愛がってもらった。でも別の意味での可愛がりもあったわけやないか。せやから班長のことを恨んでいた者がこの中におるかもしれへん。それは皆もわかるやろ」

否定の声を上げる者はいない。信子は完全に恐怖政治だった。誰もが彼女の力に畏怖の念を抱き、支配されていた。腹に一物を抱えていた者がいても何ら不思議はない。

「だからまずはうちらの身の潔白を証明しましょうや。それが筋ってもんでしょうに。全員のアリバイを確認させてくださいよ。まずは私から。一昨日の夜は一人で飲んでおった。場所は新橋。午後八時過ぎからスタートして、何軒かハシゴして帰宅したのが深夜二時過ぎ。一人だったが、みんなも私の性格は知っとるよな。ずっと店の従業員と喋っとったから証言してくれるはずや。私には犯行は不可能やな」

本能寺で火災が発生したのが午前三時過ぎ。新橋から奥多摩までどう考えても一時間で行ける距離ではない。秀美のアリバイは成立というわけだ。

「勝代さんは？」

秀美に話を振られ、勝代は苦々しい顔つきで言った。

「残念ながら私にアリバイはないわ。恥ずかしいから黙っていたんだけど、一ヵ月ほど前に夫と大喧嘩してね。夫は実家に帰省中。だから私のアリバイを証明してくれる人はいないってわけ」

「次、蘭」

名前を呼ばれ、蘭がおずおずと発言した。

「私は家に一人でいました。合コンの予定が入っていたんだけど、直前にキャンセルされちゃって、家でふて寝してたの。だからアリバイはなし」

「康子は？」

「私ですか？　私も家にいました。宅配ピザ食べながら録画が溜まっていた大河ドラマを観てました。宅配ピザのお兄さんはアリバイの証言者になりませんよね？」

「来た時間によるな。まあええ。最後に光葉はどうや？」

ようやく自分の番が回ってくる。当然アリバイなどない。光葉は正直に答えた。

「私もアリバイはない。一人で自宅にいたから。でも秀美、アリバイがないからといって疑うのはナンセンスよ。だって柴田さん以外は全員が独身で一人暮らし。アリバイが成立する方が稀よ」

「でもこの中でアリバイが成立したのは私だけや。現時点で私以外の全員はグレーゾーンにいる。それだ

け は覚えとき」

会議室のドアがノックされる。顔を覗かせたのは青梅署の女性刑事で、捜査会議が始まることを教えてくれた。会場である大会議室に向かい、一番後方の席に陣どった。特に大きな進展はないようだったが、鑑識からいくつかの報告がなされた。

まずは死因について。死因は銃創による失血死で、心臓を一発で撃ち抜かれていた。昨日ザビエルが指摘していた通り、検出された銃弾は9㎜弾だった。

死亡推定時刻は直江続穂の証言を信じるという前提つきで、午後十一時から午前三時までの間とされた。信子が宿泊していたバンガローは敷地内でも一番離れた場所にあり、宿泊者も少なかった。そのため銃声を耳にした者はいなかったようだ。

捜査の割り振りが発表されたが、その中に織田班の名前はなかった。昨日から引き続き、遊軍的な立場で捜査に参加できるよう、北条係長が配慮してくれたのだ。配慮と言えば聞こえはいいが、基本的に織田班と組んで仕事をしたいと思う捜査員は少ない。厄介払い的な意味合いも濃かった。

捜査会議が終了する。真っ先に立ち上がった秀美が言った。

「私は本能寺に行ってくるで。まだ現場を見てないからな。あ、康子。付きおうてくれるか？　車の運転頼むわ」

康子は少し不安げな顔で勝代を見た。行ってきなさい。勝代がそう言わんばかりにうなずいたので、康子がショルダーバッグを肩にかけて秀美のあとを追っていく。

「私たちは周辺付近の聞き込みを手伝いましょう」

勝代の指示にうなずく。現時点ではほとんど何もわかっていない。信子の首を持ち去り、火を放った者は誰なのか。

*

数本の柱が残っていたが、ほとんど全焼といった感じだった。煤の匂いが濃く残っている。秀美は両手を合わせて祈りを捧げた。隣では康子も従っている。たっぷり三十秒ほど祈ってから捜査を開始する。

「さあ始めるで」

「何をするんですか？」

「決まってるやろ、現場検証や」

「全部燃えちゃってますけど」

「何もしないよりはマシや」

鎮火から丸一日が経過し、消防署の調査は終わっている。警察の検証も一通りは済んでいるが、火災で見るも無惨な現場には鑑識の見落としがないとは言えなかった。

「さあ、やるで」

白い手袋とマスクをしてから焼け跡の中に入る。ほとんどのものが炭化している。燃え残ったものを見つけ、それが何か特定する。その作業を繰り返した。

「秀美先輩、これって警察バッジですよね」

康子が持ってきたのは警察バッジだった。金メッキ部分が煤で汚れてしまっている。信子のものと考えて間違いあるまい。

「せやな。大事に持っとき」

「いいんですか？　証拠として保管しなくても」

「そんな固いこと言うと思うか。班長の形見や」

康子は見張り役として立っていた青梅署の女性警察官の目を盗み、バッジを懐に入れた。

さきほど青梅署で確認してわかったことだが、織田班は秀美を除いて誰もアリバイが成立しない。ただし康子だけは信用できるような気がした。たった半年間の短い付き合いだが、こいつは上司を裏切ったりしない。そんな風に感じるのだ。

「秀美先輩、これって」

康子が指をさした先には燃えた木材などが転がっている。その木材の下で瓶状の何かが埋もれていた。秀美は慎重に木材をどかして、それを引っ張り出した。出てきたのはシャンパンボトルだった。

「ドンペリですよね」

「せやな」

中身は入っていない。コウモリにも似た形の金色のラベル。織田班では馴染みのあるボトルだ。ドン・ペリニヨン、通称ドンペリ。世界で最も有名な高級シャンパンである。織田班ではお祝いの席、たとえば事件を解決した際など、必ずドンペリで乾杯する習慣があった。信子の大好物なのだ。

「何年もんや？」

「ちょっとお待ちを」

康子がラベルに付着した煤をハンカチで拭く。やがてラベルが完全に姿を現した。

「一九九二年です」

「P3やな」

ドンペリには三つのビンテージ（飲み頃）が存在する。最初は収穫から約八年後だ。ドンペリは約八年間、樽の中で熟成されたのちに出荷される。これはシャンパンでは異例の長さだ。

その次の飲み頃が約十五年間熟成されたもので、これはプレニチュード2と呼ばれ、ボトルに「P2」と記載されている。最後が約三十年間熟成させたもので、これは「P3」だ。P3になると市場価格は一気に跳ね上がり、一本百万円を超えるものも存在する。信子は基本的にP2を好んで飲み、ごく稀に——たとえば信子や濃の誕生日などにはP3を抜栓することもある。

「康子、ドンペリが見つかったこと、勝代さんに報告しとき。あと一応施設のスタッフに訊いてきてくれ。ここでドンペリを販売してるかどうか」

「はい」

康子が焼け跡から出ていく。秀美もいったん焼け跡から出て、近くの水場で手を洗っていると、五分ほどして康子が戻ってくる。

「ドンペリは扱ってないそうです」

「せやろうな。つまりこのドンペリは外部から持ち込まれたわけや。康子、直江さんの話を思い出してくれ。直江さんがここに来たとき、班長は何を飲んでいたか」

「ええと、たしかビールを飲んでいたそうです。直江さんも勧められたけど車だから断ったと」

「いくら酒豪の班長でもシャンパン一本飲み切るのは大変や。直江さんが帰ったあと、何者かがこのドンペリを手にここを訪れた可能性が高いで」

「その人物が班長を殺したんでしょうか？」

「それも考えられるな。だがそれ以上に私が気になっとるんは……」

秀美はドンペリのラベルを見る。間違いなくＰ３だ。つまりその夜は特別な日だったというわけだ。Ｐ３を用意してまで信子は何を祝いたかったのか。秀美が気になっているのはそこだった。

「ここにもう用はない。行くで」

秀美は焼け跡を背に歩き出した。とにかく今は捜査に集中すること。悲しむのは信子を殺した犯人を逮捕してからでいい。

秀美の目の前で男が泣いている。それもいい年こいた男が涙を流して泣いている。開店前の歌舞伎町のホストクラブ〈サムライジャパン〉では、嗚咽（おえつ）が止むことはなかった。

「うう……どうして、信子さん……どうしてこんなに早く……」

泣いているのは店のナンバーワンホスト、斎藤（さいとう）濃だ。信子の彼氏だった男だ。昨日のうちに彼のもとにも信子の訃報は届き、こうして酒に溺れて泣き暮らしているらしい。

「シャキッとせい、シャキッと。泣いてても班長は帰ってこうへんで」

「だって猿ちゃん、信子さんはもういないんだよ」

「しゃあないやろ。死んでしまったもんは」

店の一番奥の広いテーブル席だ。信子の特等席だった。ここで飲み明かした夜は数知れずで思い出は尽きない。

「質問があんねん」感傷を振り払って秀美は濃に訊く。「班長が殺された現場でドンペリの瓶が発見された。しかもP3や。犯人が持ち込んだもんやないかと私は思うとる。心当たりはないか?」

「ドンペリ? さあ、記憶にないな。ドンペリは好きだけど、家じゃ飲まないからワインセラーにも入ってないしね」

信子と濃は新宿にあるタワーマンションの最上階で一緒に暮らしている。と言っても二人とも互いに忙しく、家で顔を合わせるのは珍しいと聞いたことがある。昼夜逆転したホストと、都内を奔走する捜査一課の刑事。生活サイクルが合わなくても不思議はない。

「ちなみに濃君、班長がプライベートで飲む酒はどこで調達してくるんや?」

「〈ワインショップ楽市楽座〉だよ。うちの店で出すワインもほとんどそこから仕入れている」

早速、濃から聞いた店に向かってみることにした。その店は南青山のマンションの一室にあった。店舗型ではなく、主にネット通販でワインを売っているようだ。部屋のすべてがワインセラーになっていて、室内はエアコンでかなり冷やされている。サングラスをかけた年齢不詳の男が応対した。

「さっき濃君からLINEが来たよ。あんたら、刑事さんなんだって?」

「ええ」と秀美はうなずき、警察バッジを見せた。単刀直入に訊く。「濃君の彼女、織田信子さんをご存じですか?」

「まあね。何度か自宅までワインを届けたことがあるから。あの人、殺されちゃったらしいね。美人薄命ってやつかもしれないね」

「実は彼女が殺害された現場からドンペリの瓶が見つかっています。Ｐ３です。ここ最近、彼女にドンペリを届けたことがありませんか？」

「あるよ。届けたっていうか……」

「本当か？　いつや？」

　思わず詰め寄っていた。びっくりした面持ちで、男が説明してくれる。

「三日くらい前だったかな。織田さんから連絡があった。Ｐ３あるかって訊かれたから、あるよって答えた。届けましょうかと言ったんだけど、使いの者が取りに行くって言われた。そしてここを訪れた使いの人にＰ３を渡したんだよ」

「どんな奴や？　どんな奴にドンペリを渡したんや？」

「女の子。年齢はそうだなあ、二十代半ばくらいかな。目がぱっちりとした可愛い子だったよ、モデルみたいな」

　康子と顔を見合わせる。考えていることはお互い同じだとわかった。康子がスマートフォンを操作し、画面を男に見せた。

「その子、この中にいます？」

　織田班のメンバーの集合写真だ。以前バッティングセンターに行った帰りに撮った写真だ。男が画面の一点を指でさした。

「この子だよ。この子に渡した」

森蘭だ。つまりドンペリを本能寺に運んだのは蘭ということだ。しかも彼女の口からその顚末は一切語られていない。意図的に隠しているのだ。

礼を言って部屋をあとにする。マンションから出て覆面パトカーに向かう。運転席に座った康子がスマートフォンを出した。

「私、蘭ちゃんに確認を……」

「ちょい待ち」

秀美は腕を伸ばし、康子の手首を摑んだ。

「蘭が何も言わないということは、後ろめたい何かがあるんや。正面から突っ込んでも駄目や」

「でも……」

必死に頭を巡らす。こういうときはどうするべきか。たとえば信子だったらどうするだろうか。

「蘭のことを徹底的に調べるで。それしか方法はあらへん」

「いったいどうやって……」

「決まってるやろ。織田班のお家芸、潜入捜査や」

＊

「あ、すみませんでした。すぐに作り直しますので」

「頼むよ、君。何回間違えたら気が済むんだよ」

森可南は声がする方向に目を向けた。昨日から入った新人の女の子が係長に怒られている。また入力をミスったらしい。あまり事務仕事が得意ではなさそうな新人だ。可南は見兼ねて口を挟んだ。

「いいですよ、係長。私が全部やっておくので」

「森君、いつもすまないねえ」

新宿にある運転免許センターには、毎日多くの人が免許の更新に訪れる。可南はそこで働く事務員だ。主にデータの集計と管理を任されているが、たまに受付をやることもある。働いているのは事務員採用された警察職員と、あとはパート採用の臨時職員だ。可南は後者であり、ここで働き始めて三年が経つ。日中は目の回るような忙しさだが、特に残業もないので今のところ不満はない。

昼になったので可南は席を立った。昼食は基本的に弁当を持ってくるのだが、今朝は少し寝坊をしてしまったので弁当を作る時間がなかった。そういうときは近くのお蕎麦屋さんに行くことにしている。バッグを持って裏口から出た。通りを歩き出したところで背後から声をかけられる。

「先輩、さっきはありがとうございました」

例の新人さんが小走りでやってくる。可南は笑顔で応じた。

「別にいいのよ。あの係長、結構粘着質だから気をつけて」

「ありがとうございます。あ、これからご飯ですか？」

「そう。お蕎麦屋さんに行こうと思って」

「私もご一緒していいですか？」

断る理由もないので、彼女と一緒に蕎麦屋に向かった。カウンター席に並んで座る。注文をとりにきた店員に対し、可南は天ぷら蕎麦を注文した。新人さんは天丼大盛りとざる蕎麦を注文する。昼からガンガンいくのね、この子。

「ええと、あなた、お名前は……」

「徳川(とくがわ)です。徳川康子。聖徳太子の徳に三本川。健康の康に子供の子です。よろしくお願いします」

「私は森可南。よろしくね」

自己紹介をする。実は同い年だということがわかった。康子が訊いてくる。

「森さん、ごきょうだいは？」

「妹が一人いるわよ」

実はここの仕事を紹介してくれたのは彼女だった。そういう意味では感謝しているのだが、最近はあまり会っていない。

「妹かあ。私も妹が欲しかったなあ」

世間話をしているうちに食事が運ばれてくる。昼どきだけあって蕎麦屋は大層混雑していた。サラリーマンやOLたちが無我夢中で蕎麦を啜っている。可南たちもあっという間に食べ終えた。かなりの大食漢らしく、康子はあっさりと天丼大盛りとざる蕎麦一人前を食べてしまった。

「ここは私がご馳走(ちそう)するから」

「あ、いいですよ。私も払います」

康子が慌ててバッグを膝の上に置いた。財布がなかなか見つからないらしく、私物を出してはテーブルの上に置いていく。そのうちの一つに視線が吸い寄せられた。手錠だった。どうしてこの子、こんなものを……。

「こ、これはですね」可南の視線に気づき、言い訳するように康子が言う。「別に怪しいものじゃありません。仕事道具みたいなもんです」

もしかして、と可南は内心推察する。この子、そういうプレイを専門にする風俗で働いているとか。純朴そうだが、人を見た目で判断してはいけない。ここは新宿だ。いろんな人がいても不思議はない。

康子が顔を赤らめた。もう食事を終えているので、外で待っている人たちのためにも早く席を空けてあげたい。可南は伝票を持ってレジに向かった。外に出たところで康子が追いついてくる。

「森さん、ご馳走様でした」

「気にしないで。このお店、美味しいでしょう?」

「はい、美味しかったです。あのう、実は私……」

康子がバッグの中に手を入れ、黒い手帳のようなものを出す。それを開いてこちらに見せてきた。金色のバッジだ。

「捜査一課の徳川です。森さん、妹さんのことについて、お話を聞かせてもらっていいですか?」

本当だろうか、と可南は一瞬だけ疑ってしまった。これも警官プレイの道具かもしれない。

＊

その夜。仕事終わりに康子は可南をカラオケボックスに誘った。個室の方が話し易いだろうと判断したのだ。ドリンクだけ注文してから康子は可南に訊いた。

「妹さんとは最近会われたりしてますか?」

「最近はあまり会っていないわ。お正月に会ったのが最後じゃなかったかしら。蘭がどうしたの？」

風貌はあまり蘭とは似ていない。蘭が可愛らしいお人形さんタイプであるのに対し、姉の可南は細面の美人タイプだ。

「ある事件の捜査の過程で、蘭ちゃんのことが気になったんです。あの子、ああ見えてあまり自分のことを話そうとしないんですよ。だからお姉さんなら何かご存じかもしれないと思って」

話すべきか否か、可南は少し迷っている感じだった。辛抱強く待っていると、やがて彼女が意を決したように口を開いた。

「昔は仲がよかったの。ずっと一緒に暮らしてた。変化が訪れたのは五年くらい前のことだったかしら」

当時、可南は都内にある一般企業で働いていて、蘭は麻布署の交通課に勤務していたという。蘭は恋人ができたらしく、帰りが遅くなる日も増え始めた。服装も派手になっていき、化粧も濃くなっていった。男の影響だろうと思ったが、本人が楽しそうだったので放っておいた。そしてある日のこと――。

「彼氏と同棲する。そう言って蘭は私の部屋から出ていったの。それから二ヵ月くらい経った頃、蘭の彼氏が逮捕されたって聞いた。蘭の彼氏、不動産会社の役員だったんだけど、実は違法カジノの元締めだったみたい。でも実はこの話にはウラがあって……」

事件が発覚後、蘭と久し振りに二人きりで会った。彼女は珍しく酔っ払い、そのときに話してくれたという。すべては仕組まれたものだったと。

「仕組まれてた？　どういうことですか？」

「その違法カジノの元締め、仮にAとしておきましょうか、Aはほかにも恐喝や暴行の容疑がかかっていて、警視庁も追っていたの。でも抜け目がないというか、かなり頭の切れる男だったようね。なかなか尻尾も掴めなくて警察も痺れを切らしていたみたい。そこで目をつけられたのが蘭だったわけ」

Aは頻繁にキャバクラに出入りしていた。女性の好みも明らかになっており、蘭はまさにA好みの女だった。そこに注目した捜査員は蘭を入店させ、二人が交際するように仕組んだ。

「当時は交番勤務ですよね、本当ですか……」

康子は言葉を続けられなかった。犯人を逮捕するために身内の警察官を人身御供として犯人側につかせる。驚くべきやり方だ。

「本当よ。狙い通り、蘭はAの担当となって店外でもデートを重ねるようになった。でもね、女心って複雑なの。あるとき、Aが犯罪で得たお金の一部を恵まれない子どもたちのために寄付していることを知った。もしかしたらマネーロンダリングの可能性もあるけどね。いずれにせよ、あの子は、Aに情を通わすようになってしまったのよ」

最終的に勝利したのは警察だった。蘭から仕入れた情報をもとに違法カジノの現場に踏み込んだ。Aは逮捕され、賭博罪以外の余罪もあり、懲役刑が確定した。

「もしかして、蘭ちゃんをスパイに仕立て上げた捜査員って……」

「あなたも知ってるんじゃないかしら。織田信子よ」

康子は言葉を失う。いや、正確に言うなら話を聞いている最中からそうではないかと思ってもいた。あの人ならやりかねない、と。

「あの子は好きで織田信子のもとで働いていたわけじゃない。憎悪の念を抱きながら織田信子に従ってきたのよ。あの子はAを愛してしまっていた。自分をスパイに仕立て上げ、その挙句にAを逮捕した織田信子のことを許せるはずがないのよ」

織田班に配属されて半年が経つ。その間、蘭と一緒に捜査をしてきた。彼女は織田班のマスコット的存在であり、周囲に笑顔を振りまいていた。その笑顔の裏側には壮絶なまでの信子に対する憎悪が隠されていたのだ。にわかには信じられぬ話だった。

「ねえ、刑事さん。蘭は何をしたの？　織田信子が殺されたことはニュースで知ったわ。あの事件に何か関係してるっていうの？」

「すみませんが、現段階では何とも言えません」

康子はそう言って頭を下げた。とにかくはっきりしたことが一つある。森蘭には信子を殺害する十分な理由があるということだ。

＊

そのゴルフ練習場は閑静な住宅街の中にあった。秀美はゴルフバッグを担いで通路を歩いていた。一人の女性がドライバーの練習をしている。ちょうどその隣が空いていたので、秀美はゴルフバッグを置いた。隣の女性がコンパクトなスイングで球を打つ。秀美は声を上げた。

「ナイスショットでございますっ」

女性が振り返り、秀美の顔を見て怪訝（けげん）そうな顔をした。秀美は姿勢を正して言った。

「捜査一課第五係の木下秀美と申します。総監、お疲れ様でございます」

警視総監の足利昭菜だ。警視庁のトップであり、最高権力者の立場にある。ただし実質的にはさほどの権力は有しておらず、一部の幹部たちに担がれているという説もある。それでも彼女が警視総監の地位にいることは揺るがない事実だった。

「五係？　信子のところね。本当に彼女は惜しいことをしたわね」

昭菜が球を打つ。今度は少し逸れ、右方向にフックしていく。

「総監、実は私の知り合いにゴルフのレッスンプロがいます。今、あちらで待機しているのですが、総監がよろしかったら紹介いたしましょうか？　無料で教えてくれると思いますよ」

「本当に？」

「ええ。腕はたしかです。ご案内いたしますね」

秀美は背後を振り返り、手招きして男を呼んだ。知り合いでも何でもない。金で雇った若いレッスンプロだ。若くて活きがいい男を好むのは女の性だ。二人が練習に励むのを横目で見ながら、秀美は適当に球を打った。練習場は会社帰りのサラリーマン風の男たちで賑わっている。

三十分ほどでレッスンは終わった。二人はかなり打ち解け、連絡先を交換するほどにまで親密になっていた。レッスンプロが去っていくのを見送ってから、秀美はペットボトルの水を昭菜に差し出した。

「悪いわね。座りましょう」

「失礼いたします」

二人で並んでベンチに座る。一介の刑事が警視総監と並んで座るなど甚だ無礼なことだと秀美もわかっている。しかしこうでもしないと警視総監とは話せない。

「信子を殺した犯人は？　目星はついたの？」

「まだ何とも。鋭意捜査中です」

「絶対に犯人を捕まえなさい。警視庁の威信にかけて」

「もちろんそのつもりでございます」

理由はよく知らないが、信子は昭菜から可愛がられていた。信子が係長になったのも昭菜の引きがあったからだと言われている。

「それで？　私に何の用かしら？」

「はい。亡くなったうちの班長のことなんですが……」

気になった点があった。ドンペリのP3。よほど嬉しい出来事があったと考えられるが、部下である秀美は何も知らなかった。いったい信子は何を祝いたかったのか。

「総監、単刀直入にお伺いします」秀美は切り出した。ゴルフでたとえればドライバーで思い切りぶっ飛ばした感じだ。「もしかしてうちの班長、捜査一課長になる予定やったんちゃいますか？」

捜査一課長。捜査のエリート集団である捜査一課を率いるボスだ。警視庁内に数ある課長職の中でも、捜査一課長は名実ともにナンバーワンとも言われる。ところが現在は空席になっている。松永久美子が本願寺建設との収賄疑惑を問われ、懲戒処分となったのは記憶に新しい。実際、秀美もその事件に捜査員として関わっていた。

ペットボトルの水を一口飲んでから昭菜は答えた。

「よくわかったわね。その通りよ。信子が捜査一課長に就任する方向で話は進んでた」

やはりそうやったか。秀美は自分の勘が間違っていなかったことを知った。それにしても異例の若さだ。信子はまだ四十歳。もし本当に信子が捜査一課長に就任していたら、史上最年少ではないだろうか。

「殺された日の前日、やっと上の方の許可も出て、それを私が直接電話で信子に伝えたの。まさかあれが信子との最後のやりとりになるとはね」

昭菜が言う上の方とは、おそらく警察庁のことをさしているはずだ。だんだんと見えてきたような気がする。信子は本能寺で静養中、総監からの電話で捜査一課長就任決定の報告を受ける。それは即ち、五係の係長の椅子が空くことを意味する。そのために直江続穂を呼び出し、係長就任を要請したわけだ。

「十年前、私は警視総監に就任した。キャリア組でお飾りポストしか経験してこなかった私にとって、警視総監の任は重過ぎた。逃げ出したいくらいだった」

足利家はいわゆる名家で、代々警視総監に就く家柄だと聞いている。おそらく昭菜は警察官僚としていいように利用され、官邸の意を受けた操り人間として総監職に就いたのではなかろうか。

「そんな私に対し、信子はことあるごとに助けてくれた。仕事だけじゃない。ゴルフを教えてくれたのも彼女だったし、釣りを教えてくれたのも彼女だった。麻雀にホストクラブ、いけない遊びも教えてくれた。彼女がいなかったら私は潰れていたかもしれない」

昭菜はうっすらと涙を浮かべている。秀美は力強く言った。

「総監、今度は私がお相手いたします。ゴルフだろうが釣りだろうが、何でもお付き合いいたします。猿とお呼びください。班長もそう呼んでくださいました」

秀美はいったん立ち上がったあと、片膝をついて頭を下げた。頭上で昭菜の声が聞こえる。

「よかろう。手始めに信子を殺した犯人を捕まえよ」

「ははっ。かしこまりました」

よしよし、と秀美は内心ほくそ笑む。うまくいけば信子の後釜として係長になれるかもしれへん。

昭菜が立ち去っていく。いつの間にか側近らしき女——おそらく秘書的業務をおこなう女性警察官——がやってきて、昭菜のゴルフバッグを担いで持ち去った。まだ球が残っている。秀美は五番アイアンを持ち、球を打った。何度か打っているうち、不意に気がついた。

まさに衝撃だった。最初から信子は捜査一課長への就任を狙っていたのではないか。だとしたらどうなる？　あれも、これも、もしかして……。いやいや、そんなん有り得へん。嘘に決まってる——。

遠くでスマートフォンの着信音が聞こえていた。自分のスマートフォンに着信が入っていることに気づき、秀美は我に返った。康子からの着信だった。気をとり直して秀美は通話をオンにした。


「秀美先輩、着きましたよ。秀美先輩……」

康子が呼んでいる声で秀美は目を覚ました。覆面パトカーの助手席に座っていた。ハンカチを出して額に滲(にじ)んでいた汗を拭う。何だか悪い夢を見ていたような気がする。

「秀美先輩、大丈夫ですか？　うなされていましたよ」

「大丈夫や。着いたんやな」

「はい、着きました。電気が点いてるみたいなので在宅しているかと」

森蘭の自宅マンションに来ていた。派手な蘭のことだからもっと豪華なマンションに住んでいるかと思ったが、ごく普通のワンルームマンションだった。エントランスでインターホンを押し、康子が「蘭ちゃん」と呼びかけると、返答もなく自動ドアが開いた。七階にある彼女の部屋に向かう。ドアから蘭が顔を覗かせた。

「蘭、話がある。入ってええか？」

「どうぞー」

靴を脱いで中に上がる。窓際にベッドが一台置かれているだけの質素な部屋だ。あのいつもの派手な服や靴はどこに保管しているのか。秀美の疑問に先回りするように蘭が答えた。

「別のフロアにもう一部屋借りてるんですー。そっちが衣装ルームで、こっちが寝室でー」

「時間がない。本題に入るで」

そう前置きして秀美は話し出す。時刻は午後八時を回ったところ。時間が惜しい。多分ここでは終わらない。

「班長の遺体が見つかった焼け跡からドンペリの空き瓶が見つかった。P3や。何者かが班長のもとに届けたんや。お前やろ、蘭。ネタは上がってるで。楽市楽座いうワインショップ知ってるやろ。あそこの店員がお前にP3渡した言うてるんや」

蘭は何も言わない。能面のような無表情だ。普段は喜怒哀楽の激しい彼女が、こういう顔を見せるのは初めてだった。

「お前は知らんかもしれへんが、事件が発生した日の夜、班長は捜査一課長への就任が内定したんや」

足利警視総監からの連絡を受け、信子はすぐに動く。自分のあとを継いで係長となる人物として、直江続穂をピックアップした。彼女には断られてしまったものの、彼女が帰ったのちに――。

「不意に思い出したんやろうな。彼女には断られてしまったが、ドンペリのことを。お前に電話して班長は命じたんや。捜査一課長への就任を見越して蘭に預からせていたドンペリを持ってこい、と。まったく人使いの荒いお人やな」

おそらく蘭に連絡が入ったのは午後十一時くらい。都内なら電車は走っているが、奥多摩地方までは厳しい時間帯だ。蘭は自家用車で本能寺を目指したはず。着いたのは日付が変わった午前一時から二時の間と考えられた。

「ちょっと待って」ずっと黙っていた蘭が口を開く。「私じゃない。私じゃないのよ。たしかにドンペリを持ってくるように頼まれた。言われた通り、私は保管していたドンペリを持って本能寺に向かった。でも……」

「わかってる。お前がやったんじゃないってことはな。お前が本能寺に着いたとき、すでに班長は殺されたあとやった。違うか？」

「そう……秀美さんの言う通り。私が本能寺に着いたとき、すでに班長は冷たくなっていたの」

「やはりな。射撃が下手くそなお前に班長を撃てるわけがないと思うてた」

現場では信子のニューナンブも発見されている。それはつまり信子も銃を構えていたことを意味している。あの信子と早撃ち勝負で勝利する。蘭には絶対に無理だと秀美は思っていた。

「康子がな、お前の姉貴から事情を訊いた。お前が班長のもとで働くようになった経緯もわかっとる」

女性警察官を囮（おとり）として使い、犯罪者を逮捕する。信子らしいと言えば信子らしいが、囮として使われたのが目の前にいる蘭なのだ。彼女の心情は推して知るべしだ。

「お前は班長のことを憎んでいた。心の底から憎んどったんやろ。お前は班長に心酔していたわけではない。単純に復讐の機会を狙って班長に仕えていたんや」

織田班の誰もが信子に対して畏怖の念を覚え、妄信的に従っていた。ただ蘭の場合は少し違った。心の奥底では信子に対する憎悪の炎が燃え続けていた。

「蘭、お前が班長の遺体を発見したとき、何を思ったのか。それは私にもわからん。だが結果はすべてを物語っている。班長の首は切断され、遺体は燃やされた。お前の仕業やろ」

蘭は俯いている。やがて肩を震わせ始めた。泣いているのかと思ったらそうではなかった。彼女は笑っているのだった。

「そうよ、私がやったの。だって仕方ないでしょ。いつか私が殺してやろうと思ってたのに、どこかの誰かに殺されてしまったのだから」

問題はこの先だ。信子の遺体を発見した蘭は困惑する。もう復讐を果たすことはできない。そう悟った彼女は――。

「首を切断してやった。それ以外に何ができるっていうの？　それだけじゃ飽き足らなかったから、さらに火をつけてやったのよ」

完全に常軌を逸している。五年前、囮捜査に利用され、最愛の恋人を奪われた。その憎しみこそが蘭を動かす原動力になっていたとも言えよう。

「蘭、お前が本能寺に行ったとき、すでに班長は息絶えていた。それは間違いないいな」

「ええ。間違いないわ」

「犯人に心当たりは？　現場で何か見聞きしなかったか？」

「特にないわ。左手に握ってた将棋の駒も私の仕業じゃない」

「お前は班長のことを憎んでいた。それは本当のことやろう。だがな、蘭。お前の気持ちの中に班長に対する愛情めいたものがあったんちゃうかと私は思うとる」

蘭は顔を上げ、すぐさま否定した。

「それはないわ。百パーセントない。私はあの人のことを心の底から憎んでた。だから首をかっ切ってやったのよっ」

「現場で見つかったドンペリの瓶や。原型をほぼとどめていた。これはつまり栓が抜かれていたことを意味している。もし栓が抜かれていなかったら中の液体が火で温められ、瓶ごと爆発していたやろうしな。つまり蘭、お前は現場でドンペリの栓を抜き、班長の口に含ませてやったんやろ。捜査一課長への就任を祝ってやったんやろ」

蘭は堰を切ったように慟哭した。

「ちなみに班長の首はどこにやった？」

「お、奥多摩にあるダムに捨てたの。本能寺からの帰り道に。私、あの人が憎かった。だけど……」

また捜索が面倒なところに捨ててくれたものだ。溜め息をつきつつ秀美は言った。

「もうええ。お前は班長を殺してない。それがわかっただけでも上出来や。あとは好きにせい。私はほかにも行かなあかんとこがあんねん」

秀美は踵を返した。そのまま靴を履いて部屋を出る。最後にちらりと奥を見ると、蘭は半ば放心状態のまま涙を流し続けていた。エレベーターの中で康子が訊いてくる。

「秀美先輩、蘭ちゃんを放っておいて大丈夫ですか？」

「自首するやろ。私たちが思うてるより強い子やで、あの子は」

エレベーターが一階に到着する。エントランスから出ながら秀美はスマートフォンを操作した。ある番号を呼び出し、電話をかける。まるで待ち受けていたかのようにワンコールで相手は電話に出た。

「私や。話がある」

「いいわよ。そろそろだと思ってた」

「どこに行けば会えるんや？」

相手が指定した場所を脳裏に刻みながら、秀美は覆面パトカーの助手席に乗り込んだ。

＊

カランコロンと音が鳴り、店のドアが開いた。木下秀美が中に入ってくる。その後ろには徳川康子の姿も見える。カウンター席だけのバーだ。秀美は無言のまま、光葉の隣に腰を下ろした。康子は遠慮がちに少し離れた席に座る。秀美が訊いてくる。

「何を飲んでるんや？」

「山崎よ。十二年」

「私も同じものをもらおうかな。康子、お前は何にする？」

「私はウーロン茶で」

カウンターの中にいる初老のマスターがドリンクを用意した。山崎のボトルをカウンターの上に置き、マスターはそのまま外に出ていった。光葉はウィスキーを一口飲む。その芳醇な味わいを噛み締めながら光葉は言った。

「あのマスター、古くからの知り合いなの。しばらくは帰ってこないわ」

「なるほど。ええ店やないか。少なくともホストクラブよりは落ち着いて飲めそうやな」

「それで、私に話って何？」

「蘭が自供したで。班長の首を切断して、火を放ったのはあいつやったんや」

「そう。早かったわね」

「知っとんやな、お前も」

捜査初日のことだった。焼け跡から秀美らがドンペリのボトルを発見したと勝代から聞いた瞬間、数日前の光景が脳裏によぎった。あれは警視庁の庁舎内でのことだった。廊下を歩きながら信子が蘭に命じていた。ドンペリのP3を手配するように、と。何かお祝いごとでもあるのだろうか。そのときは漠然とそう思っただけだったが……。

「何となく蘭が怪しいと思ってただけ。確証があったわけじゃないわ」

「あいつが現場に入ったとき、すでに班長は亡くなっていたらしい。あの晩、本能寺には三人の来客があった。最初に入ったのは直江続穂、最後に入ったのが森蘭。そしてその合間に訪れた人物こそが班長を殺した真犯人や」

「もう目星がついているみたいな口振りね」

「お前やろ、光葉。お前が班長を殺したんや」

　不測の事態が多過ぎた。自分の前に直江続穂が招かれていたのも知らなかったし、まさか自分が去ったあとに蘭がドンペリを運んでくることも想定外だった。そもそも焼け跡から首無し遺体が見つかったときから、光葉は半ばこういう展開を予期していた。

「証拠は？　私が班長を殺害した証拠は見つかったの？」

「それがないねん。全然ないんや」

「だったら私を犯人だと決めつけるのはお門違いじゃないかしら？」

「動機や。なぜ班長は殺されなければならなかったのか。実はな、班長は捜査一課長への就任が内定しておったんや。怖いお人やで、ホンマ。途方もない計画やったんや」

　先日、本願寺建設の社長が殺人罪で逮捕され、同時に警察署の耐震補強工事を巡る収賄罪に問われ、松永捜査一課長が警視庁を追われた。たった半年の間に三人の係長、捜査一課長が姿を消したことになる。異例の事態であると思う一方、光葉はその後任人事に思いを巡らせ、織田信子の捜査一課長就任も有り得るのではないかと予想した。同時に光葉はその可能性に思い至り、慄然とした。すべてが仕組まれたものではなかったのか。

　第一係の今川義乃。義乃は元部下の太原雪代を殺害した。太原は誰かに唆されて義乃に反抗したのではないか。

　第二係、第三係の上杉謙子と武田玄代。二人が失脚した原因はいくつか考えられるが、直江続穂の息子が交通事故に遭ったことが遠因の一つだ。あの事件が起きたからこそ仙洞弁護士が登場し、武田玄代が復讐に乗り出した。直江続穂の息子が亡くなったのは、本当に事故だったのか。

松永捜査一課長の失脚。捕まった本願寺顕子は織田信子のスパイ、滝川益代を疑い、殺害に至った。なぜ滝川は盗聴器を発見されるという初歩的なミスを犯したのか。

「全部班長が仕組んだことやないか。私はそう思った。考えれば考えるほど、あのお人ならやりそうなことやと思うようになった。今川も上杉も武田も松永も、班長の罠に嵌まった哀れな仔羊なんや」

恐るべき女。大うつけというよりは、魔王という称号こそ相応しい。ただ、光葉はある一点において信子を許すわけにはいかなかった。

今川ではなく私につかないか。そう言って信子は太原を唆したのだろう。わざと盗聴器を発見させて揺さぶりをかけろ。滝川にはそう命じたのだろう。しかしである。直江続穂の息子についてはどうなる？あの子は信子が殺したのではないのか。

「直江さんの息子、お前に懐いていたみたいやな。翔君といったか」

聡明な男の子だった。公園に連れていき、一緒に遊んだこともある。結婚には興味がないが、ああいう可愛い男の子だったら私も欲しいと何度思ったことか。

「考えたくはない。だがあの人ならやりかねん。翔君を殺めたのかもしれん。直江続穂は悲しみに暮れ、それを見た武田玄代が復讐を敢行した」

「あの人のやったことは間違ってる。誰かがそれを糺す必要があったのよ」

信子が本能寺に泊まっていることは知っていた。基本的に本能寺に泊まるときは独りきりであることも。

光葉の中で悪魔が囁いたのだ。敵は本能寺にあり、と。

「気持ちはわかる。だがな光葉、殺してしまったらお前も同罪やないか」

それは承知の上だ。真相が露見してしまった暁には罪を償うつもりだった。今がそのときだ。

「あとね、あの人が持っていた駒。あれは私のことを真犯人だと示したものだと思うの」

言い終わるや光葉はウィッグを取った。

「私、ストレス性のハゲができていてね。誰にも気付かれていないと思ったんだけどあの人は気付いていたみたい。金柑頭って知ってる？　ハゲのこと。金ピカとも言うわね。いずれにせよ、最期に強烈な呪詛のメッセージを私に残したんじゃないかと……恐しい人よ」

光葉はこっそりと右手をジャケットのポケットに持っていく。中に入っている錠剤のフィルムに指先が触れた瞬間だった。秀美がサッと手を伸ばし、光葉の右手首を摑んだ。

「あかんで、光葉」

「秀美、放してっ」

「死んだらあかん。お前は生きるべきや。生きて罪を償うんや。お前は私の終生のライバル、明智光葉やろ。だったら潔くお縄を頂戴せえ」

秀美は錠剤をとり上げ、それを床に投げ捨てた。秀美は薄らと涙を浮かべている。人たらしの涙。この涙は本物か。

「お前は私の目の上のたんこぶやった。それがなくなった今、私の快進撃の始まりや。天下獲ったるで。一番てっぺんの椅子に座ったる。お前がムショから出てきたとき、私は天下人になってるはず。そんときはお前を雑用係としてこき使ってやる。だからこんなところで死んだらあかん」

気づくと店のドアが開いていた。道路に面したところにパトカーが停まっている。制服を着た女性警察官が二人、こちらに向かって歩いてくる。

「私も思うで。班長がやったことは間違ってると。自分の出世のためにライバルたちを蹴落とし、ときには殺人にも手を染める。許されることやないし、多分班長も心の中で誰か止めてくれと叫んでたんちゃうか。お前はそれを止めた。班長もきっとお喜びになっとるはずや」

背中に手を置かれ、光葉は立ち上がる。自分は正しいことをした。そう思う一方、稀代(きたい)の刑事を殺害してしまったことに対する罪悪感もあった。

「……秀美、あとのことはあなたに任したわよ」

「おう、任しときい」

光葉は店から出る。警察官二人に寄り添われるようにして、パトカーまで歩いていく。後部座席に乗せられる。秀美と康子は店の前で並び、直立不動の姿勢で敬礼をしていた。光葉も同じく敬礼で応じる。パトカーがゆっくりと走り出した。

*

パトカーが走り去るのを見送ってから、秀美たちは再び店内に戻った。いつの間にか初老のマスターがカウンターの中に立っている。

「飲まなやってられんわ」

秀美は山崎をロックで、康子はビールを注文した。康子は小腹が減ったらしく――この女はいつも腹が減っているのだ——食べ物のメニューを眺めてから、ピザ・マルゲリータと生ハム盛り合わせを注文した。

「光葉先輩、何だか可哀想でしたね」

康子が同情の声を寄せたが、秀美は鼻で笑った。

「ふん。自業自得や」

秀美自身、淋しい気持ちがないわけではなかった。たしかに邪魔な存在ではあったが、いなければいないで張り合いがない。

「せいせいしたで。あの女、ことあるごとに私に突っかかってきたからな」

「私にはお二人は切磋琢磨しているライバルのように見えましたけどね」

「ライバル？　そんな大層なものやない」

「あーあ」と大きな溜め息をつき、康子がおでこをカウンターにつけるように突っ伏した。そのまま涙声で言う。「死んじゃったんですね。班長、本当に死んじゃったんですね。今さらのように実感が湧いてきました」

本当だ。事件が解決し、やっと実感が湧いてきたのは秀美も同じだった。しかし涙はよくない。きっと天国で信子も笑っているだろう。猿、何を泣いておるのだ、と。

「泣くんやない。ほら、生ハム出てきたで」

秀美は康子の後ろの襟を持ち、強引に体を起こした。涙を拭きながら康子が言った。

「昨夜、家に帰ったら宅配便の不在連絡票を見つけました。信子班長からの荷物だったので、すぐに再配達を依頼しました。そしてこれが届いたんです」

康子がショルダーバッグからとり出したのは、黒のTシャツだった。金色の葵の御紋がプリントされており、『天下泰平』という文字が踊っている。

「ええもん、もろたな」

「はい。大事にします」

康子がTシャツを大事そうに胸に押し当てる。その目から再び一筋の涙が流れていた。

「あ、秀美先輩、スマホ」

テーブルの上に置いたスマートフォンに着信が入っていた。表示された画面を見て通話に出ようかどうか迷ったが、一応出てみることにする。かけてきた相手は実家の母だ。

「どうした？　仕事中やねんけど」

「秀美、ちょっと大事な話があるのよ」

「何や？　手短に頼むで」

母は名古屋市内でスナックを営んでいる。地元の客でそれなりに賑わっているらしい。秀美も中学生の頃から店を手伝っていた。男を手玉にとる方法はそこで培ったようなものだ。

「母さんね、今度再婚するの」

「へえ、そうなんや。それはめでたいな。おめでとうさん」

「でね、名字変えちゃうことにしたの。だから秀美にも言っておこうと思って。秀美もいろいろ手続き大変だと思うから」

「ちょい待ち。私は成人やねん。母親の再婚ごときで私まで名字変わるわけないやろ」

「あら？　そうなんだ」

「当然や。アホか」

もっと大事な話かと思っていたが、やはりたいしたことではなかった。通話を切る前に一応訊いてみる。

「で、新しい名字ってどんなんやねん？」

「羽柴。羽に柴犬の柴」

「ふーん、そっか。ほな、さいなら」

電話を切った。母親からの話を康子に伝えると、口一杯に生ハムを頬ばった康子が言う。

「羽柴って名字、超かっこいいですね」

「そうか」

「だって芸能人みたいじゃないですか。木下よりよっぽどかっこいいですよ」

たしかにそうだ。木下秀美よりも羽柴秀美の方が断然迫力がある。成人している場合も母親の再婚を機に名字を変更できるのだろうか。多分手続きをすればできるはず。検討してみる価値はあるだろう。

「私、考えたんですけど」早くも生ハムの盛り合わせを食べ終えた康子がビールを飲みながら言う。「班長が左手に握ってた駒のことなんですけど、光葉先輩はああ言いますが、違うと思うんです」

信子の遺体の左手には将棋の金の駒が握られていた。曜日や金の瓢箪から連想して秀美を意味しているのではないか。そういう意見を述べたのは康子だったが、その本当の理由はいまだ判明していない。

「あれはやっぱり秀美先輩のことだと思うんです。光葉先輩が本能寺にやってきたとき、さすがの班長も身の危険を悟ったはずです。もしかしたら死を覚悟したかもしれません。そのときに咄嗟に金の駒を摑んだ。つまり私のあとは木下秀美に任せた。そういう意味ではないでしょうか?」

言葉が出なかった。しばし呆然としていた。あの人が、最期に私に託した。そういう意味か。あんなに怒られてばかりだったのに。

「あれ? 秀美先輩、泣いてません?」

「泣いてるわけないやろ」

「絶対泣いてますって」

「違う。心の汗や」

再びスマートフォンが光る。今度はLINEが入ってきた。送信者は広報課の前田利枝。その文面を見て秀美は我が目を疑う。『秀ちゃん、第五係の係長になるっぽい。さっき給湯室でそう聞いた』と書かれている。

「どうしたんですか? 秀美先輩」

「何でもあらへん」

「だって半笑いですよ。何か気持ち悪い」

「気持ち悪い言うな、アホ」

秀美は手元のグラスのウィスキーを飲み干した。顔がカッと熱くなる。木下班か。いや、羽柴班も悪くないな。いずれにしても私の天下獲りの夢は始まったばかり。班長、見ていてください。すべては猿めにお任せあれ。

——了

横関大（よこぜきだい）

1975年静岡県生まれ。武蔵大学人文学部卒業。2010年『再会』で第56回江戸川乱歩賞を受賞しデビュー。2022年『忍者に結婚は難しい』で第10回静岡書店大賞を受賞。著書に、映像化された「ルパンの娘」シリーズ、『K2 池袋署刑事課 神崎・黒木』『忍者に結婚は難しい』『闘え！ ミス・パーフェクト』『メロスの翼』など。

戦国女刑事（せんごくおんなでか）

2023年11月13日　初版第一刷発行

著者　横関大

発行者　石川和男

発行所　株式会社小学館

〒101-8001
東京都千代田区一ツ橋2-3-1
編集　03-3230-5959
販売　03-5281-3555

印刷所 萩原印刷株式会社
製本所 株式会社若林製本工場

造本には十分注意しておりますが、印刷、製本など製造上の不備がございましたら「制作局コールセンター」（フリーダイヤル0120-336-340）にご連絡ください。
（電話受付は、土・日・祝休日を除く 9時30分～17時30分）本書の無断での複写（コピー）、上演、放送等の二次利用、翻案等は、著作権法上の例外を除き禁じられています。
本書の電子データ化などの無断複製は著作権法上の例外を除き禁じられています。

代行業者等の第三者による本書の電子的複製も認められておりません。

©YOKOZEKI DAI2023 Printed in Japan
ISBN978-4-09-386692-7

初出　「STORY BOX」2023年２月号～６月号